Ossenwut

Heinrich-Stefan Noelke wurde 1955 im westfälischen Versmold geboren. Er ist gelernter Metzger, studierter Betriebswirt, hat in Frankreich, England und Spanien gearbeitet und später in Deutschland die Geschäfte eines bedeutenden Wurst- und Fleischverarbeiters geleitet. 2006 wurde sein erster Roman veröffentlicht, dem weitere gefolgt sind. Seit 2008 lebt er mit seiner Familie in Osnabrück und widmet sich dem Schreiben und der Musik. Er spielt den Bass bei Hands Up! & The Shooting Stars, der weltweit einzigen Rockband, die nur aus Krimiautoren besteht.
Mehr Informationen zum Autor unter www.hsnoelke.de.

HEINRICH-STEFAN NOELKE

Ossenwut

NIEDERSACHSEN KRIMI

emons:

Bibliografische Information der Deutschen Nationalbibliothek
Die Deutsche Nationalbibliothek verzeichnet diese Publikation in der Deutschen Nationalbibliografie; detaillierte bibliografische Daten sind im Internet über http://dnb.d-nb.de abrufbar.

MIX
Papier aus verantwortungsvollen Quellen
FSC® C083411
FSC
www.fsc.org

Umschlagmotiv: © mauritius images/Alamy
Umschlaggestaltung: Tobias Doetsch
Gestaltung Innenteil: César Satz & Grafik GmbH, Köln
Lektorat: Marit Obsen
Druck und Bindung: CPI – Clausen & Bosse, Leck
Printed in Germany 2016
ISBN 978-3-95451-805-0
Niedersachsen Krimi
Originalausgabe

Für Vic und Bels, die nicht aufhören, an mich zu glauben

1. Akt

1

Hero Dyk war des nutzlosen Streits mit seiner Mutter überdrüssig, nur deshalb nahm er die Einladung zum Mittagessen an. Er hatte seinen besten Freund lange nicht gesehen.

»Svetlana«, rief er seine Haushälterin und griff nach seiner Jacke, denn er wollte zu Fuß gehen. »Ich esse mit Heeger in der Stadt. Das Café gleich beim Markt. Ich habe keine Lust, mir die Klagen meiner Mutter anzuhören.«

»Lust habe ich auch keine«, rief Svetlana zurück und kam zu ihm in den Flur. »Aber gehen Sie. Passe ich auf.« Sie sprach mit dem tiefen, strengen Ton ihrer osteuropäischen Heimat.

Hero Dyk musste sich fast bücken, um den Schirm zu nehmen, den sie ihm aufdrängte, so viel größer als sie war er. Sie runzelte die Stirn, und ihre schwarzen Augen blitzten frech, als sie ihn munter nickend aus dem Haus schob.

Die Tür schloss sich hinter ihm, und sofort kamen Hero Dyk Zweifel an seiner Rolle als Herr des Hauses, doch ihm gefiel die gedrungene Person, die seit geraumer Zeit bei ihm wohnte, und deshalb war es gut. Er schüttelte den fast kahlen Kopf und machte sich auf den Weg in die Altstadt, was kaum mehr als zehn Minuten in Anspruch nahm.

Draußen rollten die Menschen ihre Regenschirme ein. Der Sommerregen hatte ein gelbes Licht hinterlassen, die Stadt dampfte vor Feuchtigkeit, und der Verkehr rauschte über die Ringstraße. Jenseits davon beginnt die Altstadt.

Hero Dyk betrachtete die merkwürdige Mischung rechts und links der Gasse, dort stehen zwielichtige Kneipen und Kioske sehr pragmatisch neben trendigen bis exklusiven Geschäften. Neun Friseure tummeln sich auf den vielleicht sechshundert Metern bis zum Domplatz, wie soll das gut gehen? Aus jedem

Fenster fühlte er sich erkannt. Jeder hier, so schien es, hatte die Zeitung gelesen und gaffte ihn an.

Keinen Steinwurf vom katholischen Dom entfernt findet sich der Markt mit seinem Rathaus und der protestantischen Marienkirche. Beide Religionen sind in der Stadt in etwa gleich stark vertreten, doch wird sie stärker vom Protestantismus geprägt. Wegen des Regens hatte das Café draußen alle seine Tische und Stühle zusammengeräumt. Innen drängten sich die Leute zum Mittagessen. Karl Heeger hatte einen Platz am Fenster bekommen und winkte ihm zu. Hero Dyk begrüßte seinen Freund herzlich und hängte seine Jacke über den Stuhl.

»Du siehst düster aus«, sagte Heeger.

»Francisca …«, knirschte Hero Dyk zwischen den Zähnen hervor, so hieß seine Mutter.

»Ah … na dann«, entgegnete Heeger und bestellte zwei Weinschorlen und die Königsberger Klopse.

»Maria«, rief Hero Dyk erfreut, als er die Kellnerin sah. »Wie schön, Sie zu sehen.«

Maria war eine hübsche Frau Mitte vierzig, verwitwet, die seit Jahren in dem Café bediente und augenscheinlich durch nichts zu erschüttern war. Sie lachte Hero Dyk freundlich an. »Habe Sie vermisst, Herr Dyk. Was macht das Schreiben? Wann kommt ein neues Buch von Ihnen?«

Er legte sein Notizbuch auf den Tisch und klopfte darauf. »Ich sammle Ideen, Gedanken, Eindrücke. Zwischen zwei Büchern ist man sehr aufmerksam, wissen Sie das? Vor allem die vielen hübschen Frauen fallen mir auf. Sie werden immer jünger, Maria. Nein, ehrlich. Schauen Sie …« Er wies aus dem Fenster, vor dem die Außenmauern des Chors und Teile der Sakristei Sankt Mariens in die Höhe ragten. »Man hat eine ganze Kirche nach Ihnen benannt.«

Maria wurde tatsächlich rot, und Hero Dyk freute sich an einem Stück der Welt, das ihm noch in Ordnung schien: Frauen lieben Komplimente, auch wenn sie dick aufgetragen sind. Sie genießen das Gefühl, begehrt zu sein und wählen zu können.

Maria schimpfte ein wenig mit ihm und ging dann, um die Bestellung aufzugeben.

Auch Heeger hatte seinen Spaß. »Geht's jetzt besser?«, fragte der Hauptkommissar der Osnabrücker Polizei lachend.

Hero Dyk nickte. »Es ging um deinen neuen Fall. Der kleine Markus Arens. Francisca verlangt für den Mörder des Jungen die Todesstrafe, während ich mich mäßigend äußere. Sie formuliert Erwartungen an ihren Sohn, und jetzt sitzt sie auf ihrem Zimmer und schmollt, weil ich nicht will, was sie so denkt.«

»Es war Eike Freytags Idee, sich um alte Fälle zu bemühen. Der Reporter, du erinnerst dich?«

»Er hat mit mir gesprochen. Ich hatte noch keine Lust, zu lesen, was er schreibt.«

»Das Thema scheint sich in der Presse gut zu verkaufen. Es nährt die allgemeine Erregung. Niemand außer dir hat Bedenken geäußert, und wir verfolgen aktuell eine konkrete Spur. Wir haben alte DNA gefunden.«

»Ganz privat sagte ich ihm, dass man sich mäßigen soll. Der große Eike Freytag hat mich in einem sehr kleinen Moment erwischt. Natürlich muss der Täter ermittelt werden. Das steht außer Frage. Es sollte aber mit Bedacht geschehen und nicht mit öffentlicher Empörung. Die Polizei kümmert sich darum. Fünfundzwanzig Jahre sind vergangen, seit Markus Arens getötet wurde.«

Maria brachte die Getränke und wünschte Wohlsein.

»Und du?«, wollte Hero Dyk wissen.

Heeger nickte und nahm einen Schluck. »Wir bitten jeden der Männer, die damals im Zusammenhang mit dem Fall befragt wurden, um eine freiwillige Speichelprobe. Das sind rund fünfzig Männer! Weißt du, was für ein Aufwand das ist? Zwei Kollegen kümmern sich darum. Ich selbst überprüfe ein paar konkrete Hinweise, auf die wir gestoßen sind, so viel darf ich dir verraten. Wir kommen weiter.«

»Dann seid ihr sicher, dass es ein Mann war? Wie lange dauert es, bis die Ergebnisse vorliegen?«

»Aus der Speichelprobe? So um die drei Wochen«, sagte Heeger.

»Dann muss Freytag sich etwas einfallen lassen, um die Leute bei Laune zu halten.«

Heeger schnaufte böse. »Die ausgelobte Belohnung für zweckdienliche Hinweise ist Stoff genug. Wir zahlen zehntausend Euro, dazu fällt jedem Spinner etwas ein, das er uns melden muss.«

Hero Dyk lachte auf. »Ich las vor Kurzem etwas über Psychopathen. Nicht alle werden zu Mördern. Manche sind in zivilen Berufen sehr erfolgreich. Jetzt rate mal, welche Berufe sie bevorzugen. Das hat jemand recherchiert.«

»Na?«

»Sie werden gern Reporter. Unter anderem.«

Heeger lachte herzlich. »Unter anderem!«

»Ja«, sagte Hero Dyk. »Sie werden auch gern Polizist, Feuerwehrmann, Anwalt, Chirurg oder Extremsportler. Künstler oder Unternehmer. Ihnen wird schnell langweilig.«

»Du meinst, er ist ein Psychopath?«

»Wer? Freytag?«

Heeger verschluckte sich vor Lachen an seiner Weinschorle. »Der Mörder, Mensch. Ich rede vom Mörder.«

Beide Männer grinsten bis über beide Ohren.

»Du machst mir vielleicht Spaß«, sagte Heeger glucksend.

»Was weiß irgendjemand über so einen Mörder?«, fuhr Hero Dyk fort. »Kann sein, dass er kein Psychopath ist. Vielleicht tat er es aus nachvollziehbaren Gründen.«

»Nachvollziehbar!«, empörte sich Heeger. »Der Mord an einem kleinen Jungen?«

Maria brachte die Königsberger Klopse. Der leicht säuerliche Kaperndufte stieg den Männern in die Nase. Sie legten sich brav ihre Servietten auf den Schoß.

In dem Moment kam Svetlana zur Tür herein, sah sich um, entdeckte die beiden und setzte sich an ihren Tisch.

»Svetlana«, sagte Hero Dyk. »Was tun Sie hier?«

»Die kleine schwarze Frau«, sagte Svetlana. »Ist sie weg. Hat sich Taxi genommen. Ist sie beleidigt.«

»Um Gottes willen«, rief Hero Dyk. »Hätten Sie sie nicht aufhalten können?«

Sie sah ihn mitleidig an. »Esse ich Königsberger Klops«, sagte sie.

Doch die waren jetzt aus. Svetlana ließ sich von Maria die Karte bringen. »Bitte«, sagte sie zu den Männern. »Essen Sie.«

Doch gerade als Hero Dyk und Heeger sich Messer und Gabel nahmen, gab es Tumult am Eingang.

Heeger legte sofort das Besteck zurück. »Oh nein«, sagte er. »Es ist immer dasselbe. Können die Leute nicht mal mittags eine Pause machen, wenn sie sich schon die Schädel einschlagen müssen?«

»Ist hier ein Arzt?«, rief ein Mann, der in den Gastraum stürmte. »Einen Arzt, bitte!«

»Haben Sie einen Krankenwagen gerufen?«, wollte Heeger wissen. Noch gab es Hoffnung, dass man ihn nicht brauchte.

»Jemand ruft ihn bereits. Sind Sie Arzt?«

»Ich bin Polizist«, sagte Heeger. »Mordermittlungen. Wir kommen nach dem Arzt.«

Doch der Mann mochte sich nicht daran halten. »Dann beeilen Sie sich. Da ist eine Frau vom Kirchturm gesprungen.«

»Über Mittag?«, empörte sich Heeger, stand jedoch auf und wies mit Wehmut auf sein Essen. »Maria, lassen Sie das bitte noch eine Weile stehen.«

Die Hoffnung stirbt zuletzt.

Svetlana nahm seinen Teller und trank die Schorle. »Königsberger Klops«, stellte sie erfreut fest. »Sag ich doch.«

Hero Dyk konnte die Seelenruhe seiner Haushälterin kaum fassen. »Svetlana«, mahnte er, doch sie aß den Teller leer.

Als sie fertig war, stand sie auf. »Nu«, sagte sie. »Leiche gucken. Machen Sie keine Sorge wegen Mutter.«

Hero Dyk bezahlte die Rechnung und folgte ihr nach draußen.

2

Auf dem Marktplatz sammelten sich die Menschen am Eingang zur Turmstraße, einem sehr schmalen Durchgang zwischen der Marienkirche und der alten Stadtwaage. Ein paar Besucher eilten aus der Kirche, sie kamen aus dem seitlichen Haupteingang. Eine weitere Gruppe stand auf der höher gelegenen Terrasse oberhalb der Stufen zum Rathaus, sie hatte den besten Blick. Vor dem abscheulich nüchternen Bibliotheksgebäude fuhr blau blinkend ein Krankenwagen vor, als habe er nur auf diesen Augenblick gewartet. Hero Dyk bückte sich und las eine Baskenmütze auf, die auf dem regennassen Pflaster lag. Sie war dunkelblau mit lila Streifen und lag gerade außerhalb der Menschentraube. Sie war trocken und konnte noch nicht lange hier liegen.

»Warten Sie«, bat Hero Dyk seine Haushälterin und ging frech zu der Tür, die zum Turm hinaufführt. Der Turm hat eine eigene Außentür links vom Brautportal der Marienkirche. Sie stand offen. Hero Dyk warf einen Blick hinein, er war nie dort oben gewesen. Linker Hand führte eine Treppe in engen Windungen hinauf. Rechts erkannte er eine Verbindungstür aus Stahl zwischen Turm und Kirche. Mit der Baskenmütze in der Hand, wegen der Fingerabdrücke, beugte er sich vor und drückte die Klinke hinunter. Die Tür war unverschlossen. Ein Verschlag voller Tische und Stühle verbarg sich dahinter, von der Kirche durch eine Bretterwand getrennt.

Er schloss die Tür wieder, ging hinaus und begann sich durch die Menschen zu drängen, Svetlana folgte ihm dicht auf den Fersen. Hero Dyk verstand es, seine Autorität zu zeigen, also ließ man ihn passieren, bis er in vorderster Reihe stand. Ein paar Polizisten bildeten einen Kreis von wenigen Metern Durchmesser, in dessen Mitte Kriminalhauptkommissar Karl Heeger sich über die Leiche beugte. »Halten Sie die Leute fest, die in der Kirche sind«, wies er einen der Beamten an. »Wurde jemand gesehen, der den Turm verließ?«

Der Beamte schüttelte den Kopf, zückte jedoch sein Notizbuch und begann die Leute zu befragen.

»Und sperren Sie den Turm. Es darf niemand mehr hinaufgehen«, fügte Heeger hinzu.

Der Beamte nickte und wies ein paar Kollegen an.

Die Tote war sehr dünn und nicht besonders groß. Sie trug Jeans und eine gewachste dunkelblaue Regenjacke. Ihr Körper war verdreht, das Rückgrat gebrochen, doch es befand sich wenig Blut auf den vom Regen feuchten Steinen. Sie schien auf den Kopf gefallen zu sein. Der Schädel war zertrümmert. Hero Dyk konnte ihr Gesicht nicht sehen.

Er rief: »Heeger!«

Sein Freund sah ihn an. Er trug Gummihandschuhe und suchte in den Taschen der Jacke der Frau nach einem Ausweis.

Hero Dyk wedelte mit der Baskenmütze, die farblich sehr gut zur Jacke der Frau passte. »Hier«, sagte er. »Das lag dort hinten auf dem Pflaster. Vielleicht gehört sie ihr. Der Wind kann sie im Fallen bis dorthin geweht haben.«

Heeger zog einen Asservatenbeutel aus seiner Manteltasche, nahm die Mütze und tat sie hinein. »Ich darf dir nichts sagen«, raunzte er. »Aber danke.«

Hero Dyk nickte. »Ich habe dein Essen bezahlt. Svetlana hier«, er schob sie nach vorne, »die hat es gegessen. Du wirst mit Bratwurst vorliebnehmen müssen.«

Heeger nickte und machte sich wieder an die Arbeit. In den Taschen der Frau fand er nichts als eine Packung Tempotücher. Er kniete sich neben sie und tastete nach etwas, das unter ihr lag. Heeger zog daran, und eine rote Tasche kam zum Vorschein, die recht teuer aussah.

Hero Dyk sah, wie Heeger die Stirn runzelte. Nimmt eine Frau ihre Handtasche mit, wenn sie springt?

Die Männer sahen sich an, hoben einmütig ihren Blick und schauten zum Kirchturm hoch. Ist es Mut, von dort zu springen? Sie war auf das Dach der alten Stadtwache gestürzt und hatte ein paar rote Ziegel mitgerissen. Die Dachrinne oben war verbeult. Vermutlich war sie schon tot, als sie auf dem Pflaster aufschlug.

Ein Arzt bahnte sich jetzt seinen Weg durch die Menge, gefolgt von den Sanitätern. »Hier kommt jede Hilfe zu spät«, sagte Heeger. »Bitte respektieren Sie die Spuren.«

Der Mediziner nickte und überzeugte sich, dass die Frau tot war. Die Rettungshelfer verließen den Platz, ohne etwas für sie tun zu können. Hero Dyk sah, dass Heeger sein Handy hervorholte.

»Kommen Sie«, sagte er zu Svetlana. »Wir werden hier nicht gebraucht.«

Unwillig ließ sie sich wegzerren, doch schließlich kam sie mit. »Arme Frau«, sagte sie.

Hero Dyk nickte und ging zum Café zurück. Svetlana folgte ihm. Sie setzten sich an den Tisch, an dem sie gegessen hatten. »Ich muss mir Notizen machen«, sagte Hero Dyk. »Wann sehe ich schon eine Leiche, die ich beschreiben kann?«

Maria kam vorbei, und Svetlana schilderte ihr ausführlich, was sie gesehen hatten.

Hero Dyk notierte sich hastig die Lage der Toten, beschrieb ihre Kleidung, Heegers Reaktion, die Gespräche der Umstehenden. Was hatte er gehört, gerochen, geschmeckt?

Dann war er fertig. »Was ist mit meiner Mutter?«, wollte er wissen.

»Mit Taxi zum Dümmer«, sagte Svetlana. »Keine Sorge.«

Francisca besaß fast direkt am See ein Wochenendhaus, das ihr bei der Scheidung zugesprochen worden war. Hero Dyk war dort aufgewachsen. Nach dem überraschenden Erfolg seiner Romane hatte er das Haus in Osnabrück gekauft. Seine Mutter war ihm nur zu gern gefolgt. Sie genoss es, bei ihrem Sohn zu leben, zog sich jedoch oft und meist schmollend zurück, weil sie wusste, wie er zu packen war.

Sie bezahlten ein zweites Mal und gingen an der Menge vorbei, die immer noch auf dem Marktplatz stand. Svetlana hakte sich bei ihm unter. »Sind wir allein zu Haus«, bemerkte sie munter. Ein Jägerhut saß keck auf ihrem Kopf. »Gehen wir shoppen.«

3

Schamlos verstand es Svetlana, ihren Vorteil zu nutzen. Sie fand ein Paar neue Pumps, zwei weiße Blusen, ein für Hero Dyks Geschmack sehr altbackenes, aber teures Kostüm sowie eine Krawatte für ihn.

Er trug alle Tüten und Taschen, als zu seiner Erleichterung das Telefon klingelte. »Hier, nehmen Sie bitte«, sagte Hero Dyk und belud Svetlana mit ihrer Beute. »Das könnte wichtig sein.« Er fand das Gerät in seiner linken Hosentasche und nannte seinen Namen.

»Wie bitte? Wer ist dort?«, entgegnete eine Frauenstimme. »Spreche ich mit Hero Dyk? Ich habe Ihren Namen nicht verstanden. Ich möchte bitte mit Hero Dyk sprechen, dem Schriftsteller. Er wurde heute Morgen in der Zeitung erwähnt.«

Hero Dyk sah sich um, als ob es noch jemanden mit diesem Namen geben könnte. »Ja … das bin ich. Am Apparat.« Mit Blick auf Svetlana zuckte er die Achseln und wies auf das Telefon. »Ist wichtig. Kann dauern.« Er scheuchte sie achtlos mit einer Handbewegung davon.

Wütend zog Svetlana mit ihren Tüten ab. Der Hut auf ihrem Kopf rutschte zur Seite, und sie musste sich verrenken, um ihn oben zu behalten. Ein junges Mädchen war so freundlich, ihn für sie wieder gerade zu rücken.

»So«, sagte Hero Dyk. »Was kann ich für Sie tun? Ich habe Ihren Namen nicht verstanden.

»Meiffert«, klang es aus dem Apparat. »Dr. Yvonne Meiffert. Ich bin Rechtsanwältin und würde gern mit Ihnen sprechen.«

»Worum geht es denn? Was hat das mit dem Artikel zu tun?«

»Es geht um den Fall Markus Arens. Sie äußerten sich kritisch dazu, dass man ihn neu aufnimmt.«

Hero Dyk verlor Svetlana aus dem Blick und tauchte zwischen all den Menschen unter, die den Domhof bevölkerten. »Ich äußere mich nicht«, betonte er. »Man zitiert mich. Ich habe den Artikel noch nicht einmal gelesen. Was ich sagte, ist, dass seit der Tat viel Zeit ins Land gegangen ist. Die Leute, die Presse – man sollte sich mäßigen. Es ist möglich, dass durch die Aufklärung neuer Schaden entsteht. Daran soll man denken. Hören Sie – den ganzen Tag werde ich darauf angesprochen. Ich denke, es ist erlaubt, nicht in die allgemeine Wut einzustimmen.«

»Das sehe ich ebenso«, sagte Yvonne Meiffert. »Ich vertrete Bettina Arens, die Mutter von Markus. Wir möchten Sie bei einer Sache um Rat fragen.«

»Um Rat? Ach so! Als was denn soll ich Ihnen raten?«

»Sie sind doch Schriftsteller?«

»Ja …« Zögernd.

»Und Sie ermitteln doch gern.« Das war nicht als Frage gemeint.

»Nun, meine Neugier …«

»Jetzt seien Sie nicht so bescheiden. Man kennt Sie als guten Ermittler.«

»Na, genau darüber liege ich derzeit im Streit mit meiner Mutter …«

»Sehen Sie. Deshalb suchen wir Ihren Rat. Wir haben eine interessante Geschichte zu erzählen. Können wir Sie sprechen?« Sie nannte eine Adresse im Stadtteil Wüste.

»Na ja …«, murmelte Hero Dyk.

»Fein«, sagte Yvonne Meiffert. »Dann um sechzehn Uhr.« Damit hängte sie auf.

Hero Dyk kam der Gedanke, dass er nicht zum Mittagessen hätte gehen sollen. Das Böse in der Welt geschieht nur, weil die Leute nicht zu Hause bleiben können.

4

Am Rande der Altstadt und etwas abseits der Einkaufsstraßen fand Hero Dyk die Buchhandlung, in der er sich sicher fühlte. Eine ihm unbekannte Verkäuferin stand vor dem Regal mit Kriminalliteratur und schälte sich aus einer Jacke, als wäre sie gerade erst zur Arbeit erschienen. Sie beriet eine Kundin.

Hero Dyk kam sie fast wie ein Kind vor, so jung wirkte sie. Er stand hinter ihr und überragte sie um mehr als einen Kopf. Eine Aushilfe, dachte er, die Meinungen von sich gibt statt Wissen. Sie war mehr jung als attraktiv, etwas stämmig und gut genährt. Die blond gefärbten Haare wirkten gepflegt. Der schicke Strickpullover und das teure Make-up fielen ihm auf. Das Mädchen konnte keine zwanzig Jahre alt sein. Ihre Stimme klang laut und schrill.

Die Kundin dagegen war ausgesprochen hübsch und würde es lange bleiben. Eine Person, der man gefallen will. Sie sei zu Besuch in Osnabrück, hatte sie gesagt, und suche nach regionalen Autoren, die man lesen könne. Hero Dyk stand rein zufällig daneben und hoffte, sein Name möge fallen. Er fiel tatsächlich, nur anders.

»Den Dyk empfehle ich Ihnen nicht. Der ist zu platt«, sagte die Verkäuferin.

Das Buch, das ihn interessierte, legte er sofort zurück. Stattdessen nahm er schmal lächelnd und rot vor Scham eines, auf dem sein eigener Name stand. Er ging zur Kasse und bezahlte den Listenpreis. In seiner Jackentasche fand er den Stift, den er stets bei sich trug, schrieb in einer Ecke der Buchhandlung das Datum in das Buch, darunter wütend sein Autogramm.

Die Kundin war nicht auf die Vorschläge der Verkäuferin eingegangen und hatte sich entfernt. Sie suche nach einem wirklich guten Buch, sagte sie. Hero Dyk hatte dafür jedes Verständnis und empfand Sympathie. Er ging zu ihr und sprach sie an.

»Entschuldigen Sie bitte. Ich hörte zufällig, dass Sie einen Autor suchen, der über Osnabrück schreibt. Darf ich Ihnen dieses Buch hier empfehlen? Glauben Sie mir, es ist nicht platt. Tun Sie mir den Gefallen und lesen Sie es. Ich schenke es Ihnen. Es enthält eine Widmung des Autors.«

Die Kundin zeigte sich überrascht, nahm das Geschenk jedoch an. Hero Dyk war groß, kräftig und schlank. Seine Stimme hatte einen angenehmen Klang, und er roch gut.

»He!«, rief die Verkäuferin, die den Vorgang beobachtet hatte. Hero Dyk las ihren Namen auf einem Schild an der Brust: Sie hieß Anastasia. »Was fällt Ihnen ein?«

Hero Dyk stellte sich schützend vor die Kundin und breitete die Arme aus. »Es ist nicht platt«, sagte er und zog entschlossen den Kopf zwischen die Schultern. »Es mag anders sein, aber niemals platt.«

Die Kundin schlüpfte an ihm vorbei durch die Tür ins Freie.

»Sie hat nichts gekauft«, empörte sich Anastasia und sah sich nach ihrem Kollegen um. »Hast du das gesehen, Tim?«

»Es ist nicht platt«, insistierte Hero Dyk. »Sie sind platt. Wie können Sie vom Lesen meines Buches abraten? Das grenzt an Zensur, wissen Sie? Wagen Sie es nicht, mein Buch noch einmal mit Ihrer Meinung zu beschmutzen!«

»Sie sind der Autor?«

»Ganz richtig. Ich habe dieses Buch geschrieben. Es ist nicht platt. Merkwürdig vielleicht, das lasse ich gelten.«

»Sie wollte ein Buch kaufen.« Anastasia war fassungslos und wurde laut. »Mit richtigem Geld, verdammt! Und Sie schenken ihr eines, das sie gar nicht lesen will?«

»Das wissen Sie nicht«, grollte Hero Dyk. Zwei andere Kundinnen wurden aufmerksam. »Ihre Meinung ist nicht relevant. Vermutlich haben Sie das Buch nicht gelesen. Nennen Sie mir zwei oder drei Figuren aus dem Roman. Oder einen der Orte, die vorkommen. Können Sie das?«

»Bitte verlassen Sie das Geschäft«, rief Anastasia und wies ihm die Tür. Sie verlor ihre Haltung und wurde rot vor Wut. »Verlassen Sie jetzt das Geschäft!«

»Dürfen Sie das überhaupt? Haben Sie ein Hausrecht? Wo ist denn Herr Dahle? Arno Dahle. Das ist doch der Inhaber?« Hero Dyk wand sich an den schmächtigen Kollegen der Verkäuferin, der sich abseits hielt. »Sie sind mir bekannt.« Er tippte ihm an die Schulter. »Ist Herr Dahle zu sprechen? Er ist gut mit meiner Mutter befreundet, wussten Sie das?«

»Der ist für paar Tage auf Reisen«, stammelte der Kollege, er war nur wenige Jahre älter als die Verkäuferin, und wich zurück. »Privat.«

Anastasia bewegte sich nun weg von Hero Dyk, tiefer in den Raum hinein, ließ ihn jedoch nicht aus den Augen, bis sie hinter ihrem Kollegen stand.

Unablässig schimpfte sie vor sich hin. »Wirf ihn raus, Tim!«, verlangte sie und stieß ihren Kollegen vorwärts. »Sonst schläfst du heut allein.« Dann hielt sie sich den Kopf und verdrehte die Augen. »Meine Migräne«, stöhnte sie. »Das habt ihr jetzt davon.«

Der junge Mann stolperte ein paar Schritte auf Hero Dyk zu, er war einen ganzen Kopf kleiner. »So gehen Sie doch«, sagte er und fügte mit einem ängstlichen Blick auf seine Kollegin leise ein »Sehen Sie denn nicht? Die Migräne!« hinzu. Er stupste Hero Dyk an. Mehr als das war es nicht.

Doch der empörte Autor schubste den Mann zurück. Der

Verkäufer stolperte und stürzte gegen eines der Bücherregale, die die Wände säumten. Dort suchte er Halt. Fünf oder sechs Regalbretter fielen heraus und entledigten sich ihrer Last. Danach war es sehr still in der Buchhandlung.

»Es ist nicht platt«, insistierte Hero Dyk ein letztes Mal, griff sich die aktuelle Ausgabe der lokalen Zeitung, wühlte in seiner Manteltasche, zog ein Geldstück heraus und warf es dem Verkäufer zu, der es aus der Luft fing. »Und Sie …« , sagte er zu dem jungen Mädchen. »Sind Sie denn schon sechzehn? Oder muss man noch Du sagen?«

Hero Dyk verließ das Geschäft erhobenen Hauptes und trat auf die Straße. In der Tür fauchte ihn eine Katze an, ein räudiges Tier mit schwarz-weißem Fell. Es drängte sich an ihm vorbei in den Laden.

Der junge Mann raffte sich stöhnend auf und ging zu seiner Kollegin. »Siehst du? Er ist gegangen.«

Tief aus Anastasias Kehle drang ein tierischer, fast heulender Laut. Sie verlor jede Fassung, holte aus und schlug ihrem Kollegen die flache Hand ins Gesicht. Er taumelte ein paar Schritte zurück und wäre vor Schreck fast wieder zwischen die Bücher gefallen. Dann wies sie ihn barsch an, Milch für die Katze zu holen.

Eine der beiden verbliebenen Kundinnen schlug sich entsetzt die Hand vor den Mund.

Die andere bückte sich und griff ein Buch. »Das nehme ich«, sagte sie zu Anastasia. In ihrer Stimme schwang leicht ein süddeutscher Akzent mit. »Ist es wirklich so schlecht?«

Sie hatte den Roman gewählt, den Hero Dyk geschrieben hatte. »Was denn?«, kommentierte sie Anastasias bösen Blick und hielt lächelnd stand.

5

Es hatte wieder zu regnen begonnen. Noch mit der Tür in der Hand wurde Hero Dyk aufgehalten.

»Was für eine Freude«, tönte Eike Freytag, als er ihn sah. Der Kollege aus der schreibenden Zunft, der die Nische vertrat, die über die Realität berichtet. Der Autor des gemeinsten Gesellschafts-Blogs in der Stadt.

»Ja«, sagte Hero Dyk, nahm die ausgestreckte Hand und ließ sich unter Freytags Regenschirm ziehen. »Welche … Freude.« Das kurze Innehalten teilte mit, wie einseitig das Vergnügen war.

Freytag wies auf die Zeitung, die Hero Dyk in der Hand hielt. »Sie informieren sich, wie ich sehe. Ist Ihnen mein Artikel aufgefallen? Nicht? Gleich hier auf der ersten Seite steht er. Sehen Sie? Der Leitartikel.« Er nahm Hero Dyk die Zeitung ab und hielt die Schlagzeile hoch.

»Ich habe sie gerade erst gekauft. Sie ist noch ganz neu«, verteidigte sich Hero Dyk. »Aber die Leute sprechen mich ständig darauf an.«

»Na gut«, sagte Freytag enttäuscht und gab die Zeitung zurück. Er beugte sich vor und sah in den Laden. »Gab es Ärger? Was ist denn passiert?«

Hero Dyk reagierte nicht auf die Frage. Er drängte den Reporter ein wenig von der Eingangstür weg.

»Nun?« Eike Freytag musterte ihn abwartend.

»Sie drängen mir da eine Rolle auf, der ich nicht gerecht werde, Herr Freytag«, sagte Hero Dyk. »Ich bin nicht dagegen, dass der Mörder gesucht wird. Es ist nur viel Zeit vergangen. Ich bin für ein gewisses Augenmaß.«

»Doch, doch«, bestätigte der Reporter sogleich und wedelte mit dem Finger. »Da haben Sie recht. Der Täter hat versucht, den Jungen zu vergewaltigen, und ihn ermordet, als das nicht ging. Letzteres geschah vermutlich, um die Tat zu vertuschen. In Notwehr, sozusagen. Man muss, das versteh ich doch, den Kerl mit Rücksicht behandeln.«

»Sie drehen mir das Wort im Munde um. Doch es ist interessant, wie Sie das sagen«, antwortete Hero Dyk, legte den Arm um Freytags Schulter und lenkte ihn fort von der Buchhandlung. Ein Gedanke hatte sein Interesse geweckt. »Hätte der Täter also keine Angst haben müssen, erwischt zu werden, könnte der Junge noch leben? Das wirft die Frage nach dem Sinn des

Strafrechtes auf. Geht es darum, die Täter zu bestrafen? Wäre es nicht besser, die Opfer zu schützen? Dann sollte es Schutzrecht heißen, oder nicht?«

»Was Sie nicht sagen.« Eike Freytag war nun ganz Ohr, er lauschte auf weitere Unschicklichkeiten in den Äußerungen seines Gegenübers. »Eine bedenkenswerte Überlegung, wenn auch sehr akademisch.«

Die Kundin mit ihrem gerade neu gekauften Buch trat auf die Straße und nickte dem Autor zu.

»Ja«, sagte Hero Dyk. »Und man muss sich fragen, ob der Täter … Es wird doch angenommen, dass er männlich war, oder? Keine Frau? Ob dieser Mensch noch andere Opfer zu verantworten hat.«

»Erstaunlich, dass Sie das sagen, Herr Dyk. Denn genau das ist die Frage. Hauptkommissar Karl Heeger … Ich glaube, Sie kennen Herrn Heeger? Sie sind befreundet, wenn ich mich nicht irre.«

Hero Dyk nickte.

»Er hat den Fall auf meine Initiative hin neu aufgerollt, wissen Sie? Es war zu Beginn meine Idee, aber das ist nicht so wichtig. Heeger hat nun tatsächlich altes Genmaterial gefunden. An der Kleidung des Jungen, die Gott sei Dank noch nicht entsorgt war. Lang genug hat es ja gedauert, bis man etwas fand. Das steht alles in meinem Artikel. Mit der DNA sollte sich der Täter finden lassen, denkt man. Doch es ist wie bei einem Fingerabdruck: Wenn man nicht weiß, zu wem sie gehört, ist sie wertlos. Man könnte nun alle Männer der Stadt zu einem Gentest verpflichten, doch das geht nicht. Es ist nicht erlaubt.«

Hero Dyk lachte auf. »Ja, da müsste man sich als Mann ständig die Haare ausreißen lassen.«

Freytag reagierte nicht darauf. »Jedenfalls wurden wir von der Polizei gebeten, genau fünfundzwanzig Jahre nach dem Tod des Jungen darüber zu berichten und die Bevölkerung um Hinweise zu bitten. Man befürchtet, dass es weitere Opfer gegeben haben könnte oder geben wird, von denen man noch nichts weiß. Genau, wie Sie sagen. Deshalb auch die hohe Belohnung, die enorm helfen wird.«

»Vermisst denn jemand ein kleines Kind?«

»Das weiß ich nicht.« Der Reporter klang nun ein wenig verstört.

»Aber man wird doch wissen, ob ein Kind vermisst wird, Herr Freytag. Das lässt sich feststellen.«

Jetzt trat der Verkäufer vor den Laden und eilte davon, als er Hero Dyk sah.

»Lesen Sie meinen Artikel, dann wissen Sie, worum es geht«, sagte Eike Freytag. Er wies auf die Buchhandlung. »Haben Sie ein Buch gekauft? Was ist dadrin passiert? Sie wirken ein wenig abgelenkt.«

Hero Dyk ließ sich nicht aus dem Konzept bringen. »Der Täter könnte sein Leben mittlerweile im Griff haben. Seit fünfundzwanzig Jahren schon. Die Ermittlungen könnten die Verhältnisse aus dem Gleichgewicht bringen. Vor allem, wenn die Öffentlichkeit einbezogen wird. Wir beide wissen doch, was dabei herauskommt, wenn die Leute verrückt werden. Der Schaden könnte immens sein. Stellen Sie sich die Familie des Jungen vor. Die muss das alles erneut durchstehen.«

»Es gibt eine Mutter«, sagte Freytag. »Der Vater ist mir unbekannt.«

»Na, sehen Sie. Die arme Frau.«

»Eine merkwürdige Mutter ist das. Tatsächlich scheint sie wenig Interesse daran zu haben, dass der Mörder ihres Sohnes gefasst wird.«

»Sie hat vielleicht Angst. Vor den Medien womöglich?«

»Sagen Sie, Herr Dyk«, Freytag zog drohend sein Notizbuch aus der Tasche, »darf ich Sie erneut zitieren? Sie bestehen darauf, dass man besser alles so lassen soll, der Täter habe sich vermutlich selbst geheilt. Verstehe ich das richtig?«

Was hatte er da nur angerichtet? »Zitieren? Schon wieder? Na ja … wissen Sie … Es ist doch möglich, dass man lernt, pädophile Gedanken und Neigungen zu beherrschen. Ich denke, es liegt an der mangelnden Selbstkontrolle. Schlechte Gedanken haben viele, doch nicht jeder gibt ihnen nach.«

»Haben Sie die auch, Herr Dyk? Schlechte Gedanken?«

»Nein«, sagte Hero Dyk bestimmt. Was soll man auch sonst

darauf sagen? »Man muss das natürlich verfolgen, doch man sollte es der Polizei überlassen.«

»Die Polizei ist es, die die Öffentlichkeit um Hilfe bittet«, sagte Eike Freytag tadelnd.

Die beiden Männer sahen sich an. Der Reporter löste sich, schlug sein Notizbuch zu und wies auf die Buchhandlung.

»Vielleicht sollte ich mir ein Buch kaufen. Obwohl – mir fehlt meist die Zeit, zu lesen. Es hat mich sehr gefreut, Sie getroffen zu haben. Sie waren mir eine große Hilfe. Wirklich. Vielleicht lesen Sie morgen wieder, was ich schreibe?« Sie gaben sich die Hand, und Eike Freytag lächelte breit.

»Na dann …« , sagte Hero Dyk und sah zu, wie der Reporter den Laden betrat.

Der Regen war stärker geworden, während sie sprachen. Ein jetzt kühler Sprühregen, gegen den es nur wenig Schutz gab. Hero Dyk suchte eine Arkade, um sich unterzustellen. Er zückte sein Notizbuch. *Die Angst*, notierte er, *sitzt im Bauch. Man sagt, das Gefühl sei »flau«. Was heißt flau? Wenig kompakt? Der sonst so neutrale Mageninhalt macht sich bemerkbar und drückt unmittelbar bis zum Schließmuskel. Angst wovor? Bloßgestellt zu werden? Aufzufallen? Allein zu sein und jede Unterstützung zu verlieren? Vor nächtlichen Telefonanrufen, Schmähmails und eingeworfenen Fensterscheiben? Vor quälenden Fragen und zögernden Antworten? Angst davor, kämpfen zu müssen?*

Dann ging er nach Hause, beachtete Svetlana kaum, als er vorne herein und hinten zum Hof wieder hinausging, bestieg seinen Land Rover und fuhr quer durch die Stadt, um sich mit der Anwältin zu treffen.

6

Die Adresse, die Yvonne Meiffert ihm gegeben hatte, führte Hero Dyk zu einer flachen und recht einfach gebauten Villa aus roten Klinkern, die an einem Wendehammer lag. Es war das Haus von Bettina Arens, sie lebte seit dreißig Jahren hier.

Das Wäldchen, in dem ihr Sohn getötet worden war, hatte sich ganz in der Nähe befunden, doch Grund und Boden dort waren jetzt bebaut.

Es hatte aufgehört zu regnen, ein leichter Wind schob die Wolken beiseite. Hero Dyk wendete und parkte seinen schweren Geländewagen so vor dem Haus, dass er direkt auf den Bürgersteig aussteigen konnte. Ein paar Reporter hatten sich auf der anderen Straßenseite aufgebaut und warteten. Wie die Vögel in dem Film von Alfred Hitchcock, dachte Hero Dyk. Sie näherten sich ihm von allen Seiten, als er auf die Villa zuging. Jemand rief seinen Namen, ein anderer sprach aufgeregt in sein Mobiltelefon, doch Hero Dyk hatte die bessere Position.

Ein kleiner Steinweg führte zwischen blühenden Rosen zum Eingang. Er klingelte, und die Tür wurde zögernd einen Spalt geöffnet.

»Mein Name ist Hero Dyk«, sagte er. »Ich wurde angerufen. Was ist denn los?«

»Ach ja! Kommen Sie schnell. Die warten nur.« Sie warf einen ängstlichen Blick nach draußen, während sie zur Seite trat und die Tür für ihn aufhielt.

»Die tun Ihnen nichts, Frau Arens. Das sind Reporter. Die möchten nur Ihre Geschichte haben.« Das Haus roch ein wenig nach alten Schuhen.

»Die haben sie doch längst«, sagte Bettina Arens. Sie war eine kleine Frau von sechzig Jahren. Hager bis dürr, und sie hielt sich krumm. Ihre Haare waren dünn und glatt, etwas wirr, aber ordentlich geschnitten, ihre Bluse, der Rock und die Schuhe von guter Qualität und gepflegt. Ihr Gesicht war eingefallen, als ob es mal runder gewesen wäre. Am Hals hing die Haut um die Sehnen, dass es aussah wie die Kehllappen eines Huhnes. Ihre Augen sahen Hero Dyk nicht an. Bettina Arens schaute zu Boden, als sie ihm die Hand reichte und sie sofort wieder zurückzog.

Dann, als sei ihr etwas eingefallen, rief sie ins Haus wie nach einer Mutter: »Kommst du, bitte?« Die Mundwinkel schafften es bis halb nach oben, doch die Lippen blieben schmal.

Eine Frau in hohen Schuhen erschien in der Tür zum Wohnzimmer. Sie schien sich ihrer Wirkung kaum bewusst zu sein, oder es war ihr egal. Sie war jünger als Hero Dyk, aber fast genauso groß. Das dunkelblaue Kleid, das sie trug, passte schlecht zu ihren braunen Augen und dem blonden Haar. Es saß jedoch sehr eng auf ihren prächtigen Kurven. Ein Körper, dachte Hero Dyk, wie aus einer längst vergangenen Zeit. Schmerzlich wurde ihm bewusst, dass er seine eigene Zeit meinte.

Mit der linken Hand wischte sie sich eine Haarsträhne hinter das Ohr, während sie ihm die rechte entgegenstreckte. »Dr. Yvonne Meiffert«, stellte sie sich vor. »Nennen Sie mich Ivy, das tun alle.«

»Hero Dyk«, sagte er und fügte stotternd »Hero, für Sie« hinzu. Er folgte ihr ins Wohnzimmer. Eine Panoramascheibe gab den Blick auf den Rasen und die Straße frei, doch die Sträucher davor waren hochgewachsen wie zum Schutz, sodass es kaum möglich war, hineinzusehen. Innen hatte Bettina Arens die niedrige Fensterbank mit Grünpflanzen vollgestellt, die wie eine zusätzliche Sperre wirkten. Auf allen Tischen, Schränkchen und Regalen hockten Figuren aus Porzellan, Holz oder Metall. Sie schien Eulen zu mögen. Das Sofa drehte dem Fenster den Rücken zu, ihm gegenüber stand ein Flachbildfernseher, der für die Schrankwand viel zu groß war.

Es gab keine Familienfotos in diesem Raum. Kein einziges Bild ihres Sohnes.

Bettina Arens trug ein Tablett mit Kaffee und Tassen herein, das sie zuvor in der Küche bereitgestellt hatte. Hero Dyk setzte sich auf das Sofa. Sie schenkte ein, ihre Anspannung war nicht zu übersehen. Eine Weile wand sie sich unter Hero Dyks Blick und verkroch sich schließlich in eine Ecke der Couch.

Ivy durchbrach das Schweigen. »Ich bin hier in der Nähe aufgewachsen«, sagte sie. »Es sind fast fünfundzwanzig Jahre vergangen, seit ich Betty … Frau Arens … das letzte Mal gesehen habe. Ich war noch ein Kind und ging auf die gleiche Schule wie Markus.« Resolut fügte sie hinzu: »Frau Arens hat um meine Hilfe als Rechtsanwältin gebeten. Die wollen noch mal versuchen, den Mörder ihres Sohnes zu finden.«

»Was erschreckt Sie so sehr daran?«, wollte Hero Dyk von Bettina Arens wissen.

»Der Grund kann uns egal sein«, sagte Ivy bissig, dann ergänzte sie versöhnlicher: »Sie hat Angst. Sie versucht, zu vergessen, und jetzt graben die alles wieder aus.«

Bettina Arens hob ihren Blick. »Ich habe eine Annonce aufbewahrt, die ich aus der Zeitung geschnitten habe. Da stand drin, dass Ivy als Rechtsanwältin tätig ist. Ich dachte, dass ich sie brauchen könnte.«

»Na, sehen Sie, da hat die Presse auch etwas Gutes«, sagte Hero Dyk. »Die Polizei sucht nach dem Mörder ihres Sohnes. Dafür braucht man die Hinweise der Leser.«

»Ich weiß kaum noch, wie der Junge aussah«, sagte Bettina Arens leise, als hätte man ihr einen Vorwurf gemacht.

Hero Dyk nickte. »Ich sehe kein Foto von ihm.«

»Es gibt keines. Sind alle weg. Nur die Zeitung hat noch welche.«

»Was ist mit Ihnen?«, wollte Hero Dyk wissen. »Sie wirken sehr bedrückt.«

»Ich war immer so. Das war nie anders. Schon vor Markus' Tod. Seit mein Mann mich verließ, bin ich so.«

»Also waren Sie mal anders. Als Ihr Mann noch bei Ihnen war? Sie waren mal ein ganz lebhafter Mensch, oder? Es ging Ihnen mal gut.«

Sie zuckte die Achseln. »Ich erinnere mich nicht.«

»Na gut«, sagte Hero Dyk und fragte: »Haben Sie noch Kontakt zu Ihrem Mann?«

»Wir sind schon lange geschieden.«

»Man kann trotzdem Kontakt halten. Vielleicht hat er sich bemüht, Ihnen nach dem Tod von Markus zu helfen?«

»Nein.«

»Hat er Ihnen Vorwürfe gemacht?«

Sie zuckte wieder die Achseln.

Ivy goss sich eine weitere Tasse Kaffee ein, erhob sich und ging zum Fenster. Die Reporter standen gegenüber dem Haus und unterhielten sich. »Ich bin Strafverteidigerin«, warf sie ein. »Ich helfe Menschen, die bestraft werden sollen. Das ist bei Bettina nicht der Fall.«

»Ich weiß nicht, was ich tun soll«, sagte Bettina Arens.

»Das geht mir genauso«, sagte Hero Dyk. »Wozu brauchen Sie meine Hilfe? Verstecken Sie sich hier, falls der Rummel Sie stört. Bleiben Sie einfach zu Hause und kaufen Sie keine Zeitung.« Er wies auf den Fernseher. »Schalten Sie das Gerät nicht ein. Das ist alles Theater. Die Leute amüsieren sich ein wenig, dann ist es vorbei.«

Sie starrte ihn an und rührte sich lange nicht. »Können wir uns duzen?«, fragte sie unvermittelt.

»In Ordnung«, sagte Hero Dyk. »Bettina also.« Er beschloss, sie weiter zu siezen. »Was kann ich für Sie tun, Bettina?«

»Betty«, sagte sie und schwieg dann.

Es war Ivy, die sich schließlich zu Wort meldete. »Ich war damals ein kleines Mädchen von … warten Sie … ich muss wohl dreizehn Jahre alt gewesen sein. Seither mache ich mir Vorwürfe, dass Markus an jenem Tag allein zur Schule gehen musste. Er wartete jeden Tag auf mich, und wir legten den Weg gemeinsam zurück, aber an dem Morgen ist er allein gegangen. Ich habe jetzt selbst eine Tochter, wissen Sie. Ich kann es nicht lassen, ihr nachzulaufen. Und glauben Sie mir, sie dankt es nicht.«

»Warum ist Markus an jenem Morgen allein gegangen?«

Ivy ging im Wohnzimmer auf und ab, als hätte sie die Frage nicht gehört, dachte nach und tippte sich schließlich an die Stirn. »Wir suchen uns einen Ermittler, haben wir gedacht. Genau. Jemanden, der solche Fragen stellt, ohne gleich mit der Presse zu reden. Das brauchen wir. Jemanden, der Spuren verfolgt und Verdächtige beschattet.«

»Wen soll er denn beschatten?«, wollte Hero Dyk wissen.

»Wir dachten, Sie finden schnell den Mörder, und dann ist es vorbei. Sie sind bekannt für Ihre Erfolge, Herr Dyk. Oder haben Sie eine bessere Idee?« Sie blieb stehen und sah ihn an.

Hero Dyk dachte einen Moment lang nach. »Worüber reden wir hier, Ihrer Meinung nach?«

»Ist das nicht offensichtlich? Wir finden den Mörder selbst. Ohne auf die Polizei zu warten. Die sind sicher dankbar für jede Hilfe. Dann weiß man, wer es war, und niemand interessiert sich noch für Bettina.«

»Und da haben Sie an mich gedacht?«

»Natürlich«, sagte Ivy munter. »Und Sie machen später exklusiv eine Geschichte daraus.«

»Wir, Sie und ich, finden also den Mörder von Markus?«

»Fänden Sie das gut?«

»Doch«, sagte Hero Dyk. »Schon. Aber wie kommen Sie darauf, dass so etwas funktioniert? Was habe ich mit Ermittlungen zu tun? Ich schreibe Bücher. Ich sitze am Schreibtisch. Hat meine Mutter Sie angerufen und mich angeboten?«

»Ach, das klappt schon. Sie werden sehen.«

»Moment«, warf Hero Dyk ein und wurde das Gefühl nicht los, von einem schweren Gerät überfahren zu werden. »Ich will das nicht. Ich bin kein Ermittler. Und überhaupt – wozu braucht Frau Arens eine Strafverteidigerin?«

»Betty«, sagte Bettina Arens. »Bitte.«

Ivy hakte ihn unter und drängte ihn zum großen Fenster. »Hören Sie«, sagte sie sehr leise. »Ich habe lange für mein Studium gebraucht. Sehr lange. Alleinerziehende Mutter, Sie verstehen? Ich kann jede Mandantin gut gebrauchen. Betty hat sich an mich erinnert, und ich möchte ihr helfen. Das geht am besten, indem der Fall gelöst wird.«

Hero Dyk machte sich los und wies auf die wartenden Reporter. »Ich gehe jetzt da raus«, sagte er.

Ivy nickte, gab den Widerstand auf und sah zu, wie er sich von Bettina Arens verabschiedete. Er müsse über das Angebot nachdenken, sagte er.

Vor der Tür warteten die Reporter, sie verlangten Auskunft. Eine Kamera wurde auf Hero Dyk gerichtet.

»Lassen Sie bitte die arme Frau Arens in Ruhe. Sie weiß nicht mehr als damals.«

Zwischen den Reportern erkannte er Eike Freytag, der ihn anstarrte und dann lächelnd ein Notizbuch zückte.

»Das ist doch Yvonne Meiffert, die da bei ihr ist«, rief eine Journalistin.

»Das ist richtig«, gab Hero Dyk zu.

»Wozu benötigt Frau Arens eine Strafverteidigerin?«, wollte einer der Männer wissen. »Wird sie beschuldigt?«

»Sie machen ihr Angst«, rief Hero Dyk. »Sie hat um Hilfe gebeten. Um menschliche Hilfe statt um rechtlichen Beistand. Die beiden kennen sich.«

Die Reporter sahen ihn stumm an und warteten auf mehr.

»Hat Frau Arens etwas mit der Sache zu tun?«, rief schließlich jemand aus der Menge.

»Es geht um den Mörder ihres Sohnes«, gab Hero Dyk zu. »Natürlich hat sie da etwas mit der Sache zu tun.«

»Kommen Sie«, warf die Journalistin ein, die nach Ivy Meiffert gefragt hatte. »Die Öffentlichkeit hat ein Recht auf Information. Ich arbeite mit Eike Freytag zusammen, den kennen Sie sicher?«

»Lass ihn in Ruhe«, schaltete sich Freytag ein. Die Reporterin drehte sich erschrocken um, niemand hatte ihn zuvor bemerkt. »Er weiß nichts.«

Die Reporter schwiegen jetzt. Der Kameramann hielt weiter auf den böse dreinblickenden Hero Dyk, der sich nun abwandte, in sein großes Auto stieg und langsam Gas gab, um niemanden zu überfahren.

Er war keine hundert Meter weit gekommen, als ihm jemand völlig unvermittelt vor das Auto lief.

7

Die Gestalt war aus dem Nichts direkt vor sein Auto gesprungen. Hero Dyk bremste scharf und erkannte Yvonne Meiffert, die etwas überrascht, jedoch sanft zu Boden glitt, wieder aufsprang und die Beifahrertür aufriss.

»Los!«, rief sie, schwang sich auf den Sitz und rieb sich den schmerzenden linken Oberschenkel. Sie wuchtete eine riesige Handtasche in den Fußraum. »Fahren Sie. Ich bin hinten raus, als die Kerle nur Augen für Sie hatten. Hier links … fahren Sie!«

Hero Dyk blickte in den Rückspiegel und sah, dass die Reporter aufmerksam geworden waren. Er gab Gas und fuhr, wie Ivy ihm sagte, um die nächste Ecke.

Sie befanden sich südwestlich des Osnabrücker Stadtzentrums. Außerhalb der ehemaligen Stadtmauern war das Land früher wüst, feucht und unbewohnbar gewesen. Daher der Name Wüste, der sich bis heute gehalten hat. Ab der Mitte des 19. Jahrhunderts hatte man begonnen, das Land trocken zu legen. Man nutzte zum Auffüllen die Reste der alten Stadtmauer und des Walls und bis Mitte des 20. Jahrhunderts auch Haus- und Industriemüll, Schutt und Asche. Das alles kam gegen 1990 ans Licht, und das Gebiet musste aufwendig saniert werden, was auch geschah. Heute ist die Wüste eines der beliebtesten Wohnviertel der Stadt.

Zwei Straßen von Betty Arens' Villa entfernt liegen wie vergessen ein paar schäbige Hochhäuser und eine Zeilenbausiedlung. Dort schweben die Balkone im Erdgeschoss wenige Zentimeter über dem Rasen. Man kann den Leuten vom Bürgersteig aus fast die Hand geben. Hier sitzt man auch im Winter draußen und grillt. Die Satellitenantennen sind am Geländer befestigt, die Blumenkästen werden zu Weihnachten geschmückt, im Sommer stehen sie voller Geranien. Viele der Fenster sind leer, Wolldecken hängen von den Balkonen. Kinderlärm. Gerüche nach Rosenkohl und von einem offenen Feuer. Abrollgeräusche der Autoreifen, ein Motor wird gestartet.

Dort ließ Ivy ihn anhalten. »Am Tag, als Markus getötet wurde«, sagte sie, »hat er hier auf mich gewartet, wie jeden Tag. Doch ich war noch nicht fertig. Deshalb ist er allein gegangen. Verstehen Sie? Ich hätte es verhindern können.«

Der Eingang zu den Häusern lag auf der von der Straße abgewandten Seite. Man hat sich einiges dabei gedacht, sie so zu bauen, nur kann man mit dem Auto nicht bis vor die Haustür fahren. Die Garagen zwischen den Bauten grenzen breite Grünflächen von der Straße ab. Viele Fahrräder, man denkt an Studenten. Ein Verschlag für die Mülltonnen. Dort liegt ein Steckenpferd aus Holz, daneben eine Giraffe, ein einzelner Frauenhandschuh. Am Straßenrand ein alter Kaugummiautomat. Weiter hinten ragt drohend ein achtstöckiges Gebäude empor, das man gelborange gestrichen hat, um es fröhlicher zu machen.

Ivy öffnete das Autofenster weit und atmete die feuchte Luft tief durch ihre Nase ein.

Hero Dyks Telefon läutete. Eike Freytag. Er nahm das Gespräch an.

»Herr Kollege«, meldete sich der Reporter. »Es scheint, als hätten Sie die Fährte aufgenommen.«

»Sie irren sich«, sagte Hero Dyk. »Ich hätte nicht einmal die Zeit dazu. Mein Verlag wartet auf das nächste Manuskript, und ich gebe zu, ich bin erleichtert, dass er wartet. Glauben Sie mir, Herr Freytag, ich habe weder die Zeit noch das Interesse, mich mit dieser Geschichte zu befassen. Jemand hat Ihren Artikel gelesen und bat mich um Hilfe, was ich jedoch ablehnen muss.«

»Na schön«, sagte Eike Freytag. »Wir werden sehen.« Er legte auf.

Das Geräusch eines langsam rollenden Güterzuges auf der Strecke Münster–Osnabrück–Hamburg klang mit dem Wind zu ihnen herüber.

»Als ich ein kleines Mädchen war«, sagte Yvonne Meiffert, »habe ich hier gespielt. Viele meiner Freundinnen wohnten in diesen Häusern. Das dort war das Haus meiner Eltern.« Sie wies auf ein altes weißes Haus gleich gegenüber, das weit hinten in seinem eigenen Garten stand. Die lange Zufahrt war mit Fahrzeugen und Hängern zugestellt. Ein Jahrmarktgrill.

Das weiße Haus wirkte baufällig.

»Es stand schon hier, bevor der Rest der Siedlung gebaut wurde«, sagte Ivy. »Ich weiß nicht, wer jetzt dort wohnt.«

Ein windgeschützter Grillplatz war zum Haus hin gerichtet und kehrte allen Nachbarn den Rücken zu. Man hatte ihn direkt neben einem sehr alten Apfelbaum angelegt. Es gab Vogeltränken, gestapeltes Feuerholz, die übliche Satellitenschüssel, eine Wäschespinne und ordentlich gestutzte Sträucher. Links stand ein kleines Gartenhaus für die Geräte. Zwei Männer stiegen gerade aus einem Lieferwagen mit Gelblicht auf dem Dach. Ein kleiner Hund lief ihnen entgegen, eine dicke Frau trat aus dem Haus.

Ivy riss sich los und drängte ihn, weiterzufahren. Hero Dyk startete den Wagen.

»Ich habe das Haus nach dem Tod meiner Eltern verkauft, um mein Studium zu finanzieren«, sagte sie. »Weg ist weg.

Seit ein paar Jahren praktiziere ich als Anwältin und bewohne eine kleine Wohnung im hübscheren Teil der Wüste, doch ich komme immer noch gern hier vorbei.« Sie bat ihn, sie zu Hause abzusetzen. Ihr Fahrrad stehe noch bei Betty Arens. Sie werde es morgen holen.

Hero Dyk tat, worum sie ihn bat. Er ließ sie vor einem Wohnblock aussteigen, der aussah wie aus bunten Würfeln zusammengesetzt. Als er wegfahren wollte, klopfte sie an sein Fenster. Er ließ die Scheibe herunterfahren.

»Sie haben eine Tochter, oder?«, fragte sie unvermittelt. »Ich habe das irgendwo gelesen.«

»Mein Leben scheint für viele ein offenes Buch zu sein«, klagte Hero Dyk. »Aber Sie haben recht. Lilly wohnt bei ihrer Mutter. Das Mädchen ist ein wahrer Wildfang.«

»Das sind sie alle«, sagte Ivy. »Meine lebt auf großem Fuß, dabei geht sie noch zur Schule. Ich weiß nicht, woher sie all das Geld hat, das sie für Kleidung ausgibt. Ich mache mir große Sorgen.«

Hero Dyk verstand das.

Ivy grübelte. »Dann werden Sie uns nicht helfen?«, fragte sie schließlich. Sie trug schwer an ihrer Tasche, die sie sich über die Schulter gehängt hatte. In ihrem Blick lag dieselbe Enttäuschung, die Hero Dyk von seiner Mutter so gut kannte. Ein Schatten huschte über ihr Gesicht, und er las Empörung darin. Dann richtete sie sich auf und schlug zweimal mit der flachen Hand auf das Dach seines Autos.

Sie spielte mit ihm, und Hero Dyk musste zugeben, dass ihn die Art, wie sie mit wiegenden Hüften auf das Haus zuging, ohne ihn noch eines Blickes zu würdigen, nicht kaltließ.

8

Drei Autobahnen bilden ein Dreieck um Osnabrück, wobei der nordöstliche Teil der A 33 noch nicht fertiggestellt ist. Dort, wo sie aufhört, auf der Höhe von Belm, wechselte Hero Dyk auf die A61 in Richtung Diepholz, um zum Dümmer zu fahren. Der dichte Wald war an dieser Stelle erst vor Kurzem gerodet worden, um Platz für eine Brücke zu schaffen, und es bot sich ihm ein überraschend weiter Blick über die letzten Ausläufer des Wiehengebirges.

Karl Heeger wohnte nicht weit von hier, und Hero Dyk rief mit dem Handy dessen Privatnummer an. Es war kurz vor acht Uhr abends. Heegers Frau Lena nahm ab und flirtete ein wenig mit ihm, bevor sie den Hörer an ihren Mann weitergab.

»Schon so früh zu Hause?«, mokierte sich Hero Dyk, weil er wusste, wie er seinen Freund reizen konnte.

»Hör zu«, regte sich Heeger pflichtschuldig auf, »das Mittagessen habe ich schon verpasst. Du wirst mir das Abendessen gönnen, oder nicht?«

»Was ist mit der Frau?«, wollte Hero Dyk wissen. »Die, die mit ihrer Tasche gesprungen ist. Wieso nimmt sie ihre Tasche mit, wenn sie springt?«

»Selbstmord«, sagte Heeger. »Frauen hängen an ihren Taschen. Es gibt keinen Hinweis auf Fremdverschulden. Lass gut sein, Hero. Wir haben genug zu tun.«

»Hast du Details? Einen Namen?«

»Da kümmert sich ein Kollege drum«, brummte Heeger.

Hero Dyk bedankte sich und fuhr weiter durch die sanften Hügel in Richtung Diepholz. Dieser Selbstmord interessierte ihn mehr als der Mord an Markus Arens, der immerhin fünfundzwanzig Jahre zurücklag. Der Mörder würde binnen Kurzem gefasst sein. Nur ein Mann mehr, der die Kontrolle verloren hat, das kennt man zur Genüge. Man liest es täglich in der Zeitung.

Auf einem kleinen Parkplatz hielt er kurz an. *Ein Selbstmord ist das Ende jeder Rücksicht,* schrieb Hero Dyk in sein Notizbuch. *Wer sich selbst tötet, der hört auf, sich Gedanken um andere zu machen. Sei es, weil er keine Kraft mehr hat, als letzter freier Wille oder aus böser Absicht.*

Im Speicher seines Handys fand er die Nummer von Eike Freytag und wählte Sie.

»Herr Kollege«, meldete sich der Reporter. »Jetzt überraschen Sie mich.«

»Hören Sie, Freytag«, sagte Hero Dyk. »Sie müssen etwas für mich tun. Von Kollege zu Kollege, wie Sie selbst so schön sagen.«

»Reden Sie.«

»Heute Mittag hat sich eine Frau vom Turm der Marienkirche gestürzt. Ein Selbstmord, der mich weit mehr interessiert als Ihr Päderast. Können Sie den Namen der Frau für mich herausfinden?«

»Sie sollten Ihren Freund Heeger fragen«, warf Freytag ein. »Zu dem haben Sie einen besseren Draht als ich.«

»Der hat den Fall abgegeben.«

»Na gut. Ich melde mich.« Freytag legte auf.

Ein grell geschminktes Mädchen in engen Hotpants klopfte an seine Scheibe, und Hero Dyk machte, dass er davonkam. Auf der schnurgeraden Straße überholte er einen Pkw, der auf einem Anhänger gemächlich ein Segelboot hinter sich herzog. Der Dümmer ist gekennzeichnet durch das nicht immer konfliktfreie Nebeneinander von Naturfreunden und Wassersportlern. Und von den Kompromissen, mit denen man zu leben lernt. Vor Lembruch bog Hero Dyk links ab, fuhr durch den kleinen Ort und dann noch einmal links, dort stellte er den Wagen ab. So kam er zu der Wochenendsiedlung, in der er aufgewachsen war. Jetzt, zum Ende des Sommers, waren viele Häuser noch bewohnt, der Hafen voller Boote. Nach dem Regen war es wieder warm geworden, und es wehte ein angenehmer Wind. Ein paar Jungs spielten in einem Garten.

Im Winter ist man hier wochenlang allein.

Es kam oft vor, dass er seine Mutter abholte. Ein Ritual. Wenn sie in Streit gerieten, fuhr sie davon und erwartete, dass er abends kam und sie nach Hause holte.

Francisca Dyk war in Santillana del Mar aufgewachsen, an der spanischen Nordküste. Dort, in den schmalen Gassen, hatte sie eines schönen Sommertages ihren Mann kennengelernt, einen Arzt aus Bramsche. Von der Ehe war ihr das Wochenendhäuschen geblieben, dazu eine mehr als auskömmliche Rente … und ihr Sohn. Den Vater sah Hero Dyk selten, doch er verhielt sich großzügig und wusste dies auch gegen seine neue Gattin durchzusetzen. Trotzdem durfte sein Name im Hause Dyk nicht genannt werden.

Die Kate seiner Mutter besaß die Architektur eines Zeltes. Sie bestand fast nur aus dem schrägen Dach, einer Glasfront mit Blick zum See und der königsblau gestrichenen Holzwand auf der abgewandten Seite. Es war noch früh am Abend und hell, trotzdem schimmerte Licht aus dem Küchenfenster. Hero Dyk nutzte seinen Schlüssel, trat ein und rief nach seiner Mutter. Zwei Ohrensessel standen mit Blick auf den See und den Hafen vor dem großen Fenster. Bäume versperrten einen Teil der Sicht. Die Jungs hatten ein Ruderboot zu Wasser gelassen, andere takelten ein Segelboot auf, sie waren nur mit ihren Badehosen bekleidet.

Von der kleinen schwarzen Frau in ihrem riesigen Sessel war fast nichts zu sehen, sie hatte sich in Decken gehüllt. Sie saß beim Abendessen oder was sie dafür hielt. Etwas Obst und ein Stück Käse standen auf einem Beistelltisch. Neben ihr saß ein Kavalier, der ein wenig enthusiastischer zulangte und sich sehr erschrak, als auf einmal Besuch in der Tür stand. Hero Dyk erkannte den Buchhändler Arno Dahle, dessen Geschäft er am Nachmittag aufgesucht hatte.

Er wünschte guten Appetit. Doña Francisca blieb sitzen, während ihr Gast sich erhob und ihn fröhlich per Handschlag begrüßte.

»Hero?« Sie rief ihn mit dieser brechenden Stimme, die er so fürchtete. »Bist du das?«

»Ja, Mutter.«

»Komm hierher!«

Hero Dyk ging zunächst in die Küche und bereitete einen Kaffee vor, schwarz und so stark, dass er Francisca auch als Nahrung dienen konnte.

»Hast du die Zeitung mitgebracht?«

»Seit wann liest du die Zeitung?«

»Eine Freundin rief an. Wir haben über diesen Jungen geredet, von dem wir heute Morgen sprachen. Es ist lange her, doch ich erinnere mich jetzt sehr genau. Zuerst hat man ihn vergewaltigt und dann erdrosselt.«

Hero Dyk fragte sich, ob es umgekehrt leichter für den Jungen gewesen wäre, rief sich jedoch zur Ordnung. Manchmal hat man seine Gedanken nicht im Griff. Die kleine schwarze Frau nahm ansatzlos ihre Diskussion vom Morgen wieder auf, diesmal vor Publikum. Arno Dahle trug das benutzte Geschirr in die Küche und machte sich nützlich, während Mutter und Sohn sich unterhielten.

»Der Missbrauch wurde nicht vollzogen. Außerdem ist das Ganze fünfundzwanzig Jahre her, Mutter. Und sicher hast du am Telefon bereits jedes Detail erfahren. Wozu noch die Zeitung?«

»Mord verjährt nicht«, sagte sie. »Karl Heeger hat den Fall übernommen. Ich weiß nicht, ob das gut ist.«

»Was soll daran falsch sein? Er hat DNA-Material gefunden, mit dem sich der Täter überführen lässt.«

»Ja, schon. Aber er braucht doch immer deine Hilfe, wenn es kompliziert wird.«

Hero Dyk machte einen Versuch, das Thema zu wechseln. »In Ihrer Buchhandlung, Herr Dahle, wollte die Verkäuferin mein jüngstes Buch nicht empfehlen. Es sei zu platt, sagte sie. Ich stand zufällig hinter ihr. Eine Aushilfe, die ich dort noch nie gesehen habe.«

Hilflos hob der Gast die Hände. »Ich habe gar keine Verkäuferin.«

»Du schreibst nicht, um den Nobelpreis zu gewinnen, oder?«, mischte sich seine Mutter ein.

»Den Leuten gefällt es. Sie kaufen so viele Bücher, dass ich neue schreiben muss«, sagte Hero Dyk.

»Dann sei zufrieden. Du ermittelst besser, als du schreibst. Sie lesen deine Texte, weil sie glauben, du seist Detektiv. Nicht weil du ein guter Autor bist.«

Sie schwiegen ein Weilchen. Hero Dyk hatte keine Lust, mit seiner Mutter über schriftstellerische Qualitäten und den eigenen Anspruch daran zu diskutieren.

»Weshalb braucht Heeger meine Hilfe? Er kann sehr gut allein ermitteln. Das ist sein Beruf. Er ist Hauptkommissar, und kein schlechter. Todesursachenermittler ist die offizielle Bezeichnung. Fachkommissariat 1. Wieso denkst du, er würde meine Hilfe brauchen?«

»Du hast ihm mehrfach geholfen, oder? Hast du den Kaffee fertig?«

»Läuft noch durch«, sagte Hero Dyk. Er holte einen Stuhl und stellte ihn seiner Mutter schräg gegenüber. Ihr Gesicht hatte eine graue, ungesunde Farbe angenommen. Aus einer Schublade nahm er eine Serviette, die aus schwerem, teurem Stoff gefertigt war, und warf sie Francisca zu, die sich schimpfend mühte, sie zu fangen.

Hero Dyk lachte über sie und brachte ihr den frisch gebrühten Kaffee.

Doña Francisca nahm die Tasse in ihre eiskalten Hände und wärmte sich daran. Sie trank ihren Kaffee immer sehr heiß. Als könnte sie es kaum erwarten, die belebende Wirkung zu spüren, den Geruch der Bohnen. Er setzte sich ihr gegenüber auf den Stuhl.

»Weshalb glaubst du, dass Heeger meine Hilfe benötigt?«, insistierte Hero Dyk. »Er hat DNA-Material, und in der Zeitung wird die Bevölkerung um Hinweise gebeten.«

»Man sollte den Kerl kastrieren!«, sagte Francisca.

»Heeger? Warum?«

Arno Dahle lachte und setzte sich vergnügt zu ihnen, um zuzuhören.

»Nicht Heeger«, schimpfte Francisca. »Den Täter. Den Pädophilen.«

»Das übliche ›Schwanz ab‹?«

»Es klingt brutal, wie du das sagst. Es gibt doch jetzt so Chemikalien, habe ich gelesen. Saubere Sache. Unschädlich machen. Ihm die Lust nehmen.«

»Es *ist* brutal, was du sagst. Und vielleicht ist er bereits unschädlich. Es ist fünfundzwanzig Jahre her.«

»Freiheit, die man ihm geschenkt hat. Dabei hätte man sie ihm nehmen müssen.«

»Sehr viele Männer sollen pädophile Gedanken haben, die sie jedoch kontrollieren können.«

»Du auch?«

»Ob ich mich kontrollieren kann?«

»Ob du pädophile Gedanken hast!«

Hero Dyk brachte ein Lächeln zustande und warf einen Blick auf den Buchhändler, der sich hinter seinem Kaffee versteckte.

»Man sollte nachhaltig verhindern, dass es zu solchen Taten kommt«, fuhr Francisca energisch fort. »Ein für alle Mal. Das muss doch möglich sein.« In ihrer Stimme klang eine gewisse Aggressivität an, die Hero Dyk gut kannte. »Verbieten muss man es.«

»Verboten ist es schon. Du meinst eine Art Endlösung, oder? Natürlich, man könnte jeden Mann psychologisch testen, um zu erfahren, welche Neigungen er hat und ob er sich kontrollieren kann. Ist es das, was du vorschlägst?«

»Das Thema macht mich wütend«, wetterte Francisca.

Arno Dahle fragte, ob noch jemand eine Tasse Kaffee wolle. Als niemand reagierte, lehnte er sich zurück und genoss den Disput.

»Welche Bedeutung hat es, dass es dich wütend macht? Ist das der Maßstab? Deine Wut? Man könnte vielleicht jedem Kerl eine Art Ampel auf die Stirn tätowieren«, fuhr Hero Dyk fort. Auch er geriet jetzt, wie schon am Morgen, ein wenig in Rage. Das Gespräch mit Eike Freytag kam ihm in den Sinn, und er fragte sich, was morgen in der Zeitung stehen würde. »Grün, wenn der Mann bedenkenlose Sehnsüchte hegt. Rot, wenn er nachweislich als krank gilt. Doch was ist mit gelb? Wäre man da eher vorsichtig, um die Kinder zu schützen, oder großzügig, um das Grün seiner Taten anzuerkennen, während die Gedanken als rot gelten müssen? Welche Auflagen gelten für gelb? Wie weit entfernt von Kindern müssten sich diese Männer halten, und gilt das auch für deren eigene Kinder?« Er stellte seine Tasse etwas zu laut auf den Tisch zurück.

»Mord verjährt nicht«, beharrte Francisca. »Oder verlangst du, dass man den Mörder in Ruhe lässt?«

Hero Dyk sprang auf. Die kleine schwarze Frau verdrehte alles, was er sagte. Er hatte nie einen Weg gefunden, sich dagegen zu wehren. »Du sprachst vom Kastrieren!«

»Richtig.«

Hero Dyk ging auf und ab, um seine Erregung zu bändigen.

»Man weiß heute, dass Triebtäter oft nur den biologischen

Vorgaben folgen. Ihr Verhalten ist genetisch programmiert. Sie können nicht anders.«

»Und?«

»Das Strafgesetz verlangt den freien Willen für eine Tat, um sie zu bestrafen. Wenn der Täter sich nicht anders entscheiden konnte, als er es tat, ist er nicht schuldig.«

»Ist das einer deiner Autorentricks?«

»Ich dachte, ich sei Ermittler?«

»Du willst also, dass alle Triebtäter entlassen werden!«

»Falsch. Doch man darf nicht alle Männer kastrieren wollen, nur weil sie in Frage kämen.«

»Das verlange ich nicht!« Unter entsetzlichem Stöhnen erhob sich die kleine schwarze Frau aus ihrem Sessel. Sie warf die Schicht Decken ab, mit der sie sich verhüllt hatte.

Hero Dyk erhob sich, um seiner Mutter zu helfen, doch sie wies ihn zurück und akzeptierte stattdessen die Hilfe ihres Verehrers. »Das höre ich mir nicht länger an«, sagte sie. Und dass sie für solche Gedanken keine Kinder in die Welt gesetzt habe. Sie verschwand im Badezimmer, um sich frisch zu machen.

»Das wirft zumindest praktische Fragen auf«, rief Hero Dyk ihr nach. »Kommst du jetzt mit mir? Ich bin gekommen, um dich zu holen.«

Sie antwortete lange nicht, und Hero Dyk stand stumm neben Arno Dahle und sah aus dem Fenster auf den Hafen. Es begann dunkel zu werden, und die Jungs waren verschwunden. Schließlich öffnete sich die Tür wieder, und die kleine schwarze Frau trat heraus. »Ich bleibe heute Nacht hier«, verkündete sie. »Herr Dahle, es wäre nett, wenn Sie mir noch etwas Gesellschaft leisten würden.«

Wütend verließ Hero Dyk das Haus und schlug die Tür zu. Kaum dass er im Auto saß, läutete sein Telefon. Eike Freytag war am Apparat.

»Sie hieß Katja Rosen«, sagte er und nannte eine Adresse in Sutthausen.

Hero Dyk bedankte sich und fuhr nach Hause. Er freute sich auf ein friedliches Abendessen, musste jedoch fluchend erkennen, dass auch Svetlana nicht gut auf ihn zu sprechen war.

Sie bewohnte den obersten Stock des Hauses und ließ ihn weder ein, noch wollte sie mit ihm zusammen essen. Was blieb ihm anderes übrig, als früh zu Bett zu gehen?

9

Hero Dyk pflegte lange zu schlafen und spät zu frühstücken. Trotz des Ärgers am Vortag erwachte er frisch und ausgeruht und in bester Laune. Ausgiebig gab er sich der Morgentoilette hin. Svetlana hatte sich beruhigt und war ganz umgänglich. Sie servierte ihm Kaffee, ein frisches Brötchen und ein weich gekochtes Ei. Neben das Messer legte sie die Zeitung, die sie beim Bäcker gefunden hatte. An ihrem spöttischen Grinsen erkannte Hero Dyk, dass er darin etwas über sich lesen würde. Seine Stimmung trübte sich sogleich.

Es war ein Foto, das zeigte, wie er vor Bettina Arens' Haus in sein Auto stieg. Es wurde erwähnt, dass der stadtbekannte Autor für Milde im Umgang mit dem Mörder plädiere und wohl deshalb die Mutter des ermordeten Jungen besuche, die sich zudem von einer Strafverteidigerin vertreten ließe. Der Fall halte noch einige Überraschungen parat. Wirklich Neues, Wichtiges, stand dort nicht.

Karl Heeger rief an und wollte wissen, ob Hero Dyk, der stadtbekannte Autor, sich in seinen Fall einmische.

»Hör zu, verdammt«, schimpfte Hero Dyk, »ich versuche, mich herauszuhalten, doch scheint das jeden zu stören. Ich interessiere mich nicht einmal für den Jungen und seinen Mörder. Wenn mich etwas reizt, dann ist das die Selbstmörderin. Doch ganz eigentlich wartet mein Verlag auf ein Manuskript.«

»Dann halt dich daran«, bellte Karl Heeger zurück und unterbrach die Verbindung.

Hero Dyk vermisste die alten Telefonhörer, die man auf die Gabel schmettern konnte. Jetzt war ihm die Laune gründlich verdorben. Wütend nahm er seine Windjacke, als es an der Tür klingelte. Ein Bote. Ein junger Mann, den er noch nie gesehen hatte. Hero Dyk nahm ein gelbes Paket entgegen, bedankte sich und schloss die Haustür.

»Post«, rief er gedankenverloren ins Haus hinein. »Ist für mich.«

Svetlana ließ aus der Küche ein »Nu?« hören, was auch immer das bedeuten sollte.

Hero Dyk legte das Paket auf den Esstisch, betrachtete es lange, runzelte die Stirn und warf einen verstohlenen Blick zur Küche. »Ich habe nichts bestellt.«

Svetlana streckte jetzt neugierig ihre Nase aus der Küche heraus. »Francisca hat bestellt?«, fragte sie.

Er schüttelte den Kopf. »Nein, da steht mein Name drauf.« Er drehte das Paket, betrachtete es von allen Seiten und tippte dann mit dem Finger auf den Adressaten. »Sehen Sie, da stehen mein Name und meine Adresse.«

Sie kam näher. »Ich habe nicht bestellt«, beteuerte Svetlana. »Wirklich.«

Er betrachtete sie zweifelnd. »Es könnte eine Bombe sein«, sagte er schließlich.

Er sah förmlich, wie sich Svetlana die Haare zu Berge stellten. Sie schrak zurück. »Bombe?«, wiederholte sie entsetzt. »Warum Bombe?«

»Ich weiß nicht«, sagte Hero Dyk. »Wegen dieses Artikels vielleicht? Jeder scheint wütend auf mich zu sein. Glauben Sie, dass mir jemand eine Bombe schicken würde?« Er drehte das Paket hin und her.

»Nein«, beteuerte sie mit einer tiefen, ernsten Stimme und hielt die Hände abwehrend vor sich. »Ist ganz unmöglich. Aber Vorsicht mit Paket.«

»Bringen Sie mir ein Messer«, verlangte Hero Dyk.

»Wozu Messer?«

Er sah sie mitleidig an. »Svetlana – ein Messer. Um das Paket zu öffnen. Ich will an keiner Bombe herumpfuschen.«

Sie blickte von ihm zum Paket und wieder auf ihn. »Gut. Messer.« Sie schlich in die Küche, ängstlich bemüht, jede Erschütterung zu vermeiden, brachte ihm das Gewünschte, um sich sofort wieder hinter dem Türrahmen zu verbergen.

Hero Dyk berührte das Paket mit spitzen Fingern und schnitt zwei Klebestreifen durch, mit denen es verschlossen war.

»Scheint alles in Ordnung zu sein«, sagte er. »Ich öffne jetzt das Paket.«

»Vorsicht mit Paket«, wiederholte Svetlana.

Hero Dyk stach das Messer an einer Seite durch den Hohlraum zwischen Deckel und Wand und bewegte es hin und her. »Keine Drähte«, sagte er und wiederholte den Versuch auf der anderen Seite. Dann steckte er das Messer unter den Deckel und hob ihn leise an.

Das Paket ließ sich öffnen, ohne zu explodieren. Hero Dyk hob den Deckel nun ganz und sah hinein. »Dadrin liegt ein Brief«, sagte er munter. »Scheint tatsächlich für mich zu sein. Wieder steht mein Name drauf.«

Svetlana ließ alle Luft aus ihren Lungen entweichen, so erleichtert war sie. Als sie sah, dass Hero Dyk sie auslachte, fing sie an, grässlich zu fluchen, allerdings in ihrer Heimatsprache. Hero Dyk verstand kein Wort und hob die Arme in einer hilflosen Geste. Sie zog sich in die Küche zurück und schloss die Tür, während Hero Dyk sich ein Grinsen nicht verkneifen konnte.

Seine Laune hatte sich merklich gebessert. Er öffnete den Brief. Darin fand er ein einzelnes Blatt Druckerpapier normaler Qualität. Darauf standen vier Wörter. Eine Frage: *Wer bewacht den Turm?* Kein Datum, keine Unterschrift.

Er legte das Blatt zur Seite und nahm einen Plastikbeutel aus dem Paket, sonst war es leer. Das Behältnis war luftdicht verschweißt und durchsichtig.

Jetzt war es Hero Dyk, der einen überraschten Laut von sich gab. Er trug seinen Fund in die Küche. »Schauen Sie, Svetlana«, sagte er stirnrunzelnd. »Da ist ein roter Strumpf drin. Eine einzelne rote Socke, sonst war nichts in dem Paket.«

Svetlana antwortete mit einer unflätigen Geste.

Warum schickt man mir einen Strumpf?, notierte sich Hero Dyk. *Ob das ein Zeichen sein soll? Ein Geheimbund, der mir den Fehdehandschuh hinwirft? Wozu, wenn ich die Botschaft nicht verstehe? Und was ist mit dem Turm gemeint? Welcher Turm?*

Er öffnete die hintere Tür, sie führte zum Innenhof hinaus, in dem sich sein Schreibhaus befand, das nicht mit dem Haupthaus verbunden war. Dorthin trug er den Beutel, ohne ihn zu öffnen. Er wollte sich später darum kümmern und legte ihn zwischen all die Bücher, die sein Schreibhaus schmückten. Den Brief legte er dazu. »Wer bewacht den Turm?«, murmelte er vor sich hin und dachte nicht weiter darüber nach.

10

Im Hof besah sich Hero Dyk kurz das blendende Wetter, nahm sein E-Bike, zögerte, überlegte, was er mit so einem Tag anfangen sollte, und fuhr schließlich nach Sutthausen, statt an seinem neuen Manuskript zu arbeiten.

An der Adresse, die Freytag ihm gegeben hatte, fand er ein Reihenhaus mit einem hübschen Garten, der auffallend gut gepflegt war. Etwas entfernt setzte er sich auf ein Mäuerchen und beobachtete das Haus eine Weile.

Wie sollte er begründen, dass er nach Katja Rosen fragte? Sie war bei der Stadt als Sozialarbeiterin beschäftigt gewesen, hatte Freytag gesagt, mehr hatte er nicht herausfinden können.

Das Haus war völlig still. Es war elf Uhr durch, doch nichts regte sich.

Was erwartete er? Die Frau, die hier wohnte, hatte sich gestern das Leben genommen. Gab es vielleicht einen Mann? Einen Lebenspartner? Hero Dyk wusste es nicht. Sollte er klingeln und sein Beileid ausdrücken? Den »Wachtturm« anbieten? Die Nachbarn befragen?

Eine Frau betrat den Garten neben dem Haus, das er beobachtete. Sie tat, als hätte sie zu tun, behielt ihn jedoch verstohlen im Blick.

Hero Dyk beschloss, die Wahrheit zu erzählen: Er habe den Sturz gesehen, und es berühre ihn sehr. Ob er ein paar Fragen stellen dürfe.

Als Schriftsteller? Damit er Geschichten darüber schreiben

könne? Sicher nicht. Er könnte behaupten, an einem Text zu arbeiten, in dem es um Selbstmord ging. Das klang glaubhaft, und mehr kann man von einem Autor nicht erwarten.

Jetzt war er unterwegs. Er klingelte am Haus der Katja Rosen, doch niemand öffnete. Er versuchte es noch zweimal, dann gab er auf.

Die Frau aus dem Nachbargarten näherte sich. »Kann ich Ihnen helfen?«

»Es geht um Katja Rosen. Ich habe gehört, was ihr zugestoßen ist«, sagte Hero Dyk.

»Die arme Frau«, sagte sie. Und dass die beiden doch so nett seien. Vor allem er habe sich immer rührend um alle Gärten in der Straße gekümmert. »So nette Leute!«

Ob sie wisse, wo Katja Rosens Mann sei?

»Wie soll ich das wissen?«, sagte die Nachbarin empört und besah sich Hero Dyk nun genauer.

Der versuchte es mit seiner Lüge über den Selbstmord-Text.

Das schien tatsächlich zu helfen. Die Miene der Frau öffnete sich. »Ja«, sagte sie mitfühlend. »Wissen Sie, es gibt da etwas Merkwürdiges.«

Sie machte eine Kunstpause. Hero Dyk sah sie aufmerksam an.

»Sie ist katholisch«, sagte die Nachbarin.

Er verstand nicht.

»Sie würde nicht springen. Und wenn, dann nicht von einer protestantischen Kirche.«

Hero Dyk nickte. »Das ist merkwürdig.« Er bedankte sich und ging zur Haustür von Katja Rosen zurück. Wieder öffnete niemand auf sein Klingeln. Die Nachbarin betrachtete ihn argwöhnisch. Hero Dyk nahm all seinen Mut zusammen, trat auf den Rasen und konnte so einen Blick durch das Fenster neben dem Eingang werfen. Das musste die Küche sein.

Die Nachbarin protestierte nun laut. »Für welche Zeitung arbeiten Sie? Ich werde da anrufen.«

Hero Dyk legte die Stirn gegen die Scheibe und schattete seine Augen mit der Hand ab.

Was er sah, ließ ihm den Atem stocken. Offensichtlich war

die Küche neu und nicht fertig montiert. Zwei der Einbauschränke standen noch am Boden, und die Geräte waren in Kartons verpackt. Doch das war nicht alles. Jemand hatte die Türen herausgerissen, alle Schubladen auf den Fliesen zertreten, die Kartons waren zerfetzt, die Geräte mutwillig zerstört. Ein Tisch war umgestürzt, darauf hatten Lebensmittel gestanden, die jetzt am Boden verstreut lagen. Cornflakes mischten sich mit dem Inhalt einer Tüte Mehl.

»He! Sie!«, rief die Nachbarin laut. Sie drohte jetzt mit der Polizei, kam aber nicht näher.

Hero Dyk warf noch schnell einen Blick durch die Scheibe in der Haustür und sah auch dort nur Chaos und Unordnung. Er zog sich zurück. »Schon gut«, rief er. »Ich komme wieder, wenn jemand zu Hause ist.« Er hätte gern einen Blick hinter das Haus geworfen.

Hero Dyk eilte die Straße hinunter. Das E-Bike hatte er ein paar Ecken weiter stehen gelassen und war nun froh darüber.

Hat man das Haus durchsucht, nachdem die Frau gesprungen ist?, notierte er sich. *Oder ist sie gesprungen, weil man das Haus auf den Kopf gestellt hat? Letzteres wäre ein lächerlicher Grund.*

Hero Dyk verfiel ins Grübeln. Die Marienkirche interessierte ihn. Er beschloss, wie gestern im Café beim Markt zu Mittag zu essen, doch diesmal allein.

11

Wieder war es Maria, die ihn bediente, doch heute klang sie bedrückt. Sie sprach ihn auf die Tote an und wie schrecklich es gewesen sei. Seit gestern Mittag gebe es kein anderes Thema im Café.

»Kannten Sie die Frau?«, wollte Hero Dyk wissen.

Maria schnaubte empört, als ob es unverschämt wäre, zu glauben, dass sie eine Selbstmörderin kenne.

»Ich dachte, vielleicht war sie hier mal zu Gast«, erklärte sich Hero Dyk.

»Ach so«, sagte Maria und verneinte. »Aber da gibt es diese Turmwächter, meist sind es Studenten. Fragen Sie doch dort einmal nach. Die kassieren den Eintritt und schließen den Turm auf und zu. Oder der Küster, der weiß auch Bescheid.«

Hero Dyk dachte über ihre Worte nach. Der Brief und die rote Socke fielen ihm ein. »Das heißt, die Studenten bewachen den Turm, sozusagen?«

»Bewachen? Na ja …« , sagte Maria.

Hero Dyk sprang auf und gab ihr einen Kuss auf die Wange, dass sie ganz rot wurde. »Ich danke, Maria. Sie haben mir sehr geholfen.«

Er setzte sich wieder, aß in Ruhe sein Mittagessen und ging dann zum Turm, fand die Tür jedoch verschlossen vor. *Wer bewacht den Turm?* Im Moment tat das ein massives Sicherheitsschloss.

Er betrat die Kirchenhalle durch das reich verzierte Brautportal mit den abgebildeten Jungfrauen. Rechts stehen die törichten, denn ihre Lampen funktionieren nicht. Sie sind kaputt oder das Öl ist ausgegangen. So konnten sie Jesus nicht sehen, als er vorbeikam. Links stehen die klugen, bei ihnen ist alles in Ordnung, sie sind erleuchtet.

Hero Dyk fragte nach dem Küster. Man wies auf einen kräftigen Mann, der ihn ruhig musterte, während er ihm entgegensah. Ein aufmerksamer Beobachter, der sein Gegenüber schnell einzuschätzen weiß und sich dennoch gern überraschen lässt, so schien es Hero Dyk. Sein Name war Massmann. Johannes Massmann.

Hero Dyk stellte sich vor und fragte, ob man den Turm besichtigen könne.

Nur am Wochenende oder als Gruppe mit Voranmeldung, lautete die Antwort.

»Es haben heute viele gefragt«, sagte der Küster. Missbilligung lag in seiner Stimme.

»Bitte entschuldigen Sie«, sagte Hero Dyk. »Ich frage ebenfalls aus Neugier, das ist meine Natur. Aber nicht aus Sensationsgier. Ich möchte wissen, wie die Frau gestern auf den Turm gelangen konnte. Wieso war er offen, und wer bewacht ihn?«

Der Küster betrachtete ihn einen Moment lang und traf dann eine Entscheidung. »Es gibt Wächter für den Turm, die ich koordiniere. Meist sind es Studenten, die vom Verkehrsverein bezahlt werden. Gestern erwarteten wir eine Gruppe, die sich angemeldet hatte, deshalb stand die Tür offen. Die Frau kam und bezahlte, wie es sich gehört. Sie war die Einzige, die oben war.«

»Gibt es noch einen anderen Zugang?«

Herr Massmann wies auf eine Bretterwand gleich links vom Portal. »Dahinter führt eine Stahltür zum Turm, die jedoch verschlossen ist.«

Ein Verschlag. Hero Dyk bat, sich das näher ansehen zu dürfen. Die Tür wurde von einem ungesicherten Riegel zugehalten.

»Darin verstauen Sie Stühle, die nicht benötigt werden, und sonstige Sachen für den Gottesdienst, habe ich recht?«

Johannes Massmann sah ihn fragend an.

»Darf ich?«, fragte Hero Dyk und langte nach dem Riegel.

Herr Massmann nickte.

Hinter der Tür sah Hero Dyk die gestapelten Stühle. »Gestern war die Stahltür dort drüben nicht verschlossen. Ich selbst habe sie kurz geöffnet, als die Polizei nicht hinsah.«

Mit ein paar energischen Schritten ging der Küster zur Tür, sie war jetzt abgeschlossen. Ein Vorhängeschloss hing davor.

»Ich versichere Ihnen, dass sie gestern nicht verschlossen war«, wiederholte Hero Dyk. »Würden Sie mir den Turm zeigen? Ich bin weder von der Polizei noch von der Presse. Ich schreibe Romane, und es kann sein, dass ich das in einer Geschichte verwende, das ja. Meine Mutter sagt, ich sei ein guter Ermittler. Sie sagt, Neugier habe noch niemandem geschadet, und ich solle der armen Frau helfen.«

Der Küster lachte, und die Aussicht, jemandem den Turm zeigen zu können, trieb Interesse und eine gewisse Schlitzohrigkeit in seinen Blick. »Na gut«, sagte er und hatte schon die Tür geöffnet. »Ein Selbstmord ist für die Kirche schwer zu ertragen. Es gab vor Jahren schon mal einen, und es ist schlimm, dass sich das wiederholt.«

»Wäre ein Mord leichter zu ertragen?«, fragte Hero Dyk.

Der Küster lächelte gequält. »Selbstmord ist wirklich schlimm für uns.«

Hero Dyk erfuhr, dass der alte romanische Turm innerhalb der Kirche steht, was sehr ungewöhnlich ist. Dies sei der neue Turm, den sie jetzt bestiegen, und er sei um den alten herum gebaut worden. Eine enge Treppe wand sich hinauf bis zu einer ersten Plattform im Dachstuhl des Satteldaches, auf der Höhe des Zifferblattes der Turmuhr. Die Luft war angenehm frisch. Es gab keinen Fußboden, vielmehr wurde der Raum nach unten durch mehrere gemauerte Kuppeln begrenzt, die an alte Kohlenmeiler erinnerten. Von unten betrachtet ergeben sich so die Gewölbe der Kirche. Ein Holzsteg führte von einem Treppenabsatz aus quer durch den Raum und über die Kuppeln hinweg zu einer Holztür im gegenüberliegenden Dachgiebel, hinter der Tageslicht schimmerte. Quer über den Steg verlief in Kopfhöhe eine holzverschalte Welle zum Zifferblatt der Turmuhr. Eine Treppe führte nach unten zu einem gesonderten Raum.

Ab hier ersetzten Stahlstufen die aus Stein. Sie stiegen über weitere Treppen höher zum Glockenboden hinauf, dann weiter bis zum Boden der Aussichtsplattform, dem Dachstuhl des eigentlichen Turms. Zwei einfache Riegel versperrten die Tür nach draußen.

Beide ächzten sie ein wenig, als sie oben ankamen. Der Küster öffnete die Tür, und für einen Moment waren sie geblendet vom Tageslicht, in das sie nun hinaustraten. Der Boden des Rundgangs ist gefliest und hängt ein wenig nach außen, sodass es Hero Dyk schwindelig wurde. Der Gang ist sehr schmal.

Von dort oben sieht man, wie schön sich die Stadt in die umliegenden Hügel schmiegt.

Es wehte ein scharfer Wind. Der Küster führte Hero Dyk zur westlichen Seite des Turms. »Von hier ist sie gesprungen«, sagte er und wies auf das rote Dach der Stadtwaage tief unten. »Sie ist zuerst dort aufgeschlagen und hat ein paar Schneehaken verbogen, dann tiefer auf das Pflaster.«

Das Geländer war aus dickem Stahlrohr gefertigt und etwas nach innen geneigt, damit sich niemand zu sehr hinauslehnen konnte. »Wenn man springen will, muss man über das Geländer klettern«, sagte Herr Massmann.

»Und wenn man jemanden stoßen will, muss man das Opfer zunächst hochheben«, sagte Hero Dyk. »Die Polizei sollte die Dachkante untersuchen. Vielleicht ist die Frau mit dem Kopf dagegen geschlagen.«

»Sie glauben, dass sie gestoßen wurde?«

Hero Dyk warf einen Blick nach unten in die Gasse. »Warum hat sie ihre Tasche nicht hier oben stehen gelassen? Warum ist sie mit ihrer Handtasche gesprungen? Darüber sollte man zumindest nachdenken, oder nicht? Außerdem war sie katholisch. Wieso springt sie von einer protestantischen Kirche?«

»Vielleicht, weil sie höher ist?«, mutmaßte der Küster.

Sie stiegen gerade wieder nach unten, als eine der Glocken direkt über ihren Köpfen einen einzelnen Schlag von sich gab. »Wo befindet sich das Uhrwerk?«, wollte Hero Dyk wissen.

Der Küster führte ihn zu dem Wellenboden zurück, der sich auf Höhe der Turmuhr befand. Von dort stiegen sie ein paar Stufen hinunter zu einem verschlossenen Raum direkt unterhalb des Glockenbodens. »Das Uhrwerk befindet sich dort drin«, sagte der Küster und suchte den passenden Schlüssel. »Das Uhrwerk und die Technik für die Mobilfunkantenne. Nur deren Spezialisten und ich besitzen alle Schlüssel zum Turm.«

Sie betraten einen aufgeräumten Raum, in dessen Mitte sich das Uhrwerk befand. »Das ist merkwürdig«, sagte der Küster und wies auf eine Luke im Fußboden, durch die eine Leiter nach unten führte. »Die Luke ist normalerweise zu, und die Leiter steht oben, sodass man damit nur hinunterklettern kann, und erst dann wieder hinauf. Dies ist der alte Teil des Turms, es war früher die einzige Art, ihn zu besteigen. Der neue wurde um den alten herum gebaut. Deshalb gibt es zwei Zugänge.«

»Ist es einfach, sich Kopien der Schlüssel anfertigen zu lassen?«, wollte Hero Dyk wissen.

»Das dürfte nicht schwer sein«, gab der Küster zu und fasste neuen Mut. »Kommen Sie, auf diesem Wege gelangt man nach unten, ohne die Turmtreppe zu benutzen.«

Sie kletterten die Leiter hinunter und erreichten einen Raum hinter den Orgelpfeifen. Über eine Wendeltreppe gelangten sie auf den darunterliegenden Boden. Hier verstaubten mehrere Modelle der Kirche, verschiedene Gegenstände für die Gemeindearbeit wurden gelagert. Stühle waren neben Notenständern gestapelt. Der Zugang zu den Manualen der Orgel befand sich auf dieser Ebene. Alte, ausgetretene Schuhe lagen herum.

Der Küster wies auf die Schuhe. »Die gehören den Orgelschülern«, sagte er. »Wenn jemand auf diesem Weg vom Turm kommt, muss er aufpassen, ihnen nicht zu begegnen.«

»Auf dem anderen Weg, dem äußeren, hätte ein Täter aufpassen müssen, dass man ihn aus der Menge heraus, die um die Leiche stand, nicht sieht«, sagte Hero Dyk. »Gibt es jemanden, der wissen könnte, wer sich gestern in der Kirche aufhielt? Vielleicht hat jemand eine Beobachtung gemacht.«

»Die Kirchenwächter. Im Gegensatz zu den Turmwächtern sind das Ehrenamtliche. Sie wechseln sich ab, solange die Kirche geöffnet ist. Sie passen auf, dass nichts gestohlen wird im Hause Gottes.«

Hero Dyk notierte sich alles in seinem Notizbuch. »Ist von denen jetzt jemand da?«

Küster Massmann nickte. Eine letzte Treppe führte sie direkt neben einer kleinen Küche in die Kirchenhalle zurück. Sie standen vor dem herrlichen Taufbecken, dessen Lage innerhalb des Gebäudes daran erinnert, dass dies einmal ein katholisches Haus war.

Stolz öffnete der Küster seine Arme und umfasste den ganzen Raum. »Die Kirche ist nach den Vorgaben der westfälischen Hallengotik erbaut«, sagte er. »Der Innenraum ist ein Würfel, auch wenn es nicht so scheint. Genau einundzwanzig Meter von oben nach unten, ebenso viele von Nord nach Süd und von Ost nach West.«

Er sprach eine Frau mittleren Alters an, die sich damit beschäftigte, ein paar Prospekte zu ordnen. »Wissen Sie, wer gestern Dienst hatte, als die arme Frau vom Turm sprang?«

Sie sah die beiden Männer an, offensichtlich froh über die Abwechslung. »Ich nicht«, sagte sie schnippisch. »Das eine Mal, wo etwas los war.«

»Wer hatte Dienst, als es passierte?«, fragte der Küster voller Geduld.

Die Frau dachte nach, sie hatte sich eine blonde Strähne in ihr brünettes Haar färben lassen. »Das war Drée. Andrea Schoon. Sie hat mir erzählt, dass sie draußen stand, als die Frau fiel. Sie war es auch, die die Polizei benachrichtigte.«

»Ah ja«, sagte der Küster und bedankte sich. Er zog ein Smartphone aus der Tasche und nannte Hero Dyk eine Adresse im Schinkel.

Hero Dyk notierte sich die Adresse, auch die des Küsters, und bedankte sich.

»Sie kümmern sich um den Fall?«, wollte der Küster wissen.

»Herr Massmann«, sagte Hero Dyk ernst, »Sie sollten das der Polizei melden. Hauptkommissar Karl Heeger, ich kann Ihnen die Nummer geben. Bitte halten Sie mich heraus. Sagen Sie, die Stahltür zum Turm sei nicht verschlossen gewesen, das hätten Sie erst heute bemerkt. Dann brauchen Sie meinen Namen nicht zu erwähnen. Sie haben nachgesehen und dann die Leiter entdeckt, auf der wohl jemand heruntergeklettert ist.«

Der Küster nickte. So verabschiedeten sie sich.

12

Hero Dyk kannte einen Weg am Ufer der Hase entlang, der ihn auf seinem Fahrrad durch wildes Gestrüpp und an zwei Regenrückhaltebecken vorbei bis zum Ortsteil Schinkel führte. So gelangte er hinter das Haus, in dem Andrea Schoon mit ihrer Familie wohnte. Es war früher Nachmittag, als er sieben schmucklose Reihenhäuser fand, davor je zwei Pkw-Stellflächen anstatt eines Vorgartens. Einige der geparkten Limousinen waren von überraschend teurer Marke. Rechts und links vom Eingang standen Blumengewächse in Töpfen, davor die Mülltonnen. Die Parabolantennen auf den Dächern waren ausgerichtet wie Sonnenblumen.

Mit einer Ausnahme hatte der Rauputz die Farbe von Eierschalen. Nur das Reich von Andrea Schoon, das vierte Haus von rechts, war sehr auffällig braun mit einem Stich ins Orange gestrichen, was die Margeriten davor gut zur Geltung brachte. Hero Dyk läutete, doch es öffnete niemand. Aus mehreren Fenstern klang der Ton von Fernsehern herüber, jeder war auf einen anderen Sender eingestellt. Feierabend. Er klingelte erneut.

Nach dem dritten Versuch wurde im ersten Stock ein Fenster aufgerissen. »Was ist?«, bellte eine Frau herunter. »Was wollen Sie, was?«

»Ich möchte Andrea Schoon sprechen.«

»Wir kaufen nichts.«

»Das ist ein Irrtum. Ich habe nichts zu verkaufen. Ich möchte etwas fragen.«

»Polizei?«

»Privat. Ich habe ein paar Fragen an Sie wegen des Selbstmords gestern in der Kirche. Ich bin Autor. Ich schreibe Bücher, so etwas macht mich neugierig. Es ist nichts Offizielles. Sie müssen mir nicht antworten.«

»Sind Sie Hero Dyk?«, fragte sie und wirkte irritiert. »Sie sind Hero Dyk, oder?«

»Dann haben Sie die Artikel gelesen, nehme ich an?«, fragte nun er überrascht. »Für den Jungen interessiere ich mich weniger, wissen Sie. Ich habe eine Frage zu dem Selbstmord gestern in der Kirche. Hier vor der Tür möchte ich nicht davon sprechen«, sagte Hero Dyk so freundlich, wie er konnte.

»Warten Sie«, rief die Frau, bevor sie das Fenster zuschlug. Er hörte, wie sie ins Haus rief: »Machst du auf?«

Ein junges Mädchen öffnete ihm. Er kannte das Gesicht. Noch überraschter wich er zurück.

Auch das Mädchen erschrak, fasste sich jedoch schneller als Hero Dyk. »Der Autor«, sagte sie und lächelte böse. »Hero Dyk, nicht wahr? Stellen Sie mir nach? Woher haben Sie meine Adresse?« Ihre Stimme klang so schrill wie am Tag zuvor in der Buchhandlung.

»Es … ich … es ist reiner Zufall …« , stammelte er und wunderte sich, wie ihm geschah. Gestern war er dieser Anastasia zum ersten Mal begegnet, und nun stand er vor ihrem Haus.

Wieder fiel ihm die todschicke Kleidung des Mädchens auf. »Was macht die Migräne?«, fragte er zurück. »Herr Dahle wusste übrigens nicht, dass er weibliches Verkaufspersonal eingestellt hat. Wie erklären Sie das?«

Sie ging nicht weiter darauf ein. »Zufall, ja?«, spottete Anastasia Schoon. Sie lächelte schief, nur mit dem halben Gesicht, und griff sich theatralisch an die Schläfe.

Hero Dyk fasste sich. »Hören Sie … ich möchte Ihre Mutter sprechen. Das ist alles. Noch ein Zufall.«

Andrea Schoon kam die Treppe herunter und zeigte ihre klammheimliche Freude.

»Das ist dieser Autor, von dem ich dir gestern erzählt habe. Der, der keine Kritik verträgt«, erklärte ihre Tochter.

»Meinung«, sagte Hero Dyk. »Kritik ist qualifiziert. Meinung hat jeder.«

»Siehst du?«, betonte Anastasia Schoon.

»Kommen Sie wegen ihr oder zu mir?«, wollte ihre Mutter wissen, sie wurde ungeduldig.

»Sie arbeiten als Kirchenwächterin, deshalb bin ich hier. Ich habe den Selbstmord miterlebt und dazu eine Frage. Ich wusste nicht, dass sie Ihre Tochter ist.« Er wies mit dem Finger auf das Mädchen.

»Lass uns allein, Stassi. Wolltest du nicht in die Stadt?«, fragte Andrea Schoon. »Brauchst du Geld?«

Ihre Tochter überlegte, schien Vor- und Nachteil abzuwägen, sagte dann mit ergebener Stimme: »Na schön«, und fügte im Hinausgehen hinzu: »Nein, kein Geld.«

»Sie heißt Anastasia, aber wir nennen sie Stassi. Kommen Sie nur herein, ich mache uns einen Kaffee.«

Es roch nach frischer Farbe. Links stand eine Kellertür einen Spalt offen, etwas tiefer in der Diele führte eine Treppe nach oben. Hero Dyk wurde in die Küche gegenüber geführt, gleich neben dem Eingang. Sie goss pechschwarzen Kaffee aus einer Thermoskanne in zwei Henkeltassen und stellte sie in eine Mikrowelle. »Das dauert eine Minute«, sagte sie. »Kommen Sie.«

Andrea Schoon war nicht größer als ihre Tochter, aber ein wenig kompakter, ohne dick zu wirken. Sie trug ein hübsches

Kostüm und war durchaus reizvoll. Vielleicht das falsche Wort, dachte Hero Dyk und betrachtete ungeniert ihre Figur, während sie vor ihm zum Wohnzimmer ging. Sie wirkte, als sei sie früher einmal attraktiv gewesen. So klang es besser. Der Schatten davon war noch zu sehen.

Das Kostüm saß strenger als bei Svetlana. Sie trug ihr dunkelblondes Haar schulterlang, und es war sehr akkurat gekämmt. Alles an der Frau strahlte Kontrolle aus, Beherrschung. Ihr Mund war schmal genug, um bissig zu wirken, die dichten Brauen gaben ihrem Gesicht Strenge. Ein einzelner Zahn schimmerte durch ihre leicht geöffneten Lippen.

Eine Urkunde fiel ihm auf, die gerahmt in der Diele hing, ähnlich denen, die man für ein Sportabzeichen erhält. Andrea Schoon war vom Bürgermeister der Stadt für ihr soziales Engagement ausgezeichnet worden. Sie sah, dass ihm die Ehrung auffiel, ging aber nicht darauf ein.

»Ein Schriftsteller, sagen Sie? Was könnte so ein Dichter von mir wollen?«

»Mit etwas Mühe fallen mir ganze Dramen ein«, drohte Hero Dyk und lächelte nett. Der Spruch verfehlte selten seine Wirkung, und auch diesmal schien er gewonnen zu haben. Sie bat ihn in ein Wohnzimmer, dessen Wände frisch gestrichen waren. Zwei Stühle standen im Raum. Der Fußboden war mit Plastikfolie ausgelegt, in der Mitte des Zimmers lag ein Haufen Bücher. »Die gehören meinem Mann und meiner Tochter«, sagte sie und wies auf den Berg an Literatur. »Bitte …«

Sie setzten sich auf die zwei Stühle.

Andrea Schoon betrachtete Hero Dyk, der sich umsah. »Welche Farbe ist das?«, fragte sie und wies auf die Wände.

Er zögerte einen Moment. »Beige«, sagte er. »Das ist beige.«

»Es ist gelb«, sagte sie. Ihre Stimme war dünn und etwas krächzend. Seine Antwort schien sie enttäuscht zu haben. »Mein Mann sagt, es sei beige, doch es ist gelb. Ich erkenne ein Beige, wenn ich es sehe. Der Maler hat das falsch gemacht. Das muss alles neu. Ich bekomme Kopfschmerzen von Gelb.« Sie fasste sich an die Stirn wie ihre Tochter zuvor. »Niemand außer mir scheint zu merken, dass der Maler die Wand gelb gestrichen hat.«

Sie schnappte nach Luft, fächelte sich mit der Hand Sauerstoff zu und atmete tief durch. »Der Stümper sei sein Freund, behauptet mein Mann.« Sie schnaubte auf abfällige Art. »Er will keine Besserung verlangen, der Schlappschwanz.« Sie meinte ihren Mann. »Es ist gelb, oder?«

»Na ja …« , sagte Hero Dyk.

»Sehen Sie!«, triumphierend hob sie das Kinn. Die Mikrowelle gab ein Zeichen, dass die Zeit abgelaufen war. »Nennen Sie mich Drée«, sagte sie. »Das tun alle.« Damit ging sie in die Küche, den Kaffee holen. »Milch?«

»Ja, bitte«, sagte Hero Dyk. »Man sagte mir, dass Sie gestern in der Kirche Dienst hatten. Ich möchte wissen, ob Sie die Frau gesehen haben, die nach oben gestiegen ist.«

»Nein«, rief Drée aus der Küche. »Ich stand beim Turmwächter, als sie sprang. Wir haben uns unterhalten. Es ist sehr langweilig, auf die Kirche aufzupassen.« Andrea Schoon lachte. »Ich fürchte, ich habe mit meinem Schreien das heilige Haus entweiht. Es war entsetzlich, als die Frau fiel. Das Geräusch des Aufpralls ist das Schlimmste, wissen Sie. Ich ahne, dass ich das niemals wieder loswerde.«

»Oder jemand anderen? Haben Sie vielleicht sonst jemanden gesehen, der nach oben stieg?«

Sie kam zurück, reichte ihm den Kaffee und setzte sich. »Wie meinen Sie das?«

»Hätte jemand unbemerkt auf den Turm steigen können?«

Sie dachte nach. »Da waren noch drei oder vier andere Besucher in der Kirche. Ich habe nicht auf sie geachtet. Niemand sah so aus, als ob er etwas stehlen wollte. Wenn man vom Kirchensaal aus direkt zum Turm möchte, benötigt man einen Schlüssel für die innere Tür. Den hat nur der Küster.«

»Es ist Ihnen also niemand aufgefallen?«

»Ich habe nicht darauf geachtet. Das tut der Turmwächter. Die Frau hat bezahlt, bevor sie nach oben ging.«

»Hat dort jemand auf sie gewartet?«

»Um was zu tun? Die Polizei geht von Selbstmord aus, also sollten Sie das auch tun.«

»Es ist niemand heruntergekommen?«

»Ich habe niemanden gesehen.«

»Sie sagten, es gebe nur einen Schlüssel für die Stahltür. Sind Sie da sicher?«

Drée lachte. »Wenn Sie so fragen: Im Gegenteil. Ich weiß, dass Kopien existieren. Letztes Jahr haben wir ein Pärchen zu fassen gekriegt, das es sich auf dem Glockenboden gemütlich gemacht hatte.« Sie lachte amüsiert. »Obdachlose hatten wir noch nicht. Bis jetzt! Tut mir leid, doch es gibt durchaus Möglichkeiten, auf den Turm zu kommen, wenn man will.«

»Na schön«, sagte Hero Dyk und erhob sich. Er suchte nach einem Platz, um die Tasse abzustellen. Er hatte davon probiert, aber der Kaffee war zu stark.

»Geben Sie her«, sagte Drée und nahm ihm die Tasse ab.

Sein Handy spielte eine alberne Melodie. »Darf ich?«, fragte er.

Sie nickte, erhob sich ebenfalls und trank die Tasse auf dem Weg zur Küche leer. Damit nichts umkommt.

Eine unbekannte Nummer. Hero Dyk nahm das Gespräch an und nannte seinen Namen.

»Hier ist Ivy«, sagte eine aufgeregte Frauenstimme. »Ivy Meiffert, die Anwältin. Wir trafen uns gestern bei Betty Arens.«

»Ja«, sagte Hero Dyk. »Ich erinnere mich.«

»Sie ist tot«, sagte sie und zog die Nase hoch. »Mausetot.«

»Wer ist tot?«

»Betty. Sie ist vor einen Zug gesprungen.«

»Vor einen Zug? Um Gottes willen. Wann ist das passiert?«

»Heute Nachmittag. Ein ICE. Es kommt im Radio, mehr weiß ich nicht. Ein Teil ihres Körpers hing noch am Zug, als er in den Bahnhof einfuhr. Es war der rechte Arm, glaube ich, in so einem Kühlergrill. Der Zugführer hat nichts bemerkt, heißt es. Können wir uns sehen?«

»Ich sollte meine Mutter abholen.«

»Kommen Sie«, bat Ivy. »Ich brauche Ihre Hilfe. Sie wissen, wo ich wohne.«

»In Ordnung«, sagte Hero Dyk. »In dreißig Minuten.«

Drée stand in der Küchentür. »Die Polizei?«, fragte sie.

»Eine Freundin«, sagte Hero Dyk und wies auf eine Zeitung,

die auf dem Küchentisch lag. »Die Mutter von dem Jungen, der ermordet wurde. Sie ist tot. Es kommt im Radio.«

»Betty Arens ist tot?«

Hero Dyk nickte und dachte einen Moment lang nach. »Kannten Sie die Frau?«

Andrea Schoon schüttelte den Kopf. »Aus der Zeitung.«

Ein Gedanke kam ihm, etwas war ihm aufgefallen. »Wieso Polizei?«, fragte er.

»Was?«

»Als ich bei Ihnen klingelte – warum dachten Sie, ich sei von der Polizei? Was haben Sie mit der Polizei zu tun?«

»Na, sollten die mich nicht befragen, wie Sie es jetzt getan haben? Ich habe die Frau fallen gesehen.«

Hero Dyk nickte erneut und reichte ihr seine Visitenkarte. »Falls Ihnen noch etwas einfällt«, sagte er und verabschiedete sich hastig. Vor der Tür stieß er mit einem Mann zusammen. Ein großer, kräftiger Kerl mit einer aufgerollten Pudelmütze auf dem fast kahlen Kopf. Er sah Hero Dyk fragend an.

»Mein Mann Maik«, sagte Drée und machte sich nicht die Mühe, ihm den Besucher zu erklären. Sie wies auf Hero Dyk. »Er sagt auch, dass es gelb ist.«

»Lass das!«, knurrte Schoon und stieß sie grob beiseite, um ins Haus zu kommen.

Drée erschien wieder in der Tür und lächelte. »Er ist manchmal aggressiv. Haben Sie das bemerkt?«

Ihr Mann warf Hero Dyk einen bösen Blick zu und öffnete die Tür zum Keller, wo er verschwand, während sie lächelnd die Haustür schloss.

Hero Dyk schwang sich auf sein Fahrrad, durchquerte erneut die halbe Stadt und fragte sich, was er von Schoon halten sollte. Und von dessen Frau.

2. Akt

1

Der Weg die Hase entlang war jetzt menschenleer und ein wenig beklemmend. Hero Dyk fuhr zwischen dichtem Buschwerk und unter Brücken durch, unter denen viel Unrat lag. Einmal saß jemand am Wegesrand und produzierte neuen, Hero Dyk hätte den Mann fast angefahren. Am linken Ufer des Stromes sah er ein Industriegebiet, rechts wohnten Leute. Hinter dem Bahnhof endete der Weg, und er musste zur Straße hochfahren. Dort konnte er vom Bürgersteig aus den ICE sehen, der Bettina Arens überfahren hatte, er war evakuiert worden. Der Zug kam aus Nürnberg über Frankfurt und Dortmund zur Weiterfahrt nach Hamburg. Die Bahnlinie kreuzt sich hier am Bahnhof mit der Strecke Berlin–Amsterdam. Die Bahnsteige in Ost-West-Richtung liegen unten, darüber die in nord-südlicher Ausrichtung. Karl Heeger hatte den gesamten Bahnverkehr in und aus Richtung Münster gesperrt und ließ die Schienen absuchen, um herauszufinden, wo Betty Arens vor den Zug gesprungen war. Hero Dyk konnte sich lebhaft vorstellen, mit welcher Situation es sein Freund im Moment zu tun hatte.

Er fuhr zunächst nach Hause, um sein Auto zu holen. Hero Dyk wusste, was seine Mutter von ihm erwartete, und hoffte, dass sie heute mitkam. Sie liebte dieses Spiel.

Svetlana hatte es sich in Franciscas Sessel bequem gemacht, sah fern und sprach den Alkoholika zu, die auf einem Teewagen standen. Sherry und Whiskey mit Sahne trank sie besonders gern. Wann er seine Mutter holen fahre, wollte sie wissen.

»Sobald es mir passt«, antwortete er. »Sobald ich Lust dazu habe.«

»Mutig«, sagte sie und kümmerte sich nicht mehr um ihn.

Hero Dyk machte sich sorgfältig Notizen über die Gespräche

des Tages und ging dann hoch in sein Schlafzimmer, um sich umzuziehen. Das Radfahren hatte ihn erhitzt. Als er einen Blick durch das Fenster auf die Straße warf, fiel ihm ein dunkelblauer Volkswagen Caddy auf, der im Halteverbot geparkt war. Er achtete nicht weiter darauf.

Schnell saß er wieder im Auto und fuhr Richtung Wüste. Auf dem Weg zu Ivy kam er dort vorbei, wo Betty Arens gelebt hatte. Die Villa lag jetzt völlig im Dunkeln. Niemand stand mehr vor dem Haus. *Vielleicht schämen sie sich*, schrieb er in sein Buch. Nach kurzer Überlegung ergänzte er: *Wohl kaum. Es ist nie modern, sich zu schämen.*

Ivy stand vor der Tür und wartete auf ihn. Er erkannte ihre große, prachtvolle Gestalt von Weitem. Sie trug enge Jeans zu wieder hohen Schuhen, dazu ein weißes Oberhemd und eine grüne Windjacke. Ihr Haar schien im Abendlicht zu leuchten.

»Haben Sie ein wenig Zeit?«, fragte er. »Ich muss meine Mutter abholen. Sie ist in Lembruch, draußen beim Dümmer. Sie wissen sicher, wie Mütter sind?« Er lachte dazu. »Unterwegs können Sie mir alles erzählen.« Es war kurz vor siebzehn Uhr. »Um halb sieben sollten wir zurück sein.«

»Ja, gut«, sagte sie ohne Umschweife, und fast hatte Hero Dyk den Eindruck, sie habe sein betont männliches Auto nicht bemerkt. Sie sah sich um. »Ich weiß nicht, wo meine Tochter steckt«, sagte sie besorgt, dann wuchtete sie ihre Handtasche auf den Rücksitz und stieg selbst vorne ein.

Er kannte die Strecke fast im Schlaf. »Jetzt sagen Sie mir, was passiert ist.«

Sie habe die Nachricht aus dem Radio, erzählte Ivy. Viel mehr wisse sie nicht. Den ganzen Morgen habe sie vergeblich versucht, Betty zu erreichen, sich aber keine Sorgen gemacht. »Sie war immer viel draußen unterwegs, um Spannung abzubauen. Fahrrad fahren und laufen. So um sechzehn Uhr habe ich das Radio eingeschaltet, um die Nachrichten zu hören. Da wusste ich es dann.« Betty sei vor den ICE aus Nürnberg gelaufen, man wisse noch nicht, wo. Die ganze Bahnstrecke sei gesperrt.

Hero Dyk fügte hinzu, was er am Bahnhof gesehen hatte.

Ivy machte sich Vorwürfe, dass sie sich am Vormittag nicht um Betty Arens gekümmert hatte. »Es ging um meine Tochter«, sagte sie. »Johanna ist noch keine sechzehn. Ein gefährliches Alter. Die Mädchen haben merkwürdige Dinge im Kopf.«

Hero Dyk lachte. »Meine ist etwas älter. Sie trägt ein Tattoo auf einer Wange. Eine Spinne. Es wird nicht einfacher, das sage ich Ihnen.«

Ivy lachte ebenfalls, das schien sie zu beruhigen. »Ich nenne sie Joe, wie im Wilden Westen. Sie ist ein wildes Mädchen. Übrigens habe ich gelesen, dass Sie jemanden bei der Polizei kennen. Ich möchte mich da melden, vielleicht hilft ja, was ich weiß.«

»Ich kenne einen Hauptkommissar. Karl Heeger. Wir sind zusammen aufgewachsen. Er musste sich gestern um die Frau kümmern, die vom Kirchturm gesprungen ist, und heute vermutlich um Betty Arens. Zwei Selbstmorde, da bleibt kaum Zeit für die, die nicht freiwillig gehen.«

»Gestern hat sich auch schon eine Frau getötet?«

»Eine Frau aus Sutthausen, ja. Ich vermute, dass Heeger sich nun um die Suche nach Markus' Mörder *und* um die zwei Selbstmorde kümmern muss. Ich kann ihn anrufen, wenn Sie möchten. Lassen Sie mich kurz anhalten. Ich habe keine Freisprechanlage. Sie können dann mit ihm reden.«

»Bitte, ja«, sagte Ivy.

Hero Dyk hielt auf demselben Parkplatz wie am Tag zuvor. Das leicht bekleidete Mädchen stand dort und wurde aufmerksam, verlor aber sofort das Interesse, als sie sah, dass eine Frau bei ihm im Wagen saß.

Hero Dyk hatte Heegers Nummer gespeichert, es klingelte zweimal, dann nahm sein Freund ab.

»Hero? Was gibt's?«

»Hör mal, ich weiß, was bei dir los ist, deshalb entschuldige den Anruf. Ich habe hier eine Frau namens Yvonne Meiffert bei mir im Auto. Sie vertritt Bettina Arens und würde gern mit dir sprechen.«

Heeger lachte. »Wie kommt es, dass du stets jemanden kennst, der weiterhilft? Gib sie mir.«

Hero Dyk reichte Ivy das Handy und fuhr weiter.

Sie nannte ihren Namen und berichtete, dass Betty Arens sie um Hilfe gebeten habe. Der erneute Wirbel um den Tod ihres Sohnes habe sie an den Rand ihrer Kräfte gebracht. »Ich bin Anwältin und kannte den kleinen Markus. Wir sind auf die gleiche Schule gegangen. Deshalb hat Betty mich angerufen.« Nein, sie kenne keinen konkreten Grund, aus dem heraus Frau Arens sich vor den Zug geworfen haben könnte. »Nur war sie wirklich vollkommen verunsichert wegen der erneuten Aufmerksamkeit. Und dann die ganzen Reporter vor dem Haus ... Dürfen Sie mir sagen, wie es passiert ist?«

Sie erfuhren, dass man den Ort, an dem Betty Arens sich das Leben genommen hatte, inzwischen gefunden hatte. Ein Bahnübergang nahe Hörne. Die Reste ihres Körpers fand man in einem Busch, ihr Fahrrad stand ordentlich neben einer Bank abgestellt oben auf der Böschung.

»Sie muss sehr einsam gewesen sein«, sagte Ivy, versprach, morgen früh auf das Revier zu kommen, und legte auf. »Sie sollen Ihrer Mutter Grüße ausrichten«, sagte sie an Hero Dyk gewandt.

Der grinste. »Heeger und meine Mutter mögen sich nicht.«

Bei Lembruch bog er wieder links ab und hatte bald die kleine Siedlung an der Lohne erreicht.

»Meine Mutter ist nicht ganz einfach«, sagte er. »Vielleicht gefallen Sie ihr, dann ist es leichter. Wir haben gestritten, das endet meist damit, dass sie sich hierhin zurückzieht und wartet, dass ich sie abhole wie ein edler Ritter seine Dame. Sie ist Spanierin, und in ihrem Falle stimmt das mit dem Stolz. Sie hat eine Religion daraus gemacht. Manchmal komme ich tagelang hierher, bis sie bereit ist, mir zu vergeben.«

Sie stiegen aus und gingen auf das Häuschen zu.

»Ein Hexenhaus«, sagte Ivy und schmunzelte.

Als Hero Dyk sich umdrehte, um sie anzulachen, sah er einen dunkelblauen Caddy langsam auf den Parkplatz rollen.

2

Die kleine schwarze Frau freute sich, ihren Sohn in Begleitung eines so hübschen Wesens zu sehen. Sie strahlte, ließ sich Kaffee servieren und erzählte aus den Kindertagen ihres Sohnes, um ihn anzupreisen, bis es peinlich wurde.

Hero Dyk erfuhr, dass Arno Dahle sie über Mittag zum Essen ausgeführt hatte, seither war sie allein.

Er drängte zum Aufbruch, doch seine Mutter bestand auf einem kleinen Spaziergang.

Eine Brücke führt bei der Siedlung über die beiden Arme der Lohne. Von dort aus sahen sie eine Zeit lang den Jungen zu, die wie bei seinem gestrigen Besuch am Hafen spielten. Hero Dyk warf einen Blick zum Parkplatz, doch sein Land Rover stand jetzt allein dort. Über die Bäume hinweg hörten sie einen Mähdrescher das Getreide auf den Feldern schneiden. Der Wind trug den Geruch mit sich, der die Nase reizte. Sonst war es still. Sie gingen sehr langsam und stützten die alte Frau, bis sie genug hatte und umkehren wollte.

»Ivy kannte den Jungen, der getötet wurde«, sagte Hero Dyk. »Sie ist mit ihm zur Schule gegangen.«

Das interessierte Francisca. »Dann kümmerst du dich jetzt darum?«

Hero Dyk schüttelte den Kopf. »Sie teilt die Bedenken nicht, die ich wegen der Neuaufnahme des Falls habe«, sagte er zu Ivy. »Man soll so etwas nicht machen, nur weil die Presse sich dafür interessiert.«

»Betty hat es tatsächlich nichts Gutes gebracht«, sagte Ivy. »Da hatten Sie recht.«

Francisca sah ihren Sohn fragend an.

»Die Mutter hat sich heute das Leben genommen«, sagte Hero Dyk. »Sie ist vor einen Zug gesprungen.«

Das machte die kleine schwarze Frau sehr betroffen. Sie klagte und wollte jetzt dringend nach Hause fahren.

Francisca stöhnte und fluchte noch mehr, als sie sich auf den Beifahrersitz des hochbeinigen Land Rovers setzen sollte. Sie musste sich hochziehen und von ihrem Sohn schieben lassen.

»Wozu fährst du ein Auto«, schimpfte sie, »in das man nicht einsteigen kann?«

Hero Dyk lachte. »Weshalb trägst du Schuhe, in denen du nicht laufen kannst?«

»Schuhe als Hobby sind billiger als ein Auto«, entgegnete Francisca.

Ivy setzte sich hinten rein und blieb bei Francisca, während Hero Dyk die Habseligkeiten seiner Mutter holte. Sie fuhren eine Weile schweigend, dann wollte die kleine schwarze Frau wissen, was Ivy mit Markus zu tun gehabt habe. Sie seien zusammen zur Schule gegangen, gut. Und weiter? »Wie gut kannten Sie ihn, Kindchen?«

Recht gut, gab Ivy zu. »Ich habe auf ihn aufgepasst, als er noch sehr klein war. Meine Mutter hat bei seinen Eltern geputzt. Ich selbst war nur ein paar Jahre älter, aber er hatte Vertrauen zu mir. Er wohnte in einer hübschen Villa und ich in einer Gegend voller Konflikte. Jeden Morgen vor der Schule kam er bei mir vorbei und wartete draußen auf mich, damit wir den restlichen Weg zusammen gingen. Oft liefen wir durch dieses Wäldchen, in dem man ihn später fand. Doch an jenem Tag habe ich die erste Stunde mit ein paar Freundinnen verbummelt. Markus wollte nicht warten, sondern lief voraus.«

Sie schwiegen wieder eine Weile, bis Ivy ergänzte: »Und bitte, nennen Sie mich nicht Kindchen. Ich mag das nicht.«

Diesmal war es ein langes Schweigen, das Francisca schließlich unterbrach. »Dann haben Sie sein Vertrauen enttäuscht, oder?«, fragte sie schnippisch. »Sind wir eigentlich sicher, dass es ein Mann war, der den Jungen getötet hat? Und weshalb, sagten Sie, suchen Sie Kontakt zu meinem Sohn?««

Hero Dyk wusste nicht, von welcher Seite es ihm hereinregnete, und er zog den Kopf ein. Das Schweigen war jetzt eisig. Er hätte gern gewusst, wie die beiden Frauen in Streit geraten konnten, ohne mehr als ein paar Worte zu wechseln. Er fuhr Ivy nach Hause, ließ sie aussteigen und begleitete sie zu ihrer Haustür. »Rufen Sie mich an, wenn sich etwas Neues ergibt«, sagte er.

»Mache ich«, sagte Ivy und verschwand.

Er fuhr weiter und wartete, dass seine Mutter sprach. Lange dauerte es nicht.

»Sie ist ordinär«, sagte sie. »Hast du gesehen, wie sie sich hinsetzt?«

»Das ist kein Grund, ihr Vorwürfe zu machen«, sagte Hero Dyk. »Tatsächlich verlangt sie das Gleiche wie du. Sie will, dass ich mich für den Jungen interessiere. Warum tut ihr euch nicht zusammen?«

»Hm«, sagte die kleine schwarze Frau und schwieg, bis sie zu Hause waren. Sie schwieg auch, als sie sah, wie Svetlana das Wohnzimmer hinterlassen hatte. Die Flasche mit dem Whiskey war halb leer, ein volles Glas auf dem Tisch umgekippt. Der Fernseher lief noch, und ein Stuhl lag am Boden, gleich daneben eine leere Flasche Sherry. Die Reste von Svetlanas Abendessen standen in der Küche.

Die Nachsicht, die Francisca der Haushälterin gegenüber an den Tag legen konnte, war Hero Dyk unerklärlich. Sie stieg wortlos die Treppe hoch, während er sich daranmachte, aufzuräumen.

Als er fertig war, ging er ebenfalls nach oben. Aus dem Zimmer seiner Mutter drang leise das Geräusch des Fernsehers. Er wusste, dass sie in ihrem Sessel saß. Das Bett benutzte sie fast nie. Wozu?, fragte sie oft. Sie schlafe keine Nacht. Da könne sie sich ebenso gut die Seifenopern ansehen, die sie so liebte.

Hero Dyk zog sich einen Schlafanzug an und stieg eine Etage höher, dort wohnte Svetlana.

»Hero?«, hörte er seine Mutter rufen.

»Ja?«

»Wohin gehst du?«

»Ich schaue, ob es Svetlana gut geht. Sie hat viel getrunken.«

»Sei vorsichtig. Gute Nacht.«

Stirnrunzelnd wünschte er ihr ebenfalls eine gute Nacht.

Svetlana bewohnte die komplette obere Etage. Sie verfügte über eine Küche, die sie nie benutzte, ein Wohnzimmer und ein Schlafzimmer. Er fand sie auf dem Sofa liegend, nur mit Slip und BH bekleidet. Lustvoll betrachtete er ihren vollen Körper, den runden Bauch und die schweren Brüste. Als er sich sattgesehen hatte, schüttelte er sie wach.

Sie schrak mit einem Grunzen hoch, blickte an sich herunter und ließ sich entsetzt wieder zurücksinken. »Bin ich Jungfrau!«, stellte sie lallend fest und warf einen prüfenden Blick auf ihn.

Hero Dyk lachte schallend, bis sie ebenfalls dümmlich grinste. Er zog sie hoch und half ihr ins Schlafzimmer. Dort ließ sie sich vollständig entkleiden, ein Nachthemd überstreifen, und sie schmatzte wohlig dabei. Sie kroch ins Bett und ließ sich zudecken.

Für dieses Mal gab Hero Dyk sich zufrieden und zog sich in sein eigenes Schlafzimmer zurück.

3

Als Hero Dyk am nächsten Morgen nach unten kam, saß seine Mutter voller Schadenfreude an der Küchentheke, die sie wegen der hohen Stühle sonst mied, und sah Svetlana zu, die eine Tablette nahm und sich die Stirn hielt. Die Haushälterin sah ihn böse an und fluchte auf Russisch, also wusste er, dass es Zwieback geben würde statt Eier mit Speck.

Die beiden Frauen sahen ihn an und schienen jetzt gemeinsame Sache zu machen. Gegen ihn.

Hero Dyk verschlang sein kärgliches Mal und machte sich aus dem Staub. Kurz überlegte er, den Tag mit Schreiben zu verbringen, doch dann kam ihm etwas Besseres in den Sinn.

Draußen war herrliches Wetter, also nahm er wie am Tag zuvor sein E-Bike, und da er beim Haus von Katja Rosen schon gewesen war, fuhr er erneut in die Wüste. Er wollte sich ansehen, wo Betty Arens sich das Leben genommen hatte, die arme Frau. Er folgte den Bahnschienen und kam in den Hörner Bruch. Hinter der Siedlung hielt er sich rechts und fuhr Richtung Hellern. Bald kam er an eine Brücke und sah die Schienen von oben. Die Polizei hatte den Wald abgesperrt, doch Hero Dyk hatte von hier einen hervorragenden Blick. Ein Güterzug donnerte unter der Brücke hindurch. Die Schläge der Räder auf die Schienen spürte man am ganzen Körper. Einige Waggons kreischten und schrien in rhythmischen Wellen, dann war der

Zug vorbei. Hero Dyk lauschte ihm nach wie etwas Bösem, wenn es überstanden ist.

Der Ort, an dem man die Leiche gefunden hatte, war durch Bänder abgegrenzt. Bettina Arens hatte wenig Kontakt zu anderen Menschen gepflegt, das wusste er von Ivy, doch sie war oft mit dem Rad unterwegs gewesen. Zwei Männer arbeiteten zwischen den Eisenbahntrassen und suchten nach Spuren. Parallel zu den Schienen reiften über einer Bank die Früchte eines Weißdornbusches, dort war sie zur Trasse hinuntergestiegen. Obwohl keine einhundert Meter von der Brücke entfernt, lag der Ort erschreckend abseits. Auf der anderen Seite der Schienen sah Hero Dyk die Dächer eines Bauernhofes zwischen dem dichten Buschwerk. Ein Eber grunzte laut. Gänse schnatterten, und eine Frau schob eine Abfalltonne herum. Eine Radfahrerin kam die Straße heruntergefahren, hielt an und legte einen Strauß Blumen neben das Brückengeländer.

Selbst wenn jemand vom Hof oder von dieser Brücke aus gesehen hätte, wie die Frau dort unten stand und auf einen Zug wartete, hätte man sie nicht aufhalten können.

Am anderen Ende der Brücke sah Hero Dyk einen stämmigen Mann Mitte vierzig, der ihn sogleich an die hart konturierten Bilder von Ernst Ludwig Kirchner denken ließ. Eine sonderbare Wirkung ging von dieser Gestalt aus. Hero Dyk glaubte, den eigenen Zorn in der urtümlichen Kraft des anderen zu erkennen, die eigene Schuld in dessen gesenktem Blick … und die Angst zu scheitern in seiner demütigen Haltung. Der Mann trug graue Jeans, schwarze Halbschuhe und eine dünne Windjacke, deren Kapuze er halb über den Kopf gezogen hatte.

Hero Dyk fühlte sich beobachtet und sah hinter sich. Dort stand ebenfalls ein Mann mit Kapuze, doch von ihm war weiter nichts zu erkennen. Er trug eine Drillichhose zu dem Sweatshirt und hatte die Hände tief in die Hosentaschen gesteckt. Dieser Mann wirkte sehr groß und bullig.

»Was ist?«, rief Hero Dyk, doch die Männer reagierten nicht. Er gewann den Eindruck, dass sie nicht ihn anstarrten, sondern einander. Er stand nur zufällig zwischen ihnen, sie verfolgten eigene Geschäfte.

Als ob ich sie hier zusammengeführt hätte, dachte Hero Dyk. Eine Kontaktaufnahme vielleicht?

Man benutzte ihn.

Und noch ein Gedanke drängte sich unvermittelt auf: Was, wenn die Selbstmorde der beiden Frauen zusammenhingen?

Hero Dyk rief erneut und ging auf den gedrungenen Kapuzenmann zu, um ihn anzusprechen. Der Kleinere wirkte interessanter, jedoch verschwand er sofort zwischen den Büschen und lief in Richtung Bauernhof.

Auch der Größere war verschwunden, als Hero Dyk sich umdrehte. Er nahm sein Rad, fuhr über die Brücke und fand den Weg zum Gehöft, doch die Frau, die er dort traf, hatte niemanden gesehen. Er warf einen besorgten Blick zum Himmel, der sich von Westen her mit Wolken bedeckte.

Als Hero Dyk auf die Straße zurückfuhr, sah er den blauen Caddy, der ihm gestern aufgefallen war. Er kam aus einer Seitenstraße und fuhr schnell davon.

4

Hero Dyk radelte zur Wüste zurück und suchte den Ort, an dem er das Wäldchen vermutete, in dem man Markus Arens gefunden hatte. Das Gelände existierte nicht mehr, es war bebaut. Die kleine Villa, in der Bettina Arens gelebt hatte, konnte man kaum verfehlen, denn die Nachbarn standen in Gruppen auf der Straße und besprachen sich. Voller Argwohn betrachteten sie ihn, als er vorbeifuhr. Er fand das Haus wieder, in dem Ivy aufgewachsen war. Es lag wirklich kein weiter Weg zwischen den beiden Adressen.

Er brauchte nicht lang bis zum Kollegienwall, wo sich die Polizeiwache befindet. Das Gelände wird von einer Art Pförtnerhaus bewacht, dort ließ er sich bei Hauptkommissar Heeger anmelden und wurde durchgelassen. Sein Freund kam ihm bis auf den Innenhof entgegen.

»Sag mal«, wollte Hero Dyk wissen, »ich war gerade an

dem Ort, wo der Junge getötet wurde. Sind wir da nicht mal gewesen, wir beide? Hast du mir das nicht mal gezeigt, als noch ein Wald dort stand? Jetzt ist alles bebaut, doch es kam mir heute so vor, als wäre ich mit dir mal am gleichen Ort gewesen.«

Heeger sah ihn durchdringend an. Sie waren im selben Alter, doch Heeger sah verbrauchter aus. Ein großer, hagerer Mann mit tiefen Schatten unter den Augen. »Ich war fünfundzwanzig Jahre alt, als der Junge ermordet wurde«, sagte er. »Erinnerst du dich an Hauptkommissar Horst Darow?«

Hero Dyk nickte. Heeger führte ihn in das Gebäude und bot ihm einen Kaffee an.

»Horst Darow war mein Vorgesetzter. Wir wurden alarmiert und haben das Haus der Mutter vom Keller bis unter das Dach durchsucht, aber nichts gefunden. Kinder verstecken sich ab und zu. Wenn wir Glück haben. Doch der Junge hatte sich nicht versteckt. Darow hat beim Vater gesucht, der wohnte am anderen Ende der Stadt. Ein Kollege und ich, wir machten uns mit Hunden auf die Suche. Wir durchkämmten schließlich dieses Wäldchen und stießen auf eine verkommene Laube mit einer halb verrotteten Veranda davor, in einem verwilderten Schrebergarten. Weißt du, wie viele Schrebergärten es in dieser Stadt gibt? Nein? Dort fand der Kollege den Jungen. Er lag auf der Seite und wirkte ganz klein und blass. Man hatte ihm seinen roten Schal fast vollständig in den Hals gestopft, um ihn am Schreien zu hindern. Ich wollte ihm diesen Schal aus dem Mund ziehen, damit er ihn nicht mehr so aufsperren musste, dabei war er doch schon tot, und wir sollten die Spuren sichern, statt sie zu verwischen, verstehst du? Er hatte die ganze Zeit diesen Schal im Mund.«

Hero Dyk nickte stumm.

»Ich habe ein Gebet gesprochen und musste an die Kinder denken, die ich großziehen wollte. Man muss grobe Gewalt anwenden, um einem Jungen so viel seines eigenen Wollschals in den Rachen zu stopfen. Das geht nur mit großer Kraft. Der Forensiker fand leichte Verletzungen am After, jedoch kein Sperma, keine Würgemale und keine Hämatome durch Drücken, Stoßen oder Schlagen. Es ging nicht um Sexualität. Es ging um Macht.

Kleine Risse in der Haut stammten von den Sträuchern. Der Mörder hat ihn auf eine Wolldecke gebettet, die in der Laube lag. Der Junge hatte keine Brüche, wohl weil er sich nur wenig gewehrt hat. Die Kleidung lag ordentlich zusammengefaltet neben ihm, als mein Kollege ihn fand. Der Mörder hat Markus erstickt, die Vergewaltigung misslang. Angst vor Entdeckung, das sagt uns die Erfahrung.« Heeger machte eine kurze Pause. »Der Mann hatte das tote Gesichtchen mit Erde verschmiert, weil es ihn erschreckte«, fuhr er fort. »Danach wickelte er die Leiche in die Decke ein und streute eine Schicht Laub darüber. Dass der Junge auf der Seite lag, als man ihn fand, erklärt sich durch Krämpfe, zu denen es im Erstickungsfalle kurz vor der Besinnungslosigkeit kommt. Wir identifizierten ihn anhand seines Tornisters und ersparten der Mutter wenigstens das. Es gab damals viele Spuren, die wir verfolgt haben, doch keine brachte uns weiter. Kollege Darow und ich sind häufig zu diesem Wäldchen gefahren, und als er pensioniert wurde, tat ich es allein. Die Kleidung des Jungen lag lange in unserer Asservatenkammer, bis diese vor geraumer Zeit entrümpelt wurde. An DNA-Beweise dachte dabei niemand. Doch wir hatten alles mit Klebestreifen abgetupft, und die sind noch da. Damit arbeiten wir jetzt.«

»Du sagtest, ihr hättet eine konkrete Spur.«

Heeger lachte traurig. »Richtig, die hatten wir. Sie führte uns zu einem Mann, der zur Tatzeit fünf Jahre alt war, stell dir vor. Fünf Jahre alt!«

»Ihr habt DNA-Proben von Fünfjährigen?«

»Blödsinn«, raunzte Heeger ungeduldig. »Der Kerl ist jetzt dreißig und hat seine ganz eigene kriminelle Geschichte. Deshalb fanden wir ihn in unserer Datenbank und stießen schließlich auf seinen Onkel, dessen DNA gewisse Ähnlichkeiten aufweist. Der Mann hat einen Sohn, der mit Markus in eine Klasse ging. Er hat die beiden Jungs gelegentlich zum Sport gefahren, so kam seine DNA auf die Kleidung. Wir hatten ihn vor fünfundzwanzig Jahren überprüft, er war nicht in der Stadt und kann es nicht gewesen sein.«

Hero Dyk lachte herzlich über die Geschichte.

»Lach du nur«, sagte Heeger. »Wir müssen nicht nur einen

Mörder finden, sondern auch alle möglichen Leute ausschließen, die damals mit der Leiche in Kontakt gekommen sind. Von den Polizisten bis zu den Mitarbeitern des Bestattungsunternehmens. Die haben alle ihre DNA auf den Klebestreifen hinterlassen.«

»Und jetzt?«, wollte Hero Dyk wissen.

»Warst du das gestern auf dem Kirchturm?«, entgegnete Heeger. »Der Küster hat angerufen und uns die Leiter gezeigt.«

Hero Dyk druckste ein wenig herum und gab es dann zu.

»Na schön«, sagte Heeger. »Und deine Freundin war vorhin bei mir. Diese Frau Dr. Meiffert.«

Hero Dyk grinste. »Beeindruckend, oder?«

»Das und noch mehr.« Heeger nickte. »Du glaubst tatsächlich, dass diese Katja Rosen ermordet wurde und dass der Täter über die Leitern entkam?«

»Es ist zumindest nicht ausgeschlossen.«

»Aufgrund des Hinweises dieses Küsters waren wir gestern Abend noch mal bei der Adresse, an der die Frau gemeldet war. Sie wohnt in Sutthausen, es war aber wie schon zuvor niemand zu Hause.« Er sah Hero Dyk durchdringend an. »Die Nachbarin berichtete, es sei am Vormittag jemand Fremdes da gewesen. Ein Mann, der ums Haus geschlichen sei. Da haben wir näher hingeschaut. Durch das Fenster, genauer gesagt, so entdeckten wir die Unordnung. Wir sind eingedrungen und fanden das ganze Haus komplett auf den Kopf gestellt. Alle Schubladen herausgerissen, die Kissen aufgeschnitten. Alles zerstört, was zu zerstören war. Da hat jemand etwas gesucht. Und weißt du was?«

»Na?«

»Die Nachbarin sagt, der Mann, den sie sah, sei mit einem E-Bike gekommen.«

»Davon gibt es immer mehr«, sagte Hero Dyk.

»Sie hat dich ziemlich gut beschrieben, aber sie sagt, du seist nicht im Haus gewesen. Was hattest du dort verloren?«

»Darf ich dazu schweigen?«

»Ja«, sagte Heeger resigniert. »Wer also war im Haus von Katja Rosen, und was hat er gesucht? Das ist die Frage. Und da ist noch etwas.«

»Na?«

»Deine Freundin kannte die Tote sehr gut.«

»Ivy? Sie kannte Katja Rosen?«

»Ach, ihr seid schon beim Du?«

»Ich glaube nicht, dass ich Ivy gegenüber den Namen Katja Rosen erwähnt habe. Wir haben uns hauptsächlich über Betty Arens und ihren Sohn unterhalten. Sie fühlt sich schuldig, weil sie den Jungen an diesem einen Tage allein zur Schule gehen ließ und lieber auf ein paar Freundinnen wartete.«

»Eine dieser Freundinnen war Katja Rosen. Frau Meiffert wusste nicht, so sagt sie, dass die Frau, die von der Kirche sprang, Katja Rosen war.« Heeger nahm einen Schluck aus seiner Kaffeetasse. Zwei Schreibtische standen sich in seinem Büro gegenüber, beide waren vollgepackt mit Akten und ließen gerade eben Platz für zwei Flachbildschirme. Einen dritten Schreibtisch hatte man quer gestellt, dort saß Hero Dyk.

»Da ist doch noch etwas«, sagte Hero Dyk und betrachtete seinen Freund aus halb zusammengekniffenen Augen. »Jetzt sag schon. Ich kenne dich.«

Heeger genoss die Spannung. »Katja Rosens Lebenspartner … der heißt nicht Rosen wie sie. Der heißt Behrends. Jan-Peter Behrends. Sie waren nicht verheiratet, lebten aber seit vielen Jahren zusammen, wie wir jetzt wissen. Er ist älter als sie, rund sechseinhalb Jahre älter. Und was soll ich sagen, dieser Kerl war am Morgen des Todestages von Katja Rosen hier bei uns auf der Wache. Im Rahmen der Reihenuntersuchung haben wir ihn und fünfzig andere Männer angerufen und um eine Speichelprobe gebeten.«

»Positiv?«

»Er hat freiwillig an dem Test teilgenommen. Es dauert in der Regel drei Wochen, bis alles ausgewertet ist. Noch wissen wir nicht, ob es eine Übereinstimmung gibt, aber wir werden diese Probe jetzt vorziehen.«

»Das heißt, Katja Rosen lebte mit einem Mann zusammen, den ihr vor fünfundzwanzig Jahren mit dem toten Jungen in Verbindung gebracht habt?«

»Verbindung wäre wohl zu viel gesagt. Es gab einen Hinweis

auf ihn. Doch der Verdacht ließ sich nicht erhärten. Behrends lebte damals in einem Heim, und die Leiterin bestätigte, sie habe gesehen, dass er morgens zur Berufsschule gegangen sei. Er ist heute Monteur. Uns waren die Hände gebunden. Unser Hinweis war nicht konkret genug, um weiter gegen ihn ermitteln zu können. Jetzt fahnden wir nach dem Mann. Doch es kommt noch besser.«

»Er könnte Katja Rosen seine Tat gebeichtet haben«, murmelte Hero Dyk. »Das spräche für den Selbstmord. Vielleicht sogar für das Chaos im Haus. Doch warum die Marienkirche, warum die Leiter?«

»Das wissen wir nicht. Tatsache ist, dass Katja Rosen im Fall Markus Arens eine Zeugin war. Sie hat einen mutmaßlichen Täter damals grob beschreiben können, vor allem der Pullover war ihr im Gedächtnis geblieben. Ein grünes Sweatshirt mit Kapuze, so etwas sah man damals nicht oft. Wir haben nach ihren Angaben eine Phantomzeichnung angefertigt, die aber nicht weitergeholfen hat. Wenn du mich fragst, hatte sie rein gar nichts gesehen. Einen Mann, der aus dem Wäldchen kam, das vielleicht. Aber keine Details.«

»Und Ivy?«

»Sie gab an, ihn ebenfalls flüchtig gesehen zu haben.«

»Also wenig Konkretes«, sagte Hero Dyk. Wie betäubt saß er da und mochte kaum glauben, was sein Freund ihm erzählte. Schließlich stand er auf und verabschiedete sich.

5

Es war mittlerweile fast Mittag. Hero Dyk nahm sein Telefon und wählte Ivys Nummer. Sie meldete sich sofort.

»Kann ich dich sehen?«, fragte er und stellte fest, dass er beim Du gelandet war.

Sie wehrte sich nicht und sagte, sie säße in einer Konditorei in der Krahnstraße. Das Du war damit beschlossen. Ganz ohne jeden Umstand.

Hero Dyk schob sein Rad durch die Fußgängerzone und fand Ivy vor der Konditorei unter einer Markise sitzend, in einen Eisbecher vertieft. Ein paar Grünpflanzen schützten sie vor dem direkten Blick der Passanten. Es hatte leicht zu regnen begonnen.

»Bleiben wir beim Du?«, fragte er und küsste sie artig auf die Wangen. »Ich muss mich für meine Mutter entschuldigen.«

Ivy sah ihn an, lächelte und reichte ihm schließlich ihren Löffel voll Eis als Antwort auf beides. Hero Dyk leckte daran und steckte ihn sich in den Mund. Er sah, wie sie errötete. Er fand, dass sie hinreißend aussah. Sie trug ein dunkles Kleid, das Anlass zum Träumen gab. Sie verströmte einen intensiven Geruch, der nur hauchfein von Parfüm überlagert wurde. Er bestellte sich das gleiche Eis.

»Was tust du hier?«, fragte er.

Sie hob die Hände in einer unschuldigen Geste. »Ich war bei deinem Freund Heeger. Netter Kerl. Ich wusste nicht, dass es Katja war, die vom Turm gesprungen ist. Das bringt alles zusammen, oder?«

Hero Dyk nickte. Eine junge Kellnerin stellte seinen Eisbecher auf den Tisch. »Du hattest mir nicht gesagt, dass du womöglich den Täter gesehen hast.«

»Es hat schon damals nicht geholfen. Wir gingen den gleichen Weg wie Markus einige Zeit zuvor, als ein Mann aus dem Gebüsch kam. Er war ganz verschwitzt. Ein Mann mit Sportschuhen. Erst ging er uns nach, wir haben uns sehr erschreckt. Doch dann drehte er sich um und rannte in die andere Richtung.« Sie nahm ihren Löffel und naschte versonnen von seinem Eis. »Mir sind seine wirren Haare aufgefallen und ein grünes Sweatshirt. An mehr erinnere ich mich nicht. Die Polizei hat ein Phantombild angefertigt, doch das hat nicht dazu geführt, dass jemand identifiziert wurde. Es war nutzlos, deshalb habe ich es nicht erwähnt. Katja konnte den Mann damals genauer beschreiben, fällt mir ein, das war typisch für sie. Meist habe ich nicht mal die Hälfte von dem geglaubt, was sie erzählte. Sie war eines von den Mädchen, die sich um alles und jeden kümmern, egal, ob man will oder nicht. Kennst du die? So ein lebendes

Vorbild für jeden?« Ivy lachte hell. »Ich mochte sie trotzdem. Sie konnte über sich selbst lachen.«

Hero Dyk nickte, als kenne er diese Art Mensch. »Wart ihr eng befreundet?«

»Nach dieser Geschichte schon bald nicht mehr. Wir haben uns seltener getroffen und irgendwann völlig den Kontakt verloren. Der Tod von Markus stand zwischen uns, das konnte man nicht übersehen. Jede ging anders damit um.«

»Wer war der Mann, mit dem sie zusammenlebte?«

»Heeger hat mich das Gleiche gefragt. Ich war dabei, als sie ihn kennenlernte. Warum ist er wichtig? Ich kenne nicht einmal seinen Namen. Seit dem Tag habe ich Katja immer seltener getroffen. Sie hatte kein Interesse mehr an mir.«

Ivy zuckte zusammen und duckte sich hinter die Pflanzen.

Hero Dyk sah sich um. »Was ist?«

»Siehst du die da?« Ivy wies auf ein hübsch gekleidetes Mädchen im Teenageralter unter einem bunten Regenschirm. »Ich trau ihr nicht über den Weg!«

»Wer ist das?«

»Tsch …« , machte Ivy und hielt sich einen Finger vor die Lippen. »Das ist Joe, meine Tochter.«

»Hübsch«, sagte Hero Dyk. »Ruf sie doch.«

Sie warf ihm einen bösen Blick zu. Das Mädchen ging vorbei.

»Sie sollte in der Schule sein.« Ivy erhob sich, schlängelte sich zwischen den Blumentrögen hindurch und schlich geduckt auf die andere Seite des Gehweges, die Handtasche mit sich schleppend wie einen Sack Kartoffeln, was ihr erstaunte Blicke der Passanten einbrachte. Sie verbarg sich hinter dem Grußkartenständer eines Fotogeschäftes und spähte ihrer Tochter nach, ein Dach aus Plexiglas schützte sie vor dem Regen.

Zwischen den Grünpflanzen hindurch konnte Hero Dyk das Mädchen sehen. Es war groß und trug auffallend hohe Schuhe. »Auffallend« war auch hinsichtlich Stil das richtige Wort. Ihre Kleidung war sehr körperbetont. Ein rotes Regenjäckchen aus Lackleder zu knallengen Treggings. Hero Dyk sah, wie sie vor dem Schaufenster eines Schuhgeschäftes stehen blieb, das ihm als sehr exklusiv bekannt war. Sie betrachtete die Auslage und ließ sich nur kurz von einem weit weniger aufwendig gekleideten Mädchen ablenken, das vorüberging. Sie winkten sich wortlos zu, dann ging Joe in das Geschäft hinein und verschwand aus Hero Dyks Blickfeld.

Anders Ivy, die geahnt zu haben schien, welche Pläne ihre Tochter hegte. Von ihrer Position aus konnte sie sehr gut sehen, was das Mädchen tat. Gebannt starrte sie Joe hinterher.

Der Besitzer des Fotogeschäftes trat vor die Tür. »Was tun Sie da?«, hörte Hero Dyk ihn rufen. Er sprang auf, um Ivy zu helfen.

Sie bekam einen Schreck. »Hach!«, machte sie noch, drehte den Kopf, sah den Mann direkt hinter sich stehen, dann trieb der Fluchtreflex sie zu einem Sprung in den Grußkartenständer. Der Ladenbesitzer erschrak nun selbst und wollte sie halten, doch es war zu spät. Ivy stürzte mitsamt dem Ständer auf den Gehweg und riss auch noch ein Regal voller Fotoalben mit sich in den Regen.

Hero Dyk reichte ihr die Hand und zog sie hoch, als in ihrer riesigen Handtasche das Handy klingelte.

»'tschuldigung«, sagte Ivy. Sie hätte das Telefon klingeln lassen können, doch schon kramte sie danach, während Hero Dyk und der Ladenbesitzer den Ständer und das Regal aufrichteten.

Sie nahm das Gespräch an und hielt sich das Telefon ans Ohr. »Das passt jetzt ganz schlecht«, sagte sie und zeigte das Handy in die Runde. »Ein Mandant«, sagte sie. »Ich bin Anwältin.«

»Das könnte nützlich sein«, sagte der Ladenbesitzer. »Sehen Sie, was Sie angerichtet haben?«

»Natürlich«, rief Ivy, unterbrach das Gespräch und beeilte sich, Karten und Alben einzusammeln. »Ich komme für das alles auf. Sie werden keinen Schaden haben.«

Der Mann war nett, notierte sich ihren Namen und die Adresse und ließ sie dann laufen. Es sei ihm lieber, die Ständer ohne ihre Hilfe wieder aufzubauen. Im Gehen riss Ivy fast erneut die Karten um, so peinlich war ihr das alles.

Hero Dyk sah, wie das Mädchen aus dem Laden auf die Straße trat und in ihre Richtung sah. Offensichtlich hatte sie nichts gekauft, sie trug keine Tasche bei sich. Sie hatte nur geschaut. Er schirmte Ivy mit seinem breiten Rücken vor den Blicken ihrer Tochter ab und führte sie über die Straße zur Konditorei zurück, wo die Bedienung sie argwöhnisch erwartete. »Noch zwei Tassen Kaffee und die Rechnung, bitte«, sagte er und klemmte einen Geldschein unter ein Glas, damit sie sich beruhigte.

Ivy schämte sich. »Mein Gott«, sagte sie. »War ich schlimm?« Als bäte sie um die Kritik einer gewagten Theatervorführung.

Hero Dyk lachte herzhaft und sparte sich den Kommentar. »Sie hat nichts gekauft«, sagte er. »Vielleicht übt sie nur.«

»Sie verfügt in letzter Zeit über zu viel Geld«, erklärte Ivy sehr bestimmt. »Ihr Taschengeld gibt nicht her, was sie für Kleidung ausgibt. Ich halte sie knapp. Mir gefallen ihre neuen Freunde nicht. Die meisten kenne ich kaum. In dem Geschäft dort«, sie nickte zu dem Schuhgeschäft hin, »da stehen ein paar hübsche Ballerinas, die von dreihundertzwanzig auf zweihundertzwanzig Euro reduziert wurden. Trotzdem käme ich nicht im Traum darauf, sie zu kaufen. Ballerinas für mehr als zweihundert Euro! Woher kommt ihr Vermögen? Nicht von mir, das ist sicher.«

»Dann denkst du an Drogen?«

Sie sah ihn entsetzt an. »Denke ich das?«

»Man denkt immer an Drogen, wenn die Kinder zu viel Geld haben.«

»Es muss einen anderen Grund geben.« Sie stand empört auf, um zu gehen.

Hero Dyk nahm ihre Hand, doch Ivy machte sich los, kramte einen Schirm aus der Handtasche und zog ihres Weges.

Die Bedienung brachte die beiden Tassen Kaffee. Hero Dyk hatte keine Gelegenheit bekommen, Ivy nach dem zu fragen, was ihm auf dem Herzen lag. Er bezahlte, und weil er sonst nichts Besseres zu tun hatte, ging er in die Richtung, in die Joe Meiffert gegangen war.

6

Ivys Tochter sah sich die Schaufenster an, während sie die Bierstraße hinunterspazierte. Ein frischer Wind vertrieb die Wolken, es hatte aufgehört zu regnen, und die Straßen begannen leicht zu dampfen. Am Nikolaiort saß wie sehr oft ein Obdachloser und las in einem dicken Buch, als das Mädchen an ihm vorbeiging. Keiner von beiden beachtete den anderen. Hero Dyk bewunderte den Mann, der völlig in seine Lektüre vertieft zu sein schien. Ein großer, schlaksiger Kerl mit glatt rasiertem Schädel voller dunkler Flecken, der mitten auf der Straße saß und las, als gäbe es keine Sorgen auf der Welt. Ein Hund hockte bei ihm und bewachte das gemeinsame Fahrrad.

Hero Dyk folgte weiter dem Mädchen, dessen linker Schuh teurer wirkte, als ein Hund pro Monat kostet. Joe hatte nur Augen für die Schaufenster zu beiden Seiten, sah jedoch mehrfach auf die Uhr, bis ihre Schritte auf einmal ein Ziel zu haben schienen, als sei es jetzt an der Zeit.

Je näher er kam, umso jünger wirkte sie. Hero Dyk folgte ihr in eines dieser Markenmodehäuser, die in jeder größeren Stadt auf der ganzen Welt zu finden sind, weshalb man zum Einkauf auch zu Hause bleiben kann, was viele ja auch tun. Die einzelnen Stücke sind ausgesprochen günstig, weil sie in Indien, Pakistan oder China hergestellt werden, dort kauft man sie säckeweise. Die Damenabteilung lag im ersten Stock, und er folgte Joe die Rolltreppe hoch.

In einer dunklen Ecke sah Hero Dyk ein anderes junges Mädchen sich wegdrehen, als Joe erschien, sie mussten ungefähr im gleichen Alter sein, mehr konnte er nicht erkennen. Gleich darauf waren die Arme des fremden Mädchens über einem Warenregal zu sehen, ein Finger der rechten Hand tippte frech auf die Uhr an der linken, als hätte Joe eine zeitliche Vereinbarung nicht eingehalten.

Hero Dyk bemerkte einen Mann Mitte dreißig, der kurz und voller Interesse Joe betrachtete, um dann dem anderen Mädchen zu folgen. Er trug einen geckenhaften Hut auf seinen aschblonden Locken.

Ein unabsichtliches Lächeln zog über Joes Gesicht, als liefe hier ein neues Spiel ab, dessen Regeln sie gerade erst begriffen hatte. Eifrig ging sie direkt auf eine schmächtige Verkäuferin zu und bat um Hilfe bei den Mänteln, die nahe beim Fenster standen, weit weg von den Umkleiden. Simply Red sangen sehr dezent ihre Lieder dazu. Die Verkäuferin war kaum größer als einen Meter fünfundfünfzig und ganz in die Ware des Hauses gekleidet, schwarz und bauchfrei, die rotbraunen Haare hingen ihr über den Rücken.

Joe gab sich betont erwachsen und sagte, sie bevorzuge Grün in ihrer Kleidung. Die Verkäuferin lächelte und wusste ihr zu helfen.

Hero Dyk sah sonst niemanden, der sich auf dieser Etage herumtrieb, es schien eine ruhige Tageszeit zu sein. Zwischen all der Frauenkleidung fühlte er sich unwohl. Er suchte nach dem anderen Mädchen und dem Mann und strich durch die Regale, fand jedoch niemanden.

Sie blieben verschwunden. Verwundert suchte er eine versteckte Treppe, doch es gab keine.

Die Verkäuferin schaute irritiert zu ihm herüber. Ob sie ihm helfen könne?, rief sie mit kräftiger Stimme. Auch Joe sah her, doch Hero Dyk hielt sich im Schatten zwischen den Lampen.

»Schon okay«, sagte er laut. Er suche etwas für seine Frau. Sie brauche sich nicht um ihn zu kümmern.

Von den Umkleiden her hörte er das Geräusch eines Kleiderbügels, der zu Boden fiel, gefolgt von dem »Schhhh!« einer kichernden Stimme.

Die Kabinen befanden sich in einem kleinen Nebenraum, der von einer Art Theke bewacht wurde, von der aus man für Ordnung sorgen konnte, die jetzt jedoch nicht besetzt war. Hero Dyk trat näher und hörte das unterdrückte Grunzen des Mannes. Die Schwingtür einer der Kabinen bewegte sich ganz leicht.

Still und leise trat Hero Dyk den Rückzug an, es kam ihm vor, als ob seine Ohren glühten, wie es ihm lange nicht passiert war. Er schlich sich zur Rolltreppe und winkte der Verkäuferin zu, bevor er aus ihrem Blickfeld verschwand. »Danke!«, rief er. Joe probierte weitere Jacken an und beachtete ihn nicht.

Draußen kaufte er zwei Bratwürste, eine für den Obdachlosen, die andere für den Hund. Er bat um Erlaubnis und setzte sich zu den beiden. Er saß kaum, da klingelte sein Handy. Ivy versuchte, ihn zu erreichen, doch er drückte das Gespräch weg.

Keine zehn Minuten später kamen die beiden Mädchen vorbei, sie schwatzten fröhlich, der Mann war nicht zu sehen. Jetzt erst erkannte Hero Dyk das fremde Mädchen.

Es war die angehende Buchhändlerin. Anastasia Schoon, die Tochter von Drée. Sie schleppte zwei dicke Einkaufstaschen als Beute mit sich und reichte die dünnere davon Joe als deren Anteil, um sie nicht mehr schleppen zu müssen.

Die beiden Mädchen freuten sich und waren so in ihr Gespräch vertieft, dass ihnen die Männer nicht auffielen, die auf dem Boden saßen und sie mit Blicken verfolgten.

»Hübsch«, sagte der Obdachlose zögernd. Sein Hund gab einen seufzenden Laut von sich, hob den schweren Kopf und legte ihn wieder auf die Pfoten.

Hero Dyk nickte, erhob sich, sagte: »Danke«, und ging seines Weges. Dabei fiel ihm auf, dass das Buch, in das der Mann sich so vertieft hatte, seinen Namen trug.

7

Begossen wie ein Pudel schob Hero Dyk sein Fahrrad nach Hause. Seine Villa lag zur Straße hin mehrere Stufen oberhalb des Niveaus des Bürgersteigs. Rechts und links der Haustür war jeweils ein Beet mit hübschen Sträuchern angelegt. Das Erdreich wurde von einer Natursteinwand zusammengehalten. Das Haus entzog sich der Sicht, indem es über der Straße thronte. Ein schmiedeeisernes Gartentor war in die Mauer eingelassen, dahinter führte eine Treppe hoch.

Verwundert sah Hero Dyk einen Geistlichen den Gehsteig entlanggehen und seine Treppe betreten. Noch erstaunter war er, als daraufhin ein anderer Mann sein Anwesen fluchtartig verließ. Der Kerl sah kurz nach rechts und links und entfernte sich schnellen Schrittes. Hero Dyk rief, doch der Mann hastete weiter. Er war groß und bullig, trug eine Drillichhose und die Kapuze eines Sweatshirts über dem Kopf.

Hero Dyk wollte ihm folgen und schwang sich soeben auf sein Rad, als der Geistliche unvermittelt wieder auf die Straße trat und in ihn hineinlief.

»Hoppla!«, sagte Hero Dyk und wäre fast gestürzt. »Sind da noch mehr?«

Der Mann rappelte sich auf. Er war ganz in Schwarz gekleidet, das Hemd unter der Jacke bis zum letzten Knopf geschlossen, ein kleiner weißer Streifen am Stehkragen wies ihn als Pfarrer aus. Ein Schnauzbart prangte unter seiner Nase, der ihm etwas Borstiges gab. Sein Haar war schon ergraut, während der Bart noch tiefschwarz glänzte.

»Wollen Sie zu mir?«, fragte Hero Dyk und sah zu seiner Haustür hoch.

»Falls Sie hier wohnen, ja, dann möchte ich zu Ihnen«, sagte der Mann. »Sind Sie Hero Dyk? Mein Name ist Leineweber. Pfarrer Leineweber. Ich bin katholischer Geistlicher. Und nein«, er sah sich um, »da ist niemand sonst. Nur der Kerl dort war hier, als ich zu Ihnen wollte. Ich kenne den nicht.«

Der große Mann verschwand um die nächste Hausecke.

»Ja, schön«, sagte Hero Dyk. »Getauft bin ich schon. Machen Sie jetzt Hausverkauf? Steht es so schlimm bei Ihnen?«

Der Mann lächelte gequält. »Ich bin noch nicht dazu gekommen, zu klingeln. Der Mann dort, der hat mich fast ebenso umgerannt wie ich Sie jetzt gerade. Kommen Sie, ich muss Ihnen etwas zeigen.«

Er zerrte Hero Dyk am Ellenbogen, der jedoch erst sein Fahrrad wegstellen musste. Dann stiegen sie zur Haustür hoch. Ein kräftiger Rosenstrauch rankte sich rechts und links davon empor und verband sich darüber zu einem Portal. Wie das Portal einer Kirche, fiel Hero Dyk erstmals auf.

»Sehen Sie sich das an«, sagte der Pfarrer und wies auf einen dampfenden, feuchten Fleck vor der Tür. »Der Kerl hat vor Ihre Haustür uriniert, stellen Sie sich das vor.«

Die Empörung des Mannes schien echt zu sein. Sie sahen sich

noch einmal um, doch es war niemand mehr zu sehen. Hero Dyk schloss die Tür auf, ließ den Pfarrer herein und rief nach Svetlana.

Seine Haushälterin kam sofort, sie war in der Küche gewesen. Ein Radio plärrte laut. Sie blickte dem Geistlichen misstrauisch entgegen. »Sind Sie jetzt gläubig, oder was?«, raunzte sie und rümpfte die Nase.

Hero Dyk half dem Pfarrer aus der Jacke. »Hat gerade jemand geklingelt?«

Svetlana verneinte.

»Man hat uns an die Tür gepinkelt. Seien Sie so gut und spülen das mit einem Eimer Wasser weg, damit ich mich um meinen Gast kümmern kann.«

Svetlana stöhnte und verzog das Gesicht, fügte sich aber.

»Und machen Sie uns zwei Tassen Kaffee, bitte.«

Der Pfarrer bedankte sich artig.

»Kommen Sie«, sagte Hero Dyk. »Wir gehen in mein Büro. Da haben wir eine Chance, ungestört zu reden.«

Aus dem Wohnzimmer hörte er die Stimme seiner Mutter rufen: »Hero, bist du das?«

Er antwortete nicht, sondern zog Pfarrer Leineweber am Ellenbogen durch das Haus bis auf den Hof und in sein Schreibhaus. Er musste ein paar Kartons beiseiteräumen, die auf dem roten Sofa und dem kleinen Tisch davor standen. Überall lagen Bücher oder stapelten sich Papiere und Zeitschriften. Ein Bücherregal nahm eine Seite des Raumes ein, fast alle Regale waren doppelt gefüllt.

»Ich muss mich für die Unordnung entschuldigen«, sagte Hero Dyk. »Ich habe hier selten Besuch.«

»Ich las in der Presse über dieses kleine Haus. Dann ist es hier, wo Sie Ihre Bücher schreiben?«

Hero Dyk nickte, war jedoch nicht auf Small Talk eingestellt. Die beiden Mädchen beschäftigten ihn nach wie vor. »Sagen Sie, wo ich gerade einen Mann Gottes vor mir habe: Glauben Sie, dass es ihn gibt?«

»Wenn es ihn nicht gäbe«, sagte der Mann, »dann wäre alles erlaubt. Wirklich alles.«

Hero Dyk bot ihm einen Platz an. »Na … dann liegt er wohl im Koma. Er ist also noch nicht ganz tot?«

»Wissen Sie«, sagte der Mann, »letzte Woche kam nach der Predigt eine Frau zu mir und seufzte. Sie träume von einer Gesellschaft, die sich mehr an moralischen Werten orientiere, sagte sie.«

»Das hört man oft«, gab Hero Dyk zu.

»Sehen Sie, wir hier in Deutschland hatten so etwas bereits. Das waren sehr moralische Leute damals, die ganze Welt wollten wir retten. Nur war es eine Moral, die mir nicht gefallen hat. Am Ende lag Europa in Schutt und Asche. Es gibt einen Grund, weshalb nicht mehr die Religion die sozialen Prozesse steuert, sondern die Vernunft. Die Kirche ist ein Angebot unter vielen, mehr soll sie nicht sein.«

»Dann ist am Ende also wieder jeder für sich selbst verantwortlich?«

Pfarrer Leineweber lachte. »Wenn Sie möchten, und falls es Sie erleichtert, können Sie bei mir beichten. Ich bin an das Beichtgeheimnis gebunden.«

Hero Dyk dachte nach. »Liegt hier der Grund Ihres Besuches?«

Der Priester nickte.

Svetlana kam kurz herein, um den Kaffee zu bringen, und auch Francisca erschien wie zufällig im Hof, als wollte sie sich die Beine vertreten. Hero Dyk verscheuchte die beiden energisch.

»Darf ich raten?«, sagte er, als sie wieder allein waren. »Es hat mit Katja Rosen zu tun, habe ich recht?«

Der Pfarrer nickte. »Fast richtig. Mehr mit Jan-Peter Behrends.«

»Alles, was derzeit passiert, scheint zusammenzugehören«, sagte Hero Dyk langsam. »Und Sie sprechen von Beichte. Sie wissen, wer es getan hat, nicht wahr? Wer damals Markus Arens getötet hat.«

Pfarrer Leineweber nickte erneut. »Das ist mein Berufsrisiko. Ich pflege Beziehungen zur Polizei, und meist wirke ich darauf hin, die Tat zu sühnen. Ich darf es aber auch für mich behalten, ohne mich der Komplizenschaft schuldig zu machen.

In diesem Fall beschloss ich, dass es so besser sei. Das war eine ganz persönliche Entscheidung, verstehen Sie? Ich konnte niemanden zurate ziehen. Und ich glaube nicht, dass man alles strikten Regeln überlassen soll oder einer Institution, die nach solchen Regeln funktioniert. Ich glaube an persönliche Verantwortung.«

»Der Junge hatte eine Mutter«, gab Hero Dyk zu bedenken.

»Ich vertraue auf Gott«, sagte Pfarrer Leineweber.

»Ja«, antwortete Hero Dyk. »Glauben und vertrauen. Das ist auch so eine Art Berufsrisiko. Weshalb kommen Sie zu mir?«

»Es gab da in der Zeitung den Bericht über Sie ... Ihre Warnung.«

»Ich habe in diesem Gespräch nur laut gedacht.«

»Es fehlen häufig genau die Menschen, die nach Mäßigung rufen. Menschen wie Sie. Ohne sie geraten die Dinge aus dem Ruder.«

»Okay, Sie wissen also, wer es war. Warum sagen Sie es nicht? Vielleicht kehrt dann wieder Ruhe ein. Nennen Sie der Polizei den Täter, dann hört das Spekulieren auf.«

Pfarrer Leineweber erhob sich und besah sich die Bücher, die in den Regalen standen. »Er hat sich selbst gestellt. Damit begann ja der ganze Ärger.«

»Was heißt das?«, fragte Hero Dyk.

»Ich mache mir Sorgen um ihn. Er ist verschwunden.«

»Sie machen sich Sorgen um einen Mörder?«

»Er bereut seine Tat sehr glaubwürdig. Sie bestimmte sein ganzes Leben.«

Hero Dyk dachte nach und sparte sich die bissigen Kommentare, das Wiederholen von Allgemeinplätzen, das dazu dient, die eigene Tugend zu zeigen. Er stellte eine ernst gemeinte Frage: »Warum machen Sie sich Sorgen um einen Mörder?«

Pfarrer Leineweber lief unruhig hin und her, soweit das kleine Schreibzimmer Platz dazu bot. Dann setzte er sich und faltete erregt die Hände. »Weil er mir nicht alles erzählt hat. Und weil ich glaube, dass etwas Schreckliches passiert ist. Die Aufklärung des Mordes an einem kleinen Jungen vor fünfundzwanzig Jahren rechtfertigt keine weiteren Toten. Niemandem ist damit gedient.

Nur dem Gesetz würde Genüge getan, und das ist den Preis nicht wert.«

»Katja Rosen ist tot und Betty Arens ebenso«, sagte Hero Dyk. »Falls das eine mit dem anderen tatsächlich zu tun hat.«

Der Priester nickte.

»Die Polizei sucht nach ihrem Lebensgefährten.«

»Richtig, ja. Übermorgen soll Katja beerdigt werden«, sagte Pfarrer Leineweber nachdenklich. »Die Polizei hat ihre Leiche freigegeben, sie ist jetzt bei einem Bestatter. Jan-Peter war während der letzten Tage bei mir. Doch jetzt ist er verschwunden. Er hat freiwillig an dem Speicheltest teilgenommen. Er war auf Montage, als Katja ihn anrief und auf den Artikel in der Zeitung aufmerksam machte. Da stand, dass der Fall wieder aufgenommen würde, und man bat jeden um seine Speichelprobe, der damals irgendwie mit den Untersuchungen zu tun hatte. Katja wusste, dass das auf Jan-Peter zutraf, aber nicht, in welchem Maße. Die beiden waren ein wunderbares Paar. Welcher Tag ist heute …? Mittwoch, richtig. Am Montag hat sich Jan auf der Wache gemeldet, wie von ihm verlangt. Er kam anschließend bei mir vorbei, half etwas im Garten, wie er es ständig tat, dann erzählte er mir davon. Ich habe ihm geraten, Katja die Wahrheit zu sagen. Es dauert drei Wochen, bis die Polizei solche Analysen auswertet. Das wussten Sie, oder?«

Pfarrer Leineweber lauschte gedankenverloren seinen eigenen Worten nach. »Jan-Peter hatte sich erkundigt. Er wollte die ihm verbleibende Zeit nutzen, um Katjas Küche fertig zu bauen und sich von Freunden und Verwandten zu verabschieden. Nachmittags rief dann die Polizei an und berichtete mir von Katjas Tod. Man bat mich, Jan zu informieren. Sie suchten meine Hilfe, weil sie überlastet waren, das kommt ab und zu vor. Sie hatten noch keine Verbindung zum Fall Markus Arens gezogen. Ich allein wusste, dass etwas geschehen war. Ich habe Jan informiert und wollte ihm beistehen, doch er schickte mich fort. Er kann stundenlang laufen, wissen Sie? So baut er Stress ab. Und mit Gartenarbeit natürlich. Spätabends kam er dann zu mir, um zu bleiben. Jemand hatte sein Haus auf den Kopf gestellt, während er weg war. Jan-Peter kam mir vollkommen verzweifelt vor.

Am nächsten Tag war er weg. Ich weiß nicht, ob er seither überhaupt etwas gegessen hat. Jetzt ist er verschwunden, und ich weiß nicht, was ich tun soll.«

Hero Dyk hatte mit offenem Mund zugehört. Er stand auf und kramte nach dem roten Strumpf, den die Post ihm gebracht hatte. »Schon mal gesehen?«, wollte er wissen und hielt dem Pfarrer den Plastikbeutel unter die Nase. Leineweber verneinte. Hero Dyk kramte die Nachricht hervor, doch auch damit konnte der Pfarrer nichts anfangen, die gedruckten Großbuchstaben ließen keinen Rückschluss auf den Absender zu.

»Die Bedeutung des Strumpfs ist mir völlig unklar. Ich denke, ich sollte ihn vielleicht der Polizei übergeben, damit man ihn untersucht. Die Nachricht hat mich auf den Turm geführt. Dort stießen der Küster und ich auf eine Leiter und die Möglichkeit, dass jemand innen im Turm heruntergestiegen ist, um vom Markt her nicht gesehen zu werden. Dann wäre jemand bei ihr gewesen, als Katja sprang. Unterdessen war der Polizei der Name Behrends aufgefallen und auch das Chaos bei ihm zu Hause. Als ob ein Fremder etwas gesucht hätte. Mit dem Abgeben der Speichelprobe gab es eine Verbindung zwischen dem Tod von Markus und damit auch Betty Arens und dem von Katja Rosen. Sie, Herr Leineweber, bestätigen mir nun, dass Behrends der Mörder des Jungen ist. Wir sind also auf der richtigen Spur. Die Polizei sucht ihn bereits. Warum gehen Sie nicht zu denen und berichten alles, was Sie wissen? Ich kann Sie direkt mit Hauptkommissar Heeger verbinden, wenn Sie möchten.« Hero Dyk hielt sein Handy in die Luft.

Pfarrer Leineweber sah ihn lange an und stand dann auf. »Das werde ich tun«, sagte er. »Doch wer hat das Haus durchsucht?«

»Das Haus?«

»Ja, wer war in Jan-Peters Haus und hat es auf den Kopf gestellt? Was hat er gesucht?« Pfarrer Leineweber öffnete die Tür und trat in den Hof.

Hero Dyk erhob sich nun ebenfalls, um seinen Gast zur Tür zu begleiten. »Wissen Sie was?«, sagte er, schob Leineweber den Plastikbeutel mit dem Strumpf unter den Arm und gab ihm die Notiz. »Nehmen Sie das alles mit und geben Sie es Hauptkommissar Heeger, wenn Sie mit ihm sprechen. Wollen Sie das für mich tun?«

Pfarrer Leineweber starrte auf die Tüte und schob sie in seine Jackentasche. Dann legte er in väterlicher Geste eine Hand auf Hero Dyks Schulter und sah ihn ernst an. »Am Freitag werden wir Katja beerdigen. Um vierzehn Uhr. Tun Sie mir den Gefallen und erweisen Sie ihr die letzte Ehre. Ich glaube, Jan-Peter will dabei sein, obwohl das jetzt schwierig ist, da die Polizei ihn sucht. Er hat mir noch am Abend ihres Todes genaue Anweisungen für die Beisetzung gegeben, bis hin zum Bestatter, der sich darum kümmern soll.«

Hero Dyk schob den Mann recht unhöflich über den Hof zum Haupthaus. Mit einem Mal machte der Geistliche sich los und bedrängte den Autor. Er zog ihn am Hemd und brachte sein Gesicht ganz nahe an das von Hero Dyk, sodass der des Pfarrers dumpfen Geruch wahrnahm.

»Verstehen Sie denn nicht?«, sagte Leineweber mit erregter Stimme. »Jan-Peter wird zur Beerdigung kommen. Beerdigungen sind öffentliche Veranstaltungen, jeder kann teilnehmen. Trotzdem gibt es eine gewisse Verbundenheit unter den Anwesenden. Es sind Freunde, Familie. Ich vermute, Jan-Peter wird dort seine Tat irgendwie gestehen wollen, es ist der richtige Ort, die passende Zeit. Bis dahin wird er sich verstecken.«

»Das ist doch prima«, stammelte Hero Dyk überrascht. »Dann kann die Polizei ihn festnehmen und braucht ihn nicht zu suchen.«

»Ja«, sagte der Pfarrer und ließ Hero Dyk los. »Falls Jan-Peter es bis dahin schafft. Das Letzte, was Katja zu ihm sagte, war, dass sie ihn nicht alleinlassen werde, obschon sie nun wisse, dass er den Jungen getötet hat. Sie werde ihm beistehen, statt sich loszusagen. Sie habe nur etwas zu erledigen, sagte sie, und dann ist sie gegangen. Jan-Peter war voller Hoffnung, doch sie kam nicht zurück. Sie hat ihr Versprechen gebrochen, wenn Sie so wollen, doch das hat sie noch nie getan. Deshalb will er nicht glauben, dass sie freiwillig gesprungen ist. Und ich teile seine Meinung. Ich kannte sie gut. Sie hätte der Kirche niemals einen

Selbstmord angetan. Weder ihrer katholischen Kirche noch der evangelischen oder irgendeiner anderen.«

8

Francisca und Svetlana beobachteten die Szene vom Esszimmer aus, und beide lächelten nett, als Pfarrer Leineweber sich verabschiedete. Das Abendessen stand auf dem Tisch, und Hero Dyk griff herzhaft zu, weigerte sich jedoch, die bohrenden Fragen der Damen zu beantworten, sodass seine Mutter sich bald empört ins Wohnzimmer begab, um ihre Seifenopern zu schauen.

Er wählte Heegers Privatnummer. Dessen Frau Lena begrüßte ihn fröhlich, und sie schwatzten ein wenig über ihre Töchter.

»Ist er da?«

»Der Hauptkommissar? Sitzt gerade beim Essen. Du darfst ihn stören, denke ich. Er langweilt sich, wenn es nichts zu ermitteln gibt.«

Heeger beschwerte sich über die Störung, falls Hero Dyk nicht anrufe, um mit ihm in die Kneipe zu gehen.

»Ein andermal. Darf ich dir eine Frage stellen?«

Heeger seufzte.

»Komm schon«, sagte Hero Dyk. »Ich muss das wissen. Kennt ihr solche Mädchen … ich meine Schulmädchen … ganz junge, etwas jünger noch als deine Feli … also solche Mädchen, die mit Männern in Umkleidekabinen gehen, um sich anschließend von denen die Klamotten bezahlen zu lassen?«

»Du meinst ›Galerianki‹? So heißen sie in Polen. Eine Galeria ist ein Kaufhaus.«

»Dann gibt es sogar einen Namen für diese Mädchen?«

»In Italien nennt man sie ›Lolitine‹, in Holland ›Garagenmädchen‹. Aus Frankreich kennt man das auch, aber ich weiß nicht, wie sie dort heißen. Die Kontaktaufnahme mit den Männern erfolgt meist über die sozialen Medien.«

»Mein Gott«, sagte Hero Dyk und schwieg eine Weile.

»Was ist mit ihnen?«, wollte Heeger wissen.

»Weshalb tun die das?«

»Zwei Mädchen in Italien sind bekannt geworden. Sie meinten, das sei lukrativer, als Babys zu hüten. Wieso fragst du? Hast du deine Lilly erwischt?« Heeger lachte anzüglich.

»Du würdest sicher nicht lachen, wenn es um deine Feli ginge, oder?«

»Das ist nicht witzig«, sagte Heeger nun ernst. »Was willst du?«

»Habt ihr diesen Behrends schon gefasst?«

»Nein«, brummte Heeger unwillig. »Das würdest du merken. Alle Glocken der Stadt würden läuten, und es käme sicher im Radio.«

»Sehr witzig. Es wird sich ein Priester bei dir melden. Ein Pfarrer Leineweber.«

»Und?«

»Du solltest ihm zuhören.«

»Weshalb?«

»Hör ihm einfach zu. Er wird dir eine rote Socke bringen, eingeschweißt in einen Plastikbeutel. Jemand hat sie mir zugeschickt, ich weiß nicht, was sie bedeutet. Mit ihr kam eine Nachricht, die mich auf den Turm gelockt hat. Und jetzt entspann dich. Du hast Feierabend. Gruß an Lena.« Hero Dyk beendete das Gespräch.

Er ging in die Küche, um Svetlana zu helfen. Sie ließ es geschehen und wartete, dass er sprach. Svetlana konnte eine sehr kluge Frau sein.

»Ich war heute in einem Kaufhaus«, sagte Hero Dyk. Nach einer Weile ergänzte er: »Da ging ein Mädchen mit einem fremden Kerl in eine Umkleidekabine.«

»Galerianki?«, fragte Svetlana.

»Sie kennen das?«

Sie warf ihm einen strafenden Blick zu.

»Nein, nicht so«, beeilte er sich zu korrigieren. »Anders. Sie haben davon gehört?«

»Natürlich«, sagte Svetlana, als sei so etwas alltäglich.

»Es geht um die Tochter einer Freundin, verstehen Sie?« Hero

Dyk begann herumzudrucksen. »Das heißt … ich weiß nicht, ob sie selbst … na ja … jedenfalls hat sie mitgeholfen.«

Svetlana runzelte die Stirn. »Geholfen?«

»Sie stand Schmiere.«

»Schmiere?«

»Sie hat aufgepasst, während die andere … Sie wissen schon.«

»Und was ist mit Priester?«, wollte Svetlana wissen.

»Der hat damit nichts zu tun.«

»Nu?«, machte Svetlana, als Hero Dyk keine weiteren Details preisgab. Sie hatte sich dieses kurze »Nu?« in letzter Zeit angewöhnt, ohne dass er die genaue Bedeutung verstand. Es klang manchmal wie »Und nun?«, ein andermal nach »Frisch voran!«. Sehr merkwürdig.

»Das ist geheim«, sagte Hero Dyk und ließ sich nichts entlocken. Schweigend fuhren sie mit ihrer Arbeit fort.

Nachdem sie mit der Küche fertig waren, sahen sie im Wohnzimmer nach Francisca. Die kleine schwarze Frau saß in ihrem Sessel und schnarchte laut mit offenem Mund. Eine Angewohnheit, die sie niemals zugeben würde. Im Fernsehen lief einer dieser deutschen Filme, in denen sich die Heldin allein und mittellos in Griechenland eine neue Existenz aufbaut und am Ende trotz ihres fortgeschrittenen Alters einen reichen Unternehmer heiratet. Am Schluss sind alle glücklich.

»Ich gehe Zimmer«, sagte Svetlana, obwohl es sich mehr um eine Wohnung handelte, die ihr zur Verfügung stand.

»Darf ich noch bei Ihnen klopfen?«, fragte Hero Dyk. »Ich bringe etwas zu trinken mit.«

»Überstunden?«, fragte Svetlana interessiert. »Bezahlte?«

»Na ja …« , sagte Hero Dyk.

»Nu?«, antwortete Svetlana und ging die Treppe hoch. »Trinken habe ich«, rief sie lässig von oben herunter, so wie andere Damen ihr Taschentuch fallen lassen.

Hero Dyk setzte sich ein paar Minuten zu seiner Mutter, bis er den Film nicht mehr ertragen konnte. Dann ging er nach oben, wusch sich und putzte sich die Zähne, zog seinen Schlafanzug an, den Hausmantel, und ging eine Etage höher, um höflich bei Svetlana zu klopfen.

Sie rief ihn herein. Als er die Tür öffnete, war seine Haushälterin mit Rumpfbeugen beschäftigt. Sie trug nichts außer einem weißen Schlüpfer und BH, und sie grinste frech und stöhnte dabei. Die Größe ihrer Unterwäsche passte zu der Aufgabe, die die Kleidungsstücke zu bewältigen hatten.

Hero Dyk spürte eine gewaltige Erregung in seinem Schoß und öffnete voller Stolz den Hausmantel, um sie zu zeigen.

Svetlana lachte laut, als sie ihn so sah. Wieder sagte sie: »Nu?«

Da verspürte er große Lust, das böse Ding zu versenken, wozu sie ihm reichlich Gelegenheit gab.

Später, als sie sich beruhigt hatten, saßen sie gemeinsam vor dem Fernseher und sahen sich das Ende des gleichen Filmes an, der bei Francisca unten lief. Sie schlürften dazu teuren Whiskey.

»Haben Sie sich schon einmal prostituiert?«, wollte Hero Dyk wissen. Er war sich der Sprengkraft seiner Frage wohl bewusst, vertraute aber auf die Intimität der Situation.

»Nu …« , machte Svetlana erneut. »Sie zahlen gut.«

»Na ja«, entgegnete Hero Dyk. »Das ist etwas anderes.«

»Den Whiskey habe ich bei Ihnen gestohlen«, ergänzte Svetlana. »Und Parfüm ist von Mutter.«

»Ich weiß«, sagte Hero Dyk. »Das weiß ich alles. Aber so richtig bezahlen lassen?«

»Männer müssen zahlen«, bekräftigte Svetlana.

»Die Armen«, sagte Hero Dyk.

»Männer haben Geld«, gab Svetlana zu. So sah ihre Welt aus.

Gegen Mitternacht ließ er sie allein und sah noch einmal nach seiner Mutter. Sie schlief weiter in ihrem Sessel. Er weckte sie auf und scheuchte sie hoch. Schimpfend und fast blind machte Francisca sich auf den Weg in die Küche, um nachzusehen, ob alles in Ordnung war. Halb schlafend öffnete sie die Geschirrspülmaschine und räumte alles ordentlich in die Schränke. Es half nichts, dass Hero Dyk protestierte und sie in ihr Bett zu scheuchen suchte. Also ging er ihr schließlich resignierend zur Hand und verzichtete darauf, sie die Treppe hoch zu führen, da er wusste, dass sie das allein tun wollte.

Nur vage drang in sein Bewusstsein, dass im Hof der Bewegungsmelder das Licht eingeschaltet hatte. Das kam oft vor und erklärte sich durch den Wind oder eine Katze. Er achtete nicht weiter darauf.

9

Hero Dyk sah seiner Mutter zu, die ächzend und stöhnend die Treppe zu ihrem Schlafzimmer hochstieg. Irgendwann, so dachte er, würde er einen Lift anbringen müssen. Oder das Esszimmer herrichten, damit die kleine schwarze Frau darin wohnte. Schlafen würde sie die ganze Nacht nicht mehr. Sie schlief nie, wie sie stets betonte. Hero Dyk löschte das Licht in der Küche und stieg ebenfalls die Treppe hoch.

»Hero? Bist du das?«

Wer sollte es sonst sein? Still hatte er gehofft, unbehelligt zu bleiben. Er öffnete die Tür zur Bibliothek seiner Mutter, daran schloss sich ihr Schlafzimmer an, das zur Straße hinausging.

»Brauchst du Hilfe?«

Sie hatte es zum Bett geschafft und sich schnaufend daraufgesetzt, ohne sich auszuziehen. Wie klein sie war! Und wie schwarz ihr Haar und die Kleidung. Wie bissig immer noch, statt im Alter milde zu werden.

»Lass das«, schimpfte sie. »Ich brauche keine Hilfe. Sag Svetlana, sie soll mich morgen um Punkt acht Uhr wecken. Ich möchte die Zeitung lesen.«

»Die Zeitung? Die kannst du doch später lesen. Den ganzen Tag lang.«

Sie sah ihn ärgerlich an und erhob sich röchelnd. »Ich möchte wissen, was mit dem Jungen ist. Du erzählst mir ja nichts.«

»Der Junge ist seit fünfundzwanzig Jahren tot«, protestierte Hero Dyk. »Er braucht deine Hilfe nicht. Und wenn: Was nützt es ihm, dass du die Zeitung liest?«

»Das verstehst du nicht. Ich bin dann bei ihm.«

»Du könntest morgen ein bisschen länger liegen bleiben.«

»Ich schlafe eh nicht. Nie.«

»Umso besser. Also braucht Svetlana dich nicht zu wecken. Du stehst einfach auf.«

»Sag es ihr«, blaffte Francisca. »Jetzt lass mich, ich will mich ausziehen.«

Als ob er sie noch nie nackt gesehen hätte. Kopfschüttelnd gab Hero Dyk ihr einen Kuss und schloss ihre Schlafzimmertür.

Es war jetzt dunkel im Haus, deshalb fiel ihm wieder das Licht im Hof auf, das im gleichen Moment erlosch. Er hörte ein kurzes Scheppern und das ganz leise Klirren von Glas. Vom Fenster der Bibliothek aus hatte er einen guten Blick in den Hof, doch es war zu dunkel, um etwas zu erkennen. Die Wolken waren zu dicht oder es schien kein Mond. Hero Dyk kannte sich nicht aus mit den Mondphasen. Er sah nichts.

Also ging er nach unten und vermied es, Licht zu machen. Auch von hier aus war niemand im Hof zu sehen. Leise entriegelte er die hintere Tür und trat hinaus in die kühle Nacht. Das Licht ging nicht an. Der Bewegungsmelder zeigte durch ein rotes Signal, dass seine Präsenz erkannt worden war, aber der Hof blieb dunkel.

Hero Dyk ließ die Tür offen stehen und schlich zu seinem Schreibhaus. Dort hing die Lampe, die leuchten sollte. Er trat einen Schritt näher und hörte das Knirschen von sehr dünnem Glas.

Die Reste der Glühlampe. Hätte er doch nur eine Taschenlampe mitgenommen! Er hatte ein extra schweres amerikanisches Modell gekauft und sie in einer Schublade verstaut, damit sie im Notfall auch als Waffe dienen konnte. Er wusste genau, wo sie zu finden war, doch jetzt musste es ohne sie gehen.

Er rüttelte an der Tür, sie war verschlossen. Doch eine der Scheiben war zerbrochen. Die Scheibe unten rechts im Fensterkreuz, was keinen Sinn machte, denn auch wenn man hindurchgriff, blieb die Tür immer noch versperrt. Hero Dyk trug den Schlüssel bei sich.

Auf einmal blinkte das rote Signal des Bewegungsmelders. Hero Dyk sah nach oben und wunderte sich, denn er stand im Sichtschatten des Gerätes, das hatte er selbst so eingestellt.

Schlagartig wurde ihm bewusst, was für ein Fehler es gewesen war, unbewaffnet aus dem Haus zu treten. Seine Nackenhaare sträubten sich, und er verspürte den Drang, Wasser zu lassen. Er blickte prüfend zum hinteren Teil des Hofes. Dort oben, vielleicht zehn Stufen höher, lauerte eine Gestalt, die noch dunkler war als der Himmel.

Er sah zur Haustür, die weit offen stand. Francisca lag oben im Bett, und Svetlana glaubte er bis hierhin schnarchen zu hören.

Fliehen oder angreifen?

Voller Panik sprang Hero Dyk über den Hof. Während er rannte, hörte er schwere Schuhe, die auf sein Pflaster schlugen. Der Mann kam ihm nach.

Mit einem Satz war er durch die Tür und riss sie mit sich, warf sie mit aller Kraft hinter sich zu, doch sie fiel nicht ins Schloss. Etwas klemmte zwischen Blatt und Zarge. Er hörte einen dumpfen Schlag, ein Knacken wie von Holz und einen Fluch, doch er achtete nicht darauf, sondern rannte die Stufen zum Keller hinunter. Dort zog er die Tür zu. Sie war nur sehr dünn, doch er hatte Zeit, den Schlüssel umzudrehen.

Es war jemand im Haus!

Links sah er die schwere Feuertür, die den hinteren Kellerraum abschloss. Während sich der Mann gleich neben ihm gegen das dünne Holzblatt warf, öffnete Hero Dyk die Stahltür und eilte hindurch in den Vorratsraum. Dieser wiederum ließ sich jedoch nur von außen verschließen.

Er riss den Riegel einer dritten Tür auf und schaltete das Licht an. Eine Treppe führte tief in die Erde hinab. Dort unten gab es einen alten Bombenschutzkeller aus dem Zweiten Weltkrieg oder noch weit davor. Er reichte vom Haus als langer Gang unter dem Garten hindurch bis zu einem Turm aus dickem Stahlbeton, der in der westlichen Ecke seines Hofes stand. Der Bunker hatte zwei Eingänge für den Fall einer Verschüttung.

Hero Dyk hatte nicht vor, dem Mann das Haus zu überlassen. Er sprang die Stufen hinunter, machte unten kehrt und versteckte sich in einem Raum gleich unterhalb der Treppe. Hier hatte er seinen Wein gelagert. Er nahm eine Flasche und zerschlug die nackte Glühbirne, so blieb er im Dunkeln, während der eigentliche Bunker beleuchtet blieb.

Oben barst die Holztür. Hero Dyk hörte, wie Gegenstände zu Boden fielen. Polternd drang der Mann in den zweiten Keller ein, sah die Treppe, zögerte und hastete schließlich keuchend hinunter. Hero Dyk drückte sich gegen die Kellerwand und spürte, wie etwas Krabbeliges über seinen Nacken lief und im Kragen verschwand. Er unterdrückte den Reflex eines Aufschreis.

Der Mann lief direkt an ihm vorbei in den hell erleuchteten tunnelartigen Gang, hielt inne, sah sich um und übersah die dunkle Nische, in der sich Hero Dyk versteckte. Er wand sich dem Gang zu und lief schließlich hinein. Links zweigte eine Kammer ab, hinten war die Wendeltreppe hoch zum Turm zu erahnen. Beides bot sich als Versteck an, also musste es untersucht werden. Hero Dyk erkannte deutlich den Mann mit dem Kapuzenshirt und der Drillichhose, der sich vor seinem Haus herumgetrieben hatte. Derselbe, der ihm bis Hörne zur Brücke über die Bahngleise gefolgt war.

Der Mann verschwand kurz aus dem Hauptgang, um den Nebenraum zu untersuchen. Dies war der Moment, auf den Hero Dyk gewartet hatte. Er stieß sich aus der Dunkelheit ins Licht und die Treppe wieder hoch.

Der Mann hörte die Fußtritte, erkannte augenblicklich seinen Fehler und kam ihm nach. Er war schneller, als Hero Dyk erwartet hatte. Ein Fuß wurde ihm weggerissen, doch Hero Dyk trat heftig zu. Er traf seinen Verfolger mitten ins Gesicht. Der Mann ließ den Fuß los und rutschte ein paar Stufen hinunter.

Das reichte Hero Dyk, um die Treppe hinter sich zu lassen, die Tür zuzuwerfen und den Riegel vorzulegen.

Dann schaltete er das Licht im Bunker aus. Dort war es jetzt vollständig finster, doch es gab Markierungen aus Leuchtfarbe an den Wänden, die einem auch im Dunkeln den Weg wiesen. Der Einbrecher würde sich orientieren können.

Hero Dyk verließ den Vorratsraum und schloss die Feuerschutztür. Der Schlüssel steckte von außen, er drehte ihn so oft um, bis es nicht mehr ging. Schließlich lief er in die Küche und rief die Polizei. Man sei gleich bei ihm, hieß es.

Er hatte das Gespräch gerade beendet, als der Mann erneut im Hof erschien. Er hatte die Wendeltreppe gefunden. Die äußere Stahltür am Turm hatte kein Schloss. Es war weggerostet.

Hero Dyk versicherte sich, dass die hintere Tür zum Hof doppelt abgeschlossen war, sie verfügte über mehrere Butzenscheiben. Er sah, wie der Mann in den Hof rannte und sich gegen die Tür des Schreibhauses warf. Das Holz splitterte, und er war drin. Hilflos sah Hero Dyk Licht durch die Fenster dringen. Der Kapuzenmann durchwühlte sein intimstes Reich. Kaltblütig wischte er den Schreibtisch frei und besah sich, was am Boden lag. Er warf alle Bücher aus den Regalen und kam schließlich mit leeren Händen wieder heraus. Er sah Hero Dyk direkt an, hob unschlüssig die Arme und kam einen Schritt näher.

Hero Dyk war sich sicher, den Mann schon einmal gesehen zu haben. Er kannte diesen Blick.

Der Einbrecher drehte sich um und verschwand im hinteren Teil des Gartens, während es vorne an der Tür läutete. Zwei Polizisten standen draußen. Hero Dyk schloss auf und ließ die Beamten herein.

»Schnell«, rief er. »Der Kerl ist noch in meinem Hof.«

»Ist er bewaffnet?«, wollte der ältere der beiden wissen. »Haben Sie ihn erkannt?«

Hero Dyk verneinte. »Er sah sehr entschlossen aus.«

Die Beamten stürmten durch die Diele zur hinteren Tür und mussten warten, bis Hero Dyk die Tür aufschloss. Ein Bretterzaun umgab das Grundstück, dahinter dehnten sich Gärten bis hoch zum alten Kloster, das heute als psychiatrische Anstalt dient.

»Der ist weg«, sagte der jüngere der Beamten, als sie die Suche beendeten. Sie besahen sich das Schreibhaus. Auf den ersten Blick schien nichts zu fehlen. Der Laptop lag am Boden. Man bat Hero Dyk, alles genau zu prüfen. Er zeigte den beiden den Bunker und den Turm.

Sie versprachen, die Augen offen zu halten und mehrfach Streifen vorbeizuschicken. Er solle morgen zur Wache kommen und eine Anzeige zu Protokoll geben.

Hero Dyk dankte den Männern für ihre Hilfe, überlegte, ob

es ratsam sei, Heeger anzurufen, ließ das jedoch bleiben, weil er ihn nicht aus dem Bett holen wollte. Heute Nacht gab es nichts mehr zu tun.

Gegen zwei Uhr morgens ging er schließlich erneut zu Bett. Das Haus schien zu schlafen, doch als er an der Tür seiner Mutter vorbeikam, hörte er sie rufen: »Hero, bist du das?«

Er sah kurz nach ihr. Sie hatte sich im Bett halb aufgerichtet. »Du hast mich geweckt«, sagte sie.

Er entschuldigte sich, gab ihr einen Kuss, ging in sein Zimmer und legte sich schlafen, stand jedoch immer wieder auf, um aus dem Fenster zu sehen. Erst gegen sechs Uhr fielen ihm endgültig die Augen zu. Er schlief mit dem Gefühl, seine Familie gerettet zu haben.

10

Man ließ ihn lange schlafen, aus welchem Grund auch immer. Gegen zehn Uhr setzte er sich an den Frühstückstisch.

Die kleine schwarze Frau wartete schon auf ihn. »Sie haben den Kerl«, sagte sie und wedelte mit der Zeitung. »Er ist noch auf der Flucht, aber bald haben sie ihn.« Sie war ganz aus dem Häuschen.

Hero Dyk nickte zum Zeichen, dass er verstanden hatte.

»Hast du etwas damit zu tun?«, wollte sie wissen. »Hast du ihn überführt? Ich sehe es doch, mein Junge! Aus dir wäre ein guter Detektiv geworden. Wie in den Filmen.«

»Jetzt hör mir mal zu und unterbrich mich nicht«, sagte er und erzählte den beiden Frauen, was in der Nacht geschehen war.

»Hier im Haus?«, versicherte sich Francisca ungläubig, dann war sie ruhig.

Svetlana bedurfte eines ordentlichen Glases Sherry zum Frühstück, um ihren Schock zu überwinden.

Hero Dyk bat um die Zeitung. »Hat Eike Freytag den Artikel geschrieben?«

Francisca nickte. »Er hat eine Frau interviewt, die nach der Tat den mutmaßlichen Täter gesehen haben will, ohne ihn später genau beschreiben zu können. Sie war damals noch ein kleines Mädchen.«

»Du kennst die Frau«, sagte Hero Dyk kauend. »Sie heißt Dr. Yvonne Meiffert. Sie hat mich begleitet, als wir dich vom Dümmer geholt haben. Du mochtest sie nicht.« Seine Mutter erinnerte sich weit besser an Leute, die sie nicht leiden konnte.

»Nein, die war es nicht. Sie heißt anders«, sagte Francisca. »Moment.« Sie breitete die Zeitung umständlich vor sich aus und suchte mit dem Finger einen bestimmten Absatz. »Hier … die Frau heißt … Andrea S., so steht es hier.«

Vor Schreck verschluckte sich Hero Dyk. Der heiße Kaffee gelangte in seine Luftröhre, reflexartig stieß er ihn durch die Nase wieder aus und spuckte ihn über den Tisch. Svetlana sprang auf und schlug ihm auf den Rücken, bis er keuchend bat, sie möge aufhören.

Die kleine schwarze Frau empörte sich über die Schweinerei. Ächzend und mit kratziger Stimme verlangte Hero Dyk erneut nach der Zeitung. »Schoon?«, sagte er. »Andrea Schoon vielleicht?«

»Hier steht ›Andrea S.‹«, sagte Francisca. »Mehr nicht. Sicher will sie die Belohnung.«

Hero Dyk nahm die Zeitung entgegen und überflog die Seite. Dem Artikel zufolge war Andrea S. eine von drei Augenzeuginnen. Das war neu für ihn. Es waren nicht zwei, sondern drei junge Mädchen gewesen, die an jenem Tag nach Markus durch das Wäldchen gegangen waren und dabei einem Mann über den Weg liefen, der aus dem Gebüsch kam und ihnen Angst machte.

Francisca fasste den Bericht als Tatsache zusammen: »Die Selbstmörderin vom Turm war eines dieser Mädchen. Sie hat all die Jahre mit dem Mörder zusammengelebt, ohne ihn zu erkennen. Als sie das begriff, hat sie sich selbst getötet.«

»Das nimmt man an«, sagte Hero Dyk. »Es kann aber auch ganz anders gewesen sein.«

»Das ist doch offensichtlich«, stritt Francisca.

Hero Dyk dachte an die Handtasche, die Leiter und den

Besuch des Pfarrers und misstraute dem Offensichtlichen, das seine Mutter sah.

Andrea S. wusste einiges über Behrends zu berichten. Sie beide seien in einem Heim aufgewachsen, hatte sie Freytag erzählt. Die Jungs wohnten getrennt von den Mädchen, aber sie habe dort ab und zu in der Küche geholfen, daher kannte sie ihn. Es habe viele solcher Jungs gegeben wie Behrends, alle auffällig. Kaputt und aggressiv. Sie selbst sei mehrfach angegriffen worden, habe sich aber zu helfen gewusst. Sie verzeihe sich nicht, dass sie den Mörder damals nicht erkannt habe, doch die Begegnung sei zu erschreckend und zu kurz gewesen. Sie habe geweint, als sie das sagte, schrieb Freytag. Und dass es Andrea S. immer ein Bedürfnis gewesen sei, all das Gute zurückzugeben, das sie im Heim erfahren durfte. Erwähnt wurde auch die Auszeichnung für soziales Engagement, die Hero Dyk in Andrea Schoons Flur hängen gesehen hatte. Freytag war sie ebenfalls aufgefallen, und er beschrieb die Wärme, die von dem bescheidenen Haus ausging.

»Habt ihr mein Handy gesehen?« Hero Dyk erhob sich vom Frühstückstisch.

Svetlana wies auf einen Stapel Papier, sie hatte es irgendwo gefunden und dorthin gelegt.

Er wählte die Nummer von Eike Freytag, der Reporter hob ab und sprach ihn sofort mit Namen an.

»Herr Dyk, wie schön. Dann haben Sie meinen Artikel gelesen.«

»Guten Morgen, Herr Freytag. Ja, habe ich. Sehr hübsch.«

»Den Leuten gefällt so etwas. Was kann ich für Sie tun?«

»Wie kamen Sie auf Andrea Schoon? Das würde mich sehr interessieren.«

»Andrea S. Ich schütze meine Quellen, Herr Kollege. Das wissen Sie doch.«

»Ach, kommen Sie«, sagte Hero Dyk. »Ich will nicht Ihre Quelle wissen, diese Kenntnis habe ich bereits. Mich interessiert der Weg, der Sie zu der Frau geführt hat.«

»Recherche«, sagte Freytag. »Die gute alte Recherche. Man muss nur wissen, wonach man sucht. Ist die Geschichte etwa neu für Sie? Dabei sind Sie doch mit Frau Meiffert gut befreundet, wie man hört.«

»Sie hat mir von Katja Rosen erzählt, aber nicht von Andrea Schoon.«

Freytag drückte sein Bedauern aus.

»Warum jetzt, Freytag? Warum berichten Sie heute über sie? Ihre Verbindung zu Behrends wurde von der Polizei gestern erstmals aufgedeckt.«

»Virtuose Dramaturgie?«, schlug Freytag vor.

»Oder wurden Sie mit der Nase darauf gestoßen? Hat Andrea Schoon Sie kontaktiert? Sicher kennen Sie ihren Namen von den Recherchen her. Vielleicht hat sie Sie angerufen? Um ihre Geschichte loszuwerden, bevor sie allgemein bekannt wird?«

Eike Freytag beendete höflich das Gespräch.

Es klingelte an der Haustür.

»Ich gehe!«, rief Hero Dyk und öffnete die Tür. Dort stand Ivy in einem schicken Regenmantel, darunter ein enges Kleid. Es regnete in Strömen, der Himmel gab sich trist und grau.

»Ich muss dich sprechen«, sagte Ivy.

»Hast du einen Wagen? Ja? Dann komm, ich fahre mit dir.«

»Wohin?« Ivy war überrascht.

Hero Dyk antwortete nicht, sondern nahm sich Jacke und einen Schirm. »Bis später«, rief er den beiden Frauen zu, die zu Hause blieben.

Ivy fuhr einen 1er BMW in Rot. Hero Dyk ächzte, denn er passte kaum hinein.

»Für mich ist er groß genug«, sagte Ivy schnippisch.

»Kennst du eine Andrea Schoon?«, wollte Hero Dyk wissen.

»Von ihr wollte ich gerade erzählen«, sagte Ivy, »doch du lässt mich nicht. Wohin fahren wir?«

»Zu Andrea Schoon.«

Sie sah ihn erstaunt an. Dann schaute sie wieder auf die Straße. »Wo wohnt sie?«

Hero Dyk nannte die Adresse im Schinkel und wies ihr den Weg. »Du hast keinen Kontakt mehr zu ihr? Wart ihr nicht mal gut befreundet?«

Ivy verneinte, ohne zu zögern. »Ich mochte die schon damals nicht. Wir kannten uns nur vom Sehen, Katja brachte sie mit. Katja hat jeden angeschleppt, von dem sie glaubte, dass er Hilfe brauche. Und wer braucht die nicht? Ich war mit Katja befreundet, aber sie brachte ständig jemanden mit. Drée war nicht mein Fall. Ich mag mich nicht an sie erinnern.«

»Joe ist mit der Tochter von Andrea Schoon befreundet, wusstest du das?«

Hero Dyk kam sich sehr brutal vor, doch ihm war die Lust auf Höflichkeit vergangen.

Ivy erschrak. »Nein, das ist mir neu. Woher kennen die beiden sich?«

»Woher könnten sie sich kennen? Was glaubst du?«

Ivy wurde jetzt ruhiger und fuhr wieder konzentrierter. »Die Schule vielleicht, oder Sport.«

»Die beiden sahen nicht aus, als ob sie sich für Sport interessierten.«

»Ich sagte ja, dass mir ihre Freunde nicht gefallen. Was ist passiert?«

»Ich war so frei und bin deiner Tochter gefolgt. Ich hatte Zeit übrig, und du wolltest mehr über sie wissen. So sah ich, dass sie sich mit Anastasia Schoon traf.«

»Dann heißt Drées Tochter Anastasia? Was weiter?«

»Sie wird Stassi genannt. Nichts weiter. Nur dass die beiden sich kennen.«

Am Pressehaus bog Ivy links ab.

»Was wollen wir bei Drée?«, fragte sie.

»Ich möchte wissen, warum sie mir nicht gesagt hat, dass sie Katja Rosen kannte. Ich war bei ihr, nachdem man mir in St. Marien sagte, sie habe an dem Tag des Selbstmordes die Kirchenwache gehalten. Wie gut sie sich kannten und dass es in ihrer Vergangenheit eine Verbindung zum Mord an Markus Arens gibt, verschwieg sie mir.«

»Oh mein Gott!«, rief Ivy erschrocken. »Und meine Joe steckt mittendrin in all dem?«

»Es mag Zufälle geben«, sagte Hero Dyk. »Vielleicht gehen die Mädchen nur gemeinsam zur Schule und wissen nicht, dass ihre Eltern sich kannten.«

Er wies Ivy den Weg. »Sag ihr nicht, dass du von den Mädchen weißt«, bat Hero Dyk.

»Warum nicht?«, wollte Ivy wissen.

»Nie mehr Information als nötig. Man soll die Leute nicht schlaumachen.«

»Alte Autorenweisheit?«

»Stopp!«, rief Hero Dyk statt einer Antwort. »Halt an!«

Ivy bremste scharf. Ein Streifenwagen und ein Golf standen vor dem Reihenhaus. »Ist das nicht dein Freund?«, sagte Ivy und wies auf den Fahrer. »Der Kommissar?«

Sie sahen, wie Heeger aus dem Auto stieg und einen Schirm aufspannte. Er hielt ein Telefon an sein Ohr und sagte etwas zu den Polizisten, die im Streifenwagen sitzen blieben.

Hero Dyk grinste, als sein Telefon zu vibrieren und zu klingeln begann.

Heeger war am Apparat. »Ich erfahre gerade, dass du nächtlichen Besuch hattest. Wann möchtest du mir davon erzählen?«

Sie sahen, wie er sich ein paar Meter von dem Streifenwagen entfernte. Ein Schirm schützte ihn vor dem gröbsten Regen, er tänzelte um ein paar Pfützen herum.

»Jetzt gerade passt es gar nicht«, sagte Hero Dyk. »Wir treffen uns heute Abend im ›Erdbeerblau‹. Neunzehn Uhr? Okay? Da können wir reden.«

Er hörte noch, wie Heeger protestierte und sich für den roten Strumpf bedankte, dann hängte er auf.

Die zwei Uniformierten kletterten nun aus dem Golf und gingen mit Heeger zusammen zu Drées Haustür. Sie klingelten.

»Richtig«, sagte Hero Dyk. »Das ist mein Freund Heeger. Ich dachte, ich hätte noch etwas Zeit, mit Drée zu reden. Er hätte erst zu diesem Reporter gehen sollen.«

»Freytag? Der den Artikel geschrieben hat?«

Hero Dyk nickte. Wie bei seinem eigenen Besuch vor zwei Tagen wurde auf Heegers Klingeln ein Fenster über der Eingangstür geöffnet. Drée wechselte ein paar Worte mit den Polizisten, strich sich das Haar zurück wie Rapunzel und schloss das Fenster.

»Das ist die Drée, die ich kenne«, bestätigte Ivy. »Ganz sicher.«

Kurz darauf wurden Heeger und seine Kollegen eingelassen.

»Ich hatte heute Nacht Besuch«, sagte Hero Dyk. »Da war ein Mann in meinem Garten, er hat etwas gesucht. Ich habe so eine Art Gartenhaus, in dem ich schreibe, das hat er durchwühlt. Ich denke, er hat nicht gefunden, was er suchte.« Er verschwieg, dass der Mann bis ins Haus gekommen war.

In einer sehr hübschen Geste hielt Ivy sich die Hand vor den Mund. Ihre Augen blitzten zugleich erschrocken. »Was hat er denn gesucht?«, wollte sie wissen.

Hero Dyk runzelte die Stirn und legte den Kopf schief. »Ich weiß es nicht. Das Haus von Katja Rosen wurde ebenfalls durchsucht und auf den Kopf gestellt.«

»Und deine Mutter?«

»Die hat alles verschlafen. Auch meine Haushälterin, sie wohnt bei uns.«

»War das nicht gefährlich für deine Mutter?«

Hero Dyk schwieg eine Weile. Er ließ sich durch den Kopf gehen, was in den letzten Tagen passiert war.

»Hero?«

»Was, wenn ich ebenfalls verschwände?«, fragte er. »Dann könnte mich niemand mehr um Rat fragen, mir Geheimnisse anvertrauen oder mich verfolgen.«

»Verfolgen?«

»Mir kommt der Gedanke, dass diese Geschichte zum Halten käme, wenn ich nicht existierte. Ich möchte wissen, wer die besseren Nerven hat.« Er nahm sein Telefon und wählte die Nummer seiner Mutter, sie besaß seit geraumer Zeit ein Handy mit besonders großen Tasten, die sie gut bedienen konnte.

»Francisca Dyk«, meldete sich die alte Frau.

»Hier ist Hero.«

»Ach, nur du«, sagte sie enttäuscht.

»Ja, ich. Hör zu. Was hältst du davon, noch mal für ein paar Tage zum Dümmer zu fahren? Nimm Svetlana mit, da ist Platz für euch beide.«

»Weshalb sollte ich das tun?«, fragte Francisca empört. Die kleine schwarze Frau mochte es nicht, wenn man sie drängte.

»Weil ich euch darum bitte. Und weil wir einen Einbrecher hatten. Vielleicht kommt er wieder und ich kann ihn nicht verscheuchen.«

»Dann ruf doch deinen Freund Heeger. Er soll uns beschützen.«

»Mutter«, sagte Hero Dyk. »Sei bitte vernünftig. Er kann nicht das Haus bewachen lassen, nur weil wir einen Einbrecher hatten.«

Ivy lachte leise über das Gespräch.

»Und sag nicht, ich soll vernünftig sein«, schimpfte Francisca. »Ich bin eine alte Frau und habe jedes Recht, unvernünftig zu sein.« Dabei stöhnte sie zum Herzerweichen.

»Natürlich hast du das. Gib mir Svetlana, bitte.«

»Nu?«, meldete sich die Haushälterin mit rauchiger Stimme. Sie sei gerade im Begriff, ein Taxi zu bestellen, sagte sie. Und die Koffer für zwei Tage seien schon gepackt.

»Schließen Sie bitte das Haus ab«, sagte Hero Dyk. »Ich werde ebenfalls wegbleiben.«

»Und nun?«, fragte Ivy. »Zu mir?«

Hero Dyk grinste forsch.

»Ich habe schwere Gardinen, sodass kein Nachbar hereinsehen kann«, sagte Ivy und lachte frech. »Kein Klient hält mich von der Arbeit ab, wenn wir nicht großes Pech haben.«

»Und Joe?«, fragte Hero Dyk.

»Die ist unterwegs.«

Das war also abgemacht. Hero Dyk warf noch einen Blick zum Haus hinüber, in dem sich Heeger mit Drée unterhielt, dann fuhren sie los. Er schämte sich ein wenig, weil er zu feige war, Ivy zu erzählen, was ihre Tochter trieb, doch vielleicht ergab sich später eine Gelegenheit.

Sie kochten zusammen und lachten viel. Nachmittags kam es dazu, dass er sie von oben bis unten mit warmer Schokoladensoße bestrich, um alles aufzulecken, bevor es kalt werden konnte.

11

Als es Abend wurde, nahmen sie Ivys BMW. Hero Dyk fühlte sich unbeobachtet. Er ließ sich zum »Erdbeerblau« fahren, um sich dort mit Heeger zu treffen. Ivy ließ es sich nicht nehmen, mitzukommen. Von Joe hatte er ihr nach wie vor nichts erzählt. Sie vertraute ihm. Den Gedanken, was das Mädchen den Nachmittag über getrieben haben könnte, verdrängte er.

Die Stadt kam ihm verändert vor, obwohl es dieselbe wie heute Morgen war. Der Verkehr hatte nachgelassen, er staute sich jedoch nach wie vor am Hasetorwall. In der ganzen Stadt werden ständig und überall die Straßen aufgerissen.

Seine Stimmung hatte sich geändert, deshalb nahm er alles anders wahr als am Vormittag. Er spürte eine Ruhe in sich, der er nicht traute, die ihm falsch vorkam. So wie ein Zahnschmerz, der schlagartig weg ist, bis man ihn mit der Zunge wiederfindet, viel stärker als zuvor. Sein Verstand war hellwach in Erwartung der Dinge, die kommen würden.

Das »Erdbeerblau« ist eine Spelunke wie aus vergangenen Zeiten, den sechziger Jahren vielleicht. Dunkel und staubig. Man betritt das Lokal durch einen Windfang aus schweren Stoffen, der die Nachbarn vor dem Lärm schützen soll. Es besitzt eine kleine Bühne, vor der alte Kinostühle am Boden festgeschraubt sind, vermutlich, damit niemand sie mitnimmt. Das Publikum ist so merkwürdig wie das Programm, das angeboten wird. Mitten im Raum führt eine Treppe nach unten, auf der meist reger Verkehr herrscht, da sich im Keller neben den Toiletten auch der Raucherraum befindet.

Jetzt am frühen Abend war jedoch kaum ein Mensch zu sehen. Nur Thomas stand hinter der Theke, der Besitzer des Etablissements, der interessierte Blicke auf Ivy warf.

»Heeger hier?«, fragte Hero Dyk.

»Siehst du ihn?«, antwortete der Barkeeper.

»Vielleicht habt ihr ihn zu Wurst verarbeitet, was weiß ich?«

Thomas brummelte etwas von »Qualitätsfleisch« und dass sie nichts anderes in ihr Gulasch tun würden. »Was trinkt ihr?«

Sie bestellten zwei Bier. Eine merkwürdige Frau stand am

Tresen und starrte in ihre Richtung. Sie trug trotz der Dunkelheit eine runde Sonnenbrille, hinter der man die Augen nur vermuten konnte. Auf dem Kopf einen rostbraunen Cowboyhut mit diversen Ansteckern, am Leib ein Kleid, das einem Wandteppich ähnelte und knapp bis zu den sehr kräftigen, nackten Knien reichte. Ihre Füße steckten in wadenhohen Stiefeln. Die Nase war klein und spitz und so weiß wie die übrige Gesichtshaut. Das Rouge auf ihren Wangen war zu kräftig, und die Haut warf Falten wie eine zu weite Strumpfhose. Auf dem Rücken trug sie eine längliche Tasche, die schwer zu sein schien. Das Soft Case eines sehr kurzen Keyboards, mutmaßte Hero Dyk. Er bat Thomas, ihr ebenfalls ein Bier zu bringen, und stellte sich die Musik vor, die sie machen würde. Dachte an die Abgründe, die sich auftäten, wenn er den Mut aufbrächte, sie anzusprechen. Das war die Sorte Geschichten, die er für seine Texte suchte.

Die Frau lächelte Hero Dyk an, als Thomas ihr das Bier brachte. Er prostete ihr stumm zu, und Ivy trat ihm vor das Schienbein.

Jemand schlug ihm auf die Schulter. »Ich bin spät, entschuldigt«, sagte Heeger und sah sich um. Er schien jedes Detail im Raum darauf zu prüfen, ob es seiner Aufmerksamkeit bedurfte oder nicht. Er nickte der Frau am Tresen zu.

»Kennst du die?«, fragte Hero Dyk.

»Beruflich«, sagte Heeger. »Es gehört ein Kerl zu ihr, der fehlt noch. So einer mit fußlangem schwarzen Ledermantel. Ihr trinkt Bier, sehe ich? Ich brauche etwas Stärkeres.« Er bestellte einen Whiskey mit Cola und prostete Ivy zu. »Frau Dr. Meiffert. Schön, Sie zu sehen.«

»Ivy, bitte.«

»Habt ihr ein Leck in der Abteilung?«, fragte Hero Dyk.

»Wer hat das nicht?«, gab Heeger zurück. »Das gehört dazu. Man lebt mit den heimlichen Informanten wie mit einer Krankheit, die man nicht loswird. Ich weiß nicht, woher Freytag seine Information hat.«

»Hast du mit ihm gesprochen?«

Heeger antwortete nicht.

»Vielleicht hat diese Andrea S. ihn von sich aus angerufen? Wäre doch möglich.«

Sein Freund sah weiter in seinen Drink und schimpfte vor sich hin, blieb ihm jedoch erneut die Antwort schuldig.

»Kommt ihr weiter mit den Ermittlungen?«

Heeger trank seinen Drink aus und bestellte einen neuen. »Thomas«, sagte er, ohne aufzublicken. »Du musst mir ein Taxi bestellen. Ich darf gleich nicht mehr fahren, und meine Frau wartet auf mich.«

»Jetzt komm schon«, drängte Hero Dyk. »Ihr habt doch sicher mit Andrea Schoon gesprochen. War ihr Mann zu Hause? Wie hieß er noch, Maik? Oder ihre Tochter?«

Heeger ging nicht darauf ein. »Ivy«, sagte er mit blasierter Stimme und sah von seinem Glas auf. »War doch richtig, oder? Ivy?«

Sie nickte.

»Ich heiße Karl. Also, Dr. Ivy …« Er tippte ihr an die Schulter und betonte so die Intimität der Ansprache. »Wieso hast du gestern in unserem … Gespräch … deine Freundin Andrea S. nicht erwähnt?«

Ivy schnalzte unwillig mit der Zunge und konterte: »Warum hast du mich nicht nach ihr gefragt, Karl? Ich kannte Drée kaum. Was wir damals sahen, war mehr als vage. Ich wusste nicht, dass meine Bekanntschaft mit Drée heute noch wichtig ist.«

»Nicht wichtig, na gut«, sagte Heeger. »Und weißt du was, sie ist tatsächlich so unwichtig, dass es selbst mir für einen Moment entfallen war. Das kommt vor, sogar bei der Polizei. Nimm nur mal Katja Rosen: Sie trug bis heute ihren Mädchennamen.« Er schüttelte den Kopf über sich selbst. »Es ist mir nicht aufgefallen. Ihr Lebenspartner hieß Behrends, sie waren nicht verheiratet. Sie lebten nicht unter demselben Namen. Als wir Katja am Montag fanden, fiel deshalb niemandem auf, dass ihr Lebensgefährte am gleichen Morgen zum Speicheltest erschienen war. Es sieht also wie folgt aus: Eine der drei Zeuginnen im Fall Markus Arens verliebt sich in den Mann, den sie nach der Tat nicht beschreiben konnte. Beide leben jahrzehntelang glücklich zusammen. Doch kaum nimmt der Täter … auch noch freiwillig … an einem

Reihentest teil, gibt es Tote. Katja Rosen springt von einem Kirchturm und die Mutter des Jungen vor einen Zug. Beide bringen sich sehr erfolgreich um. Ist das normal?«

»Was hat Andrea Schoon dazu gesagt?«

»Dass es ihr leidtut und dass sie Behrends damals nicht erkannt hat.«

»Ihr habt Behrends noch nicht gefunden, oder? Die Fahndung läuft weiter«, wollte Hero Dyk wissen.

»Zu dir komme ich jetzt. Bist du nicht letzte Nacht überfallen worden? War da nicht ein fremder Mann in deinem Haus?«

»War halb so schlimm«, sagte Hero Dyk und winkte ab.

»Also nicht so schlimm, dass man deswegen auf die Wache kommen sollte, um eine Aussage zu machen, hm?«

»Weißt du«, sagte Hero Dyk. »Ich wollte meine Ruhe. Schlecht geschlafen. Francisca, du weißt schon. Und ich wollte dich nicht schon wieder stören.«

»Verstehe«, stimmte Heeger zu. »Dann sag mir doch kurz, ob es vielleicht Behrends war, der dich besucht hat.«

»Ich kenne weder den Mann noch Behrends. Er verfolgt mich seit ein paar Tagen.«

»Du wirst verfolgt?« Ivy war empört. »Das sagst du jetzt?«

»Heute nicht«, sagte Hero Dyk. »Du brauchst keine Angst zu haben. Wir sind mit deinem Auto gefahren. Entweder bin ich ihm entkommen, oder er hat mich verloren. Gestern dagegen hatte ich das Gefühl, dass mir jemand folgt. Als ich nach Hause kam, lief ein großer Mann von meiner Haustür weg. Der Pfarrer, der mich besuchte, war nur Sekunden vor mir dort und hat ihn aufgeschreckt. Der Mann hatte mir vor das Haus gepinkelt, mehr nicht. Er ist wohl sehr wütend. Er trug Sweatshirt und Drillichhose, eine Kombination, die ich schon am Morgen gesehen hatte, als ich dort war, wo Betty Arens vor den Zug sprang.«

»Dann hast du dich bei mir versteckt?« Ivy erregte sich. »Du hast mich nur benutzt!«

Heeger hatte sein Notizbuch gezückt und schrieb auf, was Hero Dyk gesagt hatte.

»Du verstehst das falsch …« , sagte Hero Dyk.

Doch es half nichts. Wütend schob Ivy ihr noch halb volles Bier zu der fremden Frau rüber, erhob sich schnaubend und verließ das Lokal. Die Frau bedankte sich überrascht mit dünner Stimme. Ihr Freund mit dem langen Mantel war inzwischen aufgetaucht, wie Heeger vorhergesagt hatte.

»Sie hat nicht einmal bezahlt«, beschwerte sich Thomas auf der anderen Seite der Theke.

»Was soll denn das jetzt bedeuten?«, fragte Hero Dyk. »Ich wollte nur sehen, was passiert, wenn ich für einige Zeit von der Bildfläche verschwinde.«

»Und?«, fragte Heeger spöttisch. »Was ist passiert?«

»Wie erwartet: rein gar nichts«, sagte Hero Dyk. »Kannst du mir etwas über Andrea Schoon sagen?«

»Man hat ihr Wohnzimmer in einem falschen Ton gestrichen.«

Hero Dyk grinste. »Gelb, oder? Es sollte beige sein. Sie bekommt Kopfschmerzen von gelb.«

Heeger grinste ebenfalls. »Die Firma ihres Mannes ist vor Kurzem pleitegegangen.«

Hero Dyk hörte auf zu lachen. »Weshalb?«

»Er hat seinen wichtigsten Kunden verloren, das hat gereicht. Er ist selbstständiger Tischler und arbeitete vor allem für einen großen Bauunternehmer in der Stadt. Bis … na ja …«

»Bis was?«

»Bis Andrea Schoon herausfand, dass dieser Bauunternehmer seine Frau betrügt. Mit der gängigen Sekretärin. Deshalb ging Schoon pleite. Er bekommt seither nur noch Aushilfsjobs.«

»Wie das?«

»Ganz einfach: Andrea Schoon hat die Frau des Bauunternehmers informiert. Von Frau zu Frau und natürlich sehr diskret, voller Anteilnahme und Empörung. Die Dame machte eine Szene, und das war es dann mit Schoons Tischlerei.«

»Sie hat den eigenen Mann ruiniert?«

»Jep.« Heeger nickte in sein Glas, schon ein wenig angeheitert, und stellte es auf den Tresen.

»Hast du ihn kennengelernt? Maik Schoon?«

»Er war nicht zu Hause, als ich bei ihr war.«

»Ein großer, kräftiger Mann mit Pudelmütze«, sagte Hero Dyk. »Ich bin ihm nur kurz begegnet. Die Drillichhose würde zu ihm passen, auch zu seiner Statur. Kennst du die Tochter? Stassi Schoon?«

Heeger verneinte.

»Sie geht auf den Strich.«

Heeger pfiff durch die Zähne. »Die Lolitine, wegen der du gefragt hast? Meist sind sie zu zweit.«

Hero Dyk brummte zustimmend. »Die zweite wird gerade angelernt.«

»Dann kommt die Tochter nach der Mutter«, sagte Heeger.

»Drée Schoon? Auf dem Strich? Ist sie euch bekannt?«

Heeger nickte. »Ist lange her. Sie hieß damals Geske und nicht Schoon. Vor ein paar Jahren, es war Winter, kam ein Freier ums Leben. Er fiel eine Treppe hinunter. Es kam zu einer Untersuchung, seither ist sie sauber. Kurz darauf hat sie Maik Schoon geheiratet.«

»Ein Unfall?«

Heeger legte den Kopf schief und öffnete unschlüssig eine Hand.

»Dann hat Schoon Stassi adoptiert, oder? Sie muss ... Moment ... so ungefähr 1998 geboren sein? 1999?«

Heeger nickte.

Ein Taxifahrer kam herein, und der Polizist hob den Arm, um seinen Anspruch zu zeigen.

»Wie heißt der Bauunternehmer?«, wollte Hero Dyk wissen. »Der, für den Schoon gearbeitet hat.«

»Das ist die Firma Heinrich Goswin«, sagte Heeger.

»Kenne ich. Und der Bauunternehmer, von dem die Rede war, ist Herr Goswin?«

»Der Geschäftsführer heißt Edgar Lohbeck. Schwiegersohn des Gründers«, sagte Heeger. »Meld dich morgen bei mir, ich brauche deine Aussage im Detail.«

Hero Dyk machte eine wegwerfende Handbewegung. »Nimmst du mich mit? Ich habe kein Auto hier.«

Heeger lachte. »Im Moment regnet es kaum noch«, sagte er und ging zur Tür, kam aber noch einmal zurück. »Der Behrends«, sagte er, »der ist übrigens eher klein und bullig. Nicht groß.« Mit diesen Worten legte er ein Foto auf den Tisch. »Das steht jetzt im Internet und morgen in der Zeitung.«

Hero Dyk betrachtete das Bild. »Ist er das?« Aber Heeger war schon gegangen.

Thomas reichte Hero Dyk die Rechnung über die Theke. »Übernimmst du das?«

Hero Dyk stöhnte und griff nach seiner Brieftasche. Er drehte der fremden Frau den Rücken zu, als er das Geld abzählte, innehielt und es dann wieder einsteckte. »Mach mir noch ein Bier«, sagte er.

12

Als Hero Dyk das Lokal schließlich verlassen wollte, kam ein Pärchen herein und hinter ihm ein stämmiger Mann, der eine Windjacke und einen halb kaputten Regenschirm trug. Hero Dyk erkannte ihn sofort: Es war der Mann von der Brücke. Nicht der mit der Drillichhose. Der andere. Er warf einen Blick auf das Foto in seiner Hand und staunte.

»Na, das ging ja mal schnell«, sagte Hero Dyk überrascht.

Der Mann fasste ihn am Arm. »Gibt es hier etwas zu essen? Ich habe seit gestern nichts mehr gegessen.«

»Sie sind Jan-Peter Behrends«, stellte Hero Dyk fest.

Der Mann nickte. »Und Sie sind Hero Dyk. Zu Ihnen wollte ich.« Er schien unendlich müde zu sein und stand zugleich unter Hochspannung.

»Kommen Sie.« Hero Dyk führte ihn in eine stille Ecke, bestellte mehr Bier und brachte eine Speisekarte mit. »Die Gulaschsuppe ist ganz gut. Die kaufen sie fertig ein.« Er nickte zu Thomas hinüber und betrachtete Behrends, der ziemlich nass geworden war und vor Kälte zitterte.

»Gulaschsuppe ist in Ordnung«, sagte er.

Hero Dyk bestellte und bat Thomas um eine warme Decke. Es gab reichlich davon in einem Nebenzimmer, weil immer mal wieder der eine oder andere der oft schrägen Gäste des Hauses über Nacht blieb.

»Wer ist das?«, wollte Thomas wissen.

»Halt dich da raus, hörst du?«, sagte Hero Dyk. »Du hast den nie gesehen.«

»Dann mach keine Dummheiten«, sagte Thomas und ließ ihn gehen.

Hero Dyk kehrte mit der Decke zurück, und Behrends wickelte sich dankbar darin ein.

»Wie haben Sie mich gefunden?«

»Da gibt es so eine Tagesstätte für Obdachlose«, sagte der Mann. »Die stellen keine Fragen, und es gibt Computer zum Recherchieren. Ich fand einen Artikel über Sie, darin wurde erwähnt, dass Sie häufig im ›Erdbeerblau‹ sind. Sie sollen hier eines Ihrer Bücher geschrieben haben. Ich kenne das Lokal von früher.«

»Und die Tagesstätte hatte kein Essen für Sie?«

Jan-Peter Behrends sah zu Boden. »Die Gulaschsuppe hier soll gut sein«, sagte er.

Hero Dyk wunderte sich über das bescheidene Auftreten des Mannes. Eine Weile saßen sie nebeneinander wie gute Freunde und sahen schweigend zu, wie sich das Lokal füllte. Die Musik wurde lauter gestellt, aber man konnte sich unterhalten. Schließlich brachte Thomas das Gulasch. Hero Dyk schob dem Mann den Teller zu, ließ ihn essen und betrachtete ihn versonnen. Haut und Haare wirkten stumpf, ohne jeden Glanz. Das kräftige Gesicht hatte sehr harte Konturen, es warf Schatten auf sich selbst. Behrends war so glatt rasiert wie eine Bronzestatue. Seine schwarzen Augen lagen tief in ihren Höhlen.

»Wo haben Sie die Nacht verbracht?«, wollte Hero Dyk wissen. Er fragte sich, ob er die Polizei rufen sollte. Sicher wäre das ratsam.

Behrends gab kauend ein abweisendes Grummeln von sich und wechselte das Thema. »Katja hat sich um alles gekümmert. Vor Jahren schon. Sie hat festgelegt, wie und wo wir beerdigt werden. Die Zeremonie ist morgen auf dem alten Hasefriedhof. Anschließend wird sie verbrannt. Die Urne wird in der Kolumbariumskirche am Schölerberg aufgestellt, kennen Sie die?

Ein sehr modernes Gotteshaus. Wir haben eine Doppelnische gekauft. Die meisten Doppelnischen sind bisher nur einfach belegt, das amüsiert mich. Die Kirche ist so neu, dass in nur ganz wenigen Fällen beide Partner bereits gestorben sind.«

»Ich sollte die Polizei rufen«, sagte Hero Dyk.

»Ihr Freund ist gerade erst gegangen«, gab Behrends zurück und schien sich keine Sorgen zu machen. »Ich habe beim Bestatter übernachtet«, fuhr er nach einer Weile fort. »Ihr Sarg steht in einem Kühlraum im Keller.« Er sagte das mit großem Bedauern. »Nachts kommt man über einen Code ins Haus, falls man bei den Toten bleiben möchte. Es gibt Verabschiedungsräume, dort habe ich geschlafen.«

»Sie hatten den Pfarrer instruiert«, sagte Hero Dyk. »Jetzt verstehe ich.«

Ein Handy klingelte, Hero Dyk erkannte an der Melodie, dass es seine Mutter war.

»Wie geht es euch?«, meldete er sich. Den beiden Damen ging es gut, sie hatten einen langen Spaziergang gemacht, das Gespräch war kurz.

Hero Dyk ließ Behrends essen und betrachtete die groben Hände des Mörders, bis dieser schließlich das Besteck zur Seite legte und das Bier halb leer trank.

»Morgen wird Katja beerdigt«, sagte er, wickelte sich fester in die Decke und sah in den Raum, als spräche er zu sich selbst.

»Pfarrer Leineweber war bei mir«, sagte Hero Dyk. »Er fürchtet, dass Sie morgen zur Beerdigung kommen werden. Er macht sich Sorgen um Sie.«

»Ich habe ein Kind getötet«, sagte Behrends. »Und er macht sich Sorgen um mich?«

»Wissen Sie, wie Katja Rosen ums Leben kam?«

»Ich weiß es, aber Sie müssen es selbst herausfinden.«

Hero Dyk sah ihn an, schwieg aber. Er wollte, dass der andere erzählte.

»Ich bin ein Mörder«, erklärte Behrends. »Man glaubt mir nicht.«

»Aber mir wird man glauben?«, fragte Hero Dyk. »Ist das Ihr Plan?«

»Richtig. Das ist die eine Möglichkeit.«

»Und die Beerdigung?«

»Das war die andere. Ich wäre aufgestanden, um zu sagen, was ich getan habe.«

»Das können Sie immer noch.«

»Nein«, sagte Behrends. »Das geht jetzt nicht mehr. Man wird mich verhaften, bevor ich öffentlich reden kann. Mir bleibt nur Plan A: Sie müssen den Mörder von Katja für mich finden.«

Es dauerte noch eine Weile, bis er zu erzählen begann.

»Solche Geschichten fangen in der Kindheit an«, sagte er. »Meine Mutter starb sehr früh, und ich gab mir die Schuld daran. Ich wuchs bei Pflegeeltern auf. Ich hatte Geschwister, mit denen ich nicht verwandt war, und ja … ich war neidisch auf sie. Wussten Sie, dass Eifersucht krankhaft ist?«

»Aus allem kann man eine Krankheit machen.«

Behrends nickte, sah beschämt zu Boden, nahm einen Schluck aus seinem Glas und fuhr dann fort. »Sie waren alle nett zu mir, aber gerade das konnte ich nicht ertragen. Schließlich wussten sie nichts mehr mit mir anzufangen, und ich kam in ein Heim. Der Tag, an dem ich den Jungen tötete, war ein Freitag im November, der nur zögernd beginnen wollte. Es war nicht sehr kalt, doch es war feucht und dunkel. Ich stand wie unter Strom und hatte kaum geschlafen. Es war mein zwanzigster Geburtstag, verstehen Sie? Ich stellte mich nackt vor den Spiegel und kämmte mein ziemlich wirres Haar, dann schämte ich mich, nahm mir frische Unterwäsche aus dem Schrank, zog die Socken an, meine Sportsachen und die silbernen Laufschuhe. Ich hatte silberne Sportschuhe, wissen Sie? Und mein grünes Sweatshirt. An all das erinnere ich mich noch sehr genau.«

Er wartete auf Zustimmung, ein Zeichen des Verstehens oder auch nur ein Geräusch, dass jemand da war, doch Hero Dyk hielt sich zurück.

»So ging ich die Treppe hinunter zum Eingang des Heims. Die Leiterin kam vorbei, sie hat mich gesehen. Später gab sie mir ein Alibi. Sie sah mich kaum an, murmelte einen guten Morgen und folgte weiter ihren Gedanken, ohne auf mich zu achten. Hören Sie, ich war jung und voller Wut auf die Welt und so. Als Auszubildender einer Maschinenbaufabrik war ich am Tag zuvor von Montagearbeiten im Harz zurückgekehrt. Ich musste Druck abbauen und wusste nicht, wie.«

Er unterbrach sich kurz und hoffte auf eine Reaktion von Hero Dyk.

»Laufen hilft, ich bevorzugte eine Strecke von der Osnabrücker Wüste über die Autobahnbrücke bis Hellern und zurück. Links die Straße runter. Routine ist wichtig. Doch in dieser Richtung stand ein Mädchen im Weg. Ich kannte sie und wusste, dass sie im Mädchenhaus im Stadtzentrum wohnte und ab und zu im Jungenhaus half. Sie lehnte an einer Hauswand, rauchte eine Zigarette und sah mich an, also ging ich ihr aus dem Weg, verstehen Sie? Ich hatte Angst vor jedem, der jünger war als ich selbst. Ich fürchtete mich vor meiner Wut auf Jüngere ... vor dem Neid, den ich spürte. Ich ertrug es nicht, zu sehen, wie gut es allen anderen ging. Jeder einzelne Tag brachte ihnen weit mehr Zuwendung, als ich in meinem ganzen Leben erfahren hatte. Zumindest kam es mir so vor.« Behrends unterbrach sich. »Das klingt jetzt wehleidig, oder?«, warf er ein und riss sich zusammen. »Ich tat mich sehr schwer damit, Anschluss zu finden. Meist trieb ich am Rande der Gruppen dahin, in denen sich andere hervortaten. Deshalb wich ich an jenem Tag dem Mädchen aus und lief in die entgegengesetzte Richtung. Der neue Weg erregte mich. Eine neue Welt tat sich auf. Den Wüstensee kannte ich, und auch im Moskaubad war ich schon schwimmen, das war damals ziemlich marode. Erinnern Sie sich?«

»Ich wohne erst seit ein paar Jahren in Osnabrück«, sagte Hero Dyk.

»Ach so, na dann. Ich lief immer weitere Umwege und kam schließlich durch eine Unterführung auf die andere Seite der Bahnlinie. Die Gegend kennen Sie doch, oder? Ich mag die herbstlichen Farben, die Schrebergärten. Fast allen fehlte es an Vorbereitung auf den Winter. Berge von Laub waren zu sammeln und Bäume zu stutzen. Solche Arbeit gefiel mir besser als der Maschinenbau. Sie macht Spaß und gibt Sinn. In Richtung Sutthausen stand der Nebel über den Feldern, das weiß ich noch. Ich lief und lief und fühlte den Druck von mir weichen. Es stellte sich Ruhe ein wie eine warme Dusche von innen. Ein Glücksgefühl und große Zuversicht. Aus den Schrebergärten wurden Vorortvillen mit hübschen Grünanlagen. Kleine Kinder auf dem Weg zur Schule kamen mir entgegen, sie waren allein oder in Gruppen unterwegs, und meist gingen sie zu Fuß. Ich fühlte mich frei auf diesem neuen Weg. Es gefiel mir, früh zu laufen, nicht an meine Pflichten zu denken. Zunächst wich ich den Kindern aus, dann ärgerte ich mich über meine Furcht. Ich höre jetzt noch meine Schuhe, die auf den Asphalt patschten, und ich spüre den Schweiß auf meiner Haut.«

Er wischte sich über die Stirn. Nach einer kurzen Pause sprach er weiter.

»Eine Gruppe kleiner Mädchen kam mir entgegen, und ich lief schneller, mit weiten Schritten, um sie zu beeindrucken. Doch sie schwatzten und beachteten mich nicht. Sicher kannten sie solches Gehabe vom Schulhof. Das verwirrte mich. Ich war auf eine Belohnung aus, die ich nicht bekam. Es stand mir zu, dass man mich bemerkte. Direkt vor mir begann ein schmaler Pfad, kaum breit genug, um zu zweit nebeneinander zu gehen. Links dichtes Buschwerk und rechts die Reste verwilderter Schrebergärten. Der Heckenweg war überwachsen und ziemlich dunkel. Er verlief in einem Bogen, sodass man kaum zwei Meter weit hineinsehen konnte. Noch hätte ich der Straße folgen können, das wäre die weit bessere Wahl gewesen.«

»Sie hatten einen guten Therapeuten«, unterbrach Hero Dyk den Redefluss.

Jan-Peter Behrends lachte bitter. »Pfarrer Leineweber«, sagte er, nahm einen Schluck Bier, stand auf und ging zur Toilette.

Hero Dyk machte sich Notizen zu dem Gehörten und fragte sich, ob man ihm vorwerfen könnte, diese Geschichte auch nur anzuhören. *Warum stehe ich nicht auf und lasse den Mann allein?*, notierte er sich. *Ich sollte gehen!* Doch er blieb sitzen.

Als die Frau an der Theke sah, dass Hero Dyk allein war, kletterte sie vom Barhocker und schlich sich in seine Nähe, um noch ein Bier zu schnorren, doch er wies sie ab. Das Lokal hatte sich jetzt gut gefüllt, der Billardtisch war umlagert. Ihr Freund mit dem langen Mantel stieg auf die Bühne.

»Ich höre noch«, sagte Behrends übergangslos, als er sich wieder setzte, »das Geplapper und das Lachen der Mädchen auf der Straße. Etwas wie Musik klang aus dem Pfad heraus. Der Duft nach überreifem Obst stieg mir in die Nase, nach feuchtem Holz, nach Laub und Tannenwald ... all das lockte mich in den Weg hinein.«

Hero Dyk spürte eine rechtschaffene Wut in sich wachsen auf den Mann, der neben ihm saß und sich fester in die Wolldecke einwickelte. Doch zugleich wollte er hören, was Behrends zu erzählen hatte und wie er das tat. Also schwieg er und vergaß seine Empörung.

»Ich ging weiter, und mein Herz fing laut zu klopfen an. Mit der rechten Hand klatschte ich ein paar braune Blätter ab, dann mit links auf der anderen Seite und wieder rechts. Es klang wie Jubel in meinen Ohren, der Beifall, den ich suchte. Ich taumelte durch ein Spalier und ließ mich feiern. Die Spannung, als mir dieser kleine Junge mit der weinroten Strickmütze auf dem Kopf entgegenkam, war kaum zu ertragen. Er trug eine Mütze, wie die eigene Mutter sie stricken würde. Einen langen Wollschal, eine Daunenjacke, Jeans und Winterstiefel. Der Junge war ganz allein und ohne Schutz. Es hätte auch ein Mädchen sein können, wissen Sie, das war mir egal. Andere beherrschen sich in so einer Situation, aber mir gelang das nicht.«

Der Ton der Erzählung hatte sich geändert. Sie hatte jetzt alles Dramatisierende verloren und klang wie die nüchterne Schilderung der tatsächlichen Ereignisse. Wie die brutale Aussage vor einem Vernehmungsbeamten. Oder die Beichte bei einem Priester.

»Ich packte den Jungen und stieß ihn links in die Büsche. Mit dem Rücken drückte ich mich durch die Sträucher, und ich höre mich heute noch grunzen wie ein Schwein, bis ich auf diesen vergessenen Schrebergarten stieß. Ich sah mich um, das Kind zappelte unter meinem Arm. Ich drückte ihm die Hand auf den Mund, damit er nicht schrie. Die Büsche verbargen uns vor jedem Blick vom Weg her. Die Laube war halb verfallen, die Tür hing in ihren Angeln, jemand hatte sie aufgebrochen. Dahinter ein dunkles, feucht stinkendes Loch. Von der Veranda vor dem Eingang waren ein paar Planken übrig geblieben. Dort sah ich eine Decke, die brauchbar wirkte. Mit der rechten Hand hielt ich den Jungen, mit der linken breitete ich die Decke aus. Ich streifte ihm den Tornister ab und legte ihn auf die Unterlage. Er war jetzt ruhig, hatte wohl Angst. ›Ich werde dir wehtun‹, sagte ich, das hatte ich in einem Film so gesehen. Der Junge wimmerte. Sagte, er käme zu spät zur Schule und so. Da schlug ich ihm ins Gesicht. Er kam mir feige vor. Feige! Stellen Sie sich das vor. Es war ein kleiner Junge, ich dagegen sehr stark … und er soll feige gewesen sein? Ich legte den Finger an die Lippen und machte ›Pschscht!‹. Der Junge war starr vor Angst. Er traute sich nicht zu schreien. Ich zog ihm Hose und Unterhose herunter, bis beide an den Füßen lagen. Dann streifte ich die Oberkleidung hoch und betrachtete diesen bleichen Körper, den ich vollständig in meiner Gewalt hatte. Das war ein gutes Gefühl. Ich zerrte mir die Jogginghose von den Hüften, ertrug aber den Blick aus den kleinen Augen nicht. Also zog ich dem Jungen die rote Mütze übers Gesicht, dass er mich nicht mehr so ansah.«

Jan-Peter Behrends blickte auf. »Dann fehlen mir ein paar Augenblicke. Mit einem Mal stand ich vor ihm und konnte nicht fassen, was ich getan hatte. Er lag leise weinend da. Auf seiner Haut zeigten sich kleine Kratzer von den Büschen. Da war Blut zwischen seinen Beinen, das ich mir nicht erklären konnte.« Sein Blick bekam etwas Bettelndes. »Kennen Sie die Details? Wissen Sie, ob ich ihn vergewaltigt habe?«

Hero Dyk schüttelte den Kopf. Sein Hals war trocken.

»Ich stand auf und zog mir die Hose hoch. Ein Fuß war bloß, ich zog mir den Schuh wieder an. Auch der Junge sollte sich anziehen, als ob dann alles vergessen und vergeben wäre. Der Junge heulte, als er sich aufraffte. Er rückte sich die Mütze zurecht und zog seine Oberkleidung und die Jacke herunter, weil ihm kalt war. Er schniefte, der arme Kerl. Er wollte aufstehen und sagte, er würde alles seiner Mutter erzählen. Das hätte er nicht tun sollen, wissen Sie? Denn jetzt war ich es, der feige war. Ich bekam Angst … und dann diese Wut. Ich griff ihm mit der einen Hand an den Hinterkopf und stopfte ihm mit der anderen irgendetwas in den Hals. Ein Stück Stoff.«

»Es war ein Schal«, sagte Hero Dyk. »Ein roter Schal. Und Sie haben sein Gesicht mit Erde beschmiert.«

Behrends nickte abwesend. »Das mag sein. Ich ließ ihn liegen, wie er war, als er aufhörte, sich zu rühren. Ich habe ihn nicht mehr angesehen. Ob ich ihn töten wollte? Ich glaube schon. Damit ist es Mord, oder? Ich brach durch die Büsche zurück auf den Trampelpfad und stand drei Mädchen gegenüber, die mich entsetzt anstarrten, aber sofort die Blicke senkten und schnell weitergingen. Als wüssten sie, was geschehen war. Eine von ihnen kannte ich. Ich hatte sie am Morgen gesehen, wie sie vor dem Heim eine Zigarette rauchte.«

»Welche von den dreien war es, die Sie kannten?«

»Andrea Schoon. Damals hieß sie Geske, und ich sollte sie noch sehr gut kennenlernen. Ich blieb stehen, starrte den Mädchen nach, verfolgte sie sogar einen kurzen Moment, weil ich sicher war, man sähe mir die Schuld an. Nur langsam kam ich zu mir und ging in die andere Richtung davon. Der Rest dieses Tages ist sehr vage in meiner Erinnerung. Ich meine, den Bus genommen zu haben, um zu meinem Ausbildungsbetrieb zu fahren. Ich sehe mich selbst, wie ich dort auf dem Flur stehe. Einen Grund dafür gab es nicht, es war ein Berufsschultag. Ab der dritten Stunde nahm ich am Unterricht teil, deshalb wurde ich nicht als ›krank‹ geführt. Nachmittags borgte ich mir im Heim ein Rad und suchte den Weg, den ich am Morgen gelaufen war. Der Pfad war nicht schwer zu finden. Überall wimmelte es von Polizei. Was ich danach machte, weiß ich nicht mehr. Die Mädchen konnten mich nicht gut beschreiben, sie erinnerten sich aber an mein grünes Sweatshirt und an mein dichtes Haar.«

Es war immer noch kräftig, er fuhr sich mit der Hand hindurch.

»Der Besitzer einer Imbissbude hörte davon. Er kannte meinen Namen und schickte die Polizei direkt zu mir. Ich wurde kurz verhört, behauptete jedoch, in der Schule gewesen zu sein. Die Heimleiterin bestätigte das, sie hatte mich ja aus dem Haus gehen sehen. Es war ihr nicht aufgefallen, dass ich zu früh dran war und Sportkleidung trug. Deshalb kam ich davon. Es fehlte der dringende Tatverdacht. Wussten Sie, dass das Gesetz den vorschreibt? Nein? Ich war nur eine Spur von vielen, die ins Leere wies. Fünfundzwanzig Jahre blieb ich unentdeckt. Ich schloss meine Ausbildung ab und wurde als Geselle übernommen. Ich war geschickt und zuverlässig, doch oft grundlos bedrückt, wie es in einer Beurteilung heißt. Ich traf Katja, heiratete jedoch nie und wollte auch nie Kinder haben. Ich habe Angst vor Kindern.« Er lächelte schmal. »Patenschaften sind etwas anderes. Ich bin vierfacher Patenonkel, und nicht nur wenn wir Geburtstag feiern, denke ich an jenen Freitag im November. Ich gehe regelmäßig zur Kirche, im Herbst helfe ich den Nachbarn, das Laub zu sammeln, und im Frühjahr findet man mich bei ihnen Unkraut jäten. Niemand wird sich erklären können, wie ein so netter Mann … Sie kennen das. Auch beruflich komme ich gut voran. Doch das ist jetzt alles vorbei. Es kommt mir vor, als ob an jenem Tag nicht ich selbst den unbekannten Weg gelaufen bin. Die Musik, die ich gehört habe, ist mir verdächtig, und auch der Duft, der mich in den Heckenpfad gelockt hat. Doch tatsächlich habe ich die Kontrolle verloren. Nur ich allein.«

Hero Dyk nickte, als Zeichen seiner Aufmerksamkeit. Ihm fiel nichts ein, was er dazu sagen konnte.

»Den Ermittlern bin ich durch Zufall entgangen und nicht, weil ich so schlau war. Ich habe mich geduckt und nie wieder ein Kind angefasst«, erklärte Behrends. »Von mir geht keine Gefahr mehr aus. Es war Katja, die mich fünfundzwanzig Jahre später auf diesen Zeitungsartikel aufmerksam gemacht hat, in dem von einer Neuaufnahme des Falls berichtet wurde. Ich war auf Montage. Auch ein Arbeitskollege sah im Fernsehen einen Bericht über den Mord und sprach mich an. Er fand es lustig, dass ich so kräftiges Haar habe, wie man es dem Mörder zuschreibt, und zudem aus Osnabrück komme. Kurz darauf klingelte, wie zu erwarten war, mein Telefon. Die Polizei bat mich und viele andere Männer um eine Speichelprobe. Vor drei Tagen kam ich der Aufforderung nach. Man sagte mir, es würde drei Wochen dauern, bis sich aus den Ergebnissen einer solchen

Analyse zeigt, ob ein Treffer dabei ist oder nicht. Ich wusste, dass es vorbei war. Ich dachte, das sei gut so. Ich wollte die Zeit nutzen. Mich verabschieden, Dinge für Katja erledigen, mich vorbereiten. Gutes tun, damit man mich in Erinnerung behält. Doch dann kam der Herr Pfarrer und sagte, dass sie tot sei, und alles war anders.«

»Wusste Ihre Frau, wer Sie sind?«

Behrends starrte lange vor sich hin, die Augen wurden ganz groß, dann nickte er. »Sie hat es wohl geahnt. Deshalb hat sie mich zur Kirche geschickt. Weil ich doch häufig traurig war. So lernte ich den Pfarrer kennen. Aber gewusst hat sie es nicht.«

»Wie konnte sie so etwas ahnen?«

Behrends lehnte sich zurück und raffte die Decke um sich. Einen Moment lang sah er wie in weite Ferne. »Ich wusste von Drée, dass Katja ebenfalls eine Zeugin war. Sie hat es mir aus Bosheit irgendwann gesagt, da waren wir schon einige Monate zusammen. Um die Dinge zu klären, holte ich eines Tages einen Artikel hervor, der über den Mord berichtete, und verriet Katja, dass ich damals befragt worden war. Ich gab ihr die Gelegenheit, mich zu fragen, doch das tat sie nicht. Wir haben nie wieder darüber gesprochen, aber von dem Tag an hat sie mich beschützt, das weiß ich.«

Eine Weile sahen sie schweigend den Billardspielern zu. Jemand hatte die Musik lauter gedreht. Vor der Bühne schleppten zwei Männer Instrumente herbei, drei Frauen standen oben und bauten ihre Verstärker auf. Die Luft ist besser als vor Jahren, dachte Hero Dyk, als die Leute hier drin noch rauchten. Und er dachte an Katja Rosen, die solche Dinge für sich behalten konnte. Er hätte sie gern kennengelernt.

»Haben Sie mir den Strumpf zugeschickt? Und den Hinweis auf die Kirchenwächter? Warum mir?«

Behrends versenkte sich weiter in sein Schweigen. Nach einer Weile hob er den Blick und sagte: »Soll ich uns zwei Bier holen?«

Hero Dyk nickte. Er hatte nicht gewusst, was geschehen würde, wenn er einen halben Tag lang nicht zu erreichen war. Ob das Folgen hätte oder nicht. Mit dem Erscheinen von Jan Behrends hatte er jedenfalls nicht gerechnet.

Er erhielt keine Antwort mehr auf seine Frage. Sie saßen schweigend nebeneinander und sahen dem Treiben der anderen zu.

»Interessiert es Sie nicht, zu wissen, was ich mit dem Strumpf getan habe?«, fragte Hero Dyk.

Behrends regte sich nicht. Er schien mehr und mehr in seinen Gedanken zu versinken. Dumpfe Gedanken, das sah Hero Dyk.

»Kennen Sie Drées Mann? Maik Schoon? Ich glaube, dass er mich beobachtet und verfolgt. Er sucht etwas. Können Sie sich einen Grund dafür vorstellen?«

»Ich wusste nicht, dass sein Name Maik ist«, sagte Behrends, ging aber nicht weiter auf die Frage ein.

»Nun?« Nach einer Weile sah Hero Dyk auf die Uhr. Resignierend. »Wo werden Sie heute schlafen?«

Behrends gab einen gleichgültigen Laut von sich, ohne ihn anzusehen.

»Sie können bei mir im Schreibhaus übernachten, wenn Sie versprechen, mich nicht umzubringen. Da steht ein Sofa. Es ist rot, das Sofa, doch das sollte Sie nicht stören. Ihr Pfarrer hat gestern noch darauf gesessen.«

Behrends nickte erneut und stand auf, als sei das jetzt so beschlossen. Er legte die Wolldecke ordentlich zusammen und wartete, bis Hero Dyk die Rechnung bezahlt hatte und ein Taxi da war. Es regnete wieder in Strömen, und sie liehen sich einen Schirm aus dem Fundus des »Erdbeerblau«, der sie beide beschützte, während sie am Straßenrand warteten.

13

Das Taxi brachte sie schnell nach Hause. Hero Dyk führte seinen Gast durch den Flur in den Hof und in das Schreibhaus. Behrends war überrascht, als er das Chaos sah. Hero Dyk erzählte ihm möglichst beiläufig von dem nächtlichen Besuch. Behrends schien ehrlich erschrocken zu sein. Gemeinsam schafften sie ein wenig Ordnung.

Die Tür ließ sich nicht mehr fest schließen.

»Ich hoffe, man lässt uns heute Nacht in Ruhe«, sagte Hero Dyk. Er brachte eine Flasche Wasser, Decken und Kissen, dann verabschiedete er sich.

Von seinem Schlafzimmerfenster aus betrachtete er das Schreibhaus unten im Hof. Er sah, wie Behrends das Licht löschte. Dort unten schlief ein Mörder, doch statt ihn auszuliefern, ließ er ihn friedlich ruhen. Gestern Nacht war er in seinem eigenen Haus überfallen worden, doch statt der Polizei den Namen des möglichen Einbrechers zu nennen, schwieg Hero Dyk.

Ich will sehen, wohin das führt, schrieb er in sein Buch. *Ich bin sicher, dass Behrends nicht weglaufen wird.*

Um den Tag abzuschließen, wählte er Ivys Nummer. Er wollte sich entschuldigen. Sie war gnädig und verzieh ihm alles.

»Er ist hier, Ivy«, sagte Hero Dyk. »Hier bei mir. Er schläft auf dem Sofa.«

»Wer denn?«, wollte sie wissen.

»Jan-Peter Behrends. Markus' Mörder. Er hat es mir gestanden.«

»Der ist bei dir? Ist es das, was du wolltest? Warum rufst du nicht die Polizei?«

»Das frage ich mich selbst. Er gibt zu, was er getan hat, und die Polizei ist ihm auf der Spur. Doch statt sich zu stellen, hat er mich gesucht und mir alles erzählt. Ich möchte wissen, warum. Und was das mit dem Tod seiner Frau zu tun hat. Hast du mit deiner Tochter gesprochen?«

»Mit Joe? Sie ist noch nicht zu Hause. Ich mache mir ein wenig Sorgen. Sicher völlig ohne Grund, denkst du nicht?«

Für Hero Dyk war die Bekanntschaft der beiden Mädchen jeden Grund zur Sorge wert, trotzdem brummte er etwas, das als halbherzige Zustimmung gelten konnte.

Ivy wechselte das Thema. »Übrigens ist Drée im Fernsehen und im Radio und sicher morgen in der Presse. Sie tritt die Flucht nach vorn an und empört sich über den Mörder bei jedem, der es noch hören mag. Du kannst es im Internet anschauen, es läuft dort schon den ganzen Tag.«

»Hast du ihren Mann irgendwo auf den Bildern gesehen?«

Sie verneinte. Ob das wichtig sei?

Hero Dyk lud sie für den kommenden Morgen zum Frühstück ein und ging rüber ins Arbeitszimmer seiner Mutter, wo ein Computer stand. Er fand den Sender und sah, wie Drée sich vor ihrem Haus interviewen ließ. Ein paar andere Frauen hatten sich dazugesellt und schwenkten Plakate, die übermäßig harte Strafen für den Kindermörder forderten. Hero Dyk dachte an die Gespräche mit seiner Mutter. Drée hatte sich zur Sprecherin der Gruppe auserkoren. Ihre Tochter Anastasia schrie kräftig mit, doch Schoon war nirgendwo zu sehen. Es wurden noch ein paar Bilder vom Marktplatz eingespielt, wo ebenfalls Menschen zusammengekommen waren, um zu protestieren.

Hero Dyk stellte seinen Wecker auf acht Uhr, denn Ivy wollte sehr früh kommen. Er war froh, dass seine Mutter auf ihn gehört hatte, als er vorschlug, sie solle zum Dümmer fahren. Es kam nicht oft vor, dass sie tat, was er vorschlug. Mit diesem Gedanken schlief er fest bis zum nächsten Morgen.

14

Hero Dyk wurde zu unchristlicher Zeit geweckt. Er ging zum Fenster, öffnete es und sah Behrends, der bereits unten im Hof werkelte. Sein Gast schien seit Stunden wach zu sein und hatte das Gartenwerkzeug gefunden.

»Guten Morgen«, rief Hero Dyk und wunderte sich, wie frisch und ausgeruht er sich fühlte.

Behrends hielt in seiner Arbeit inne, sah hoch und wirkte ebenso zufrieden. »Das ist ein schöner Hof, den Sie hier haben«, sagte er in seiner friedlichen, ja devoten Art. »Er braucht etwas Pflege.«

Hero Dyk sah, dass das Pflaster gefegt war. Behrends hatte tote Äste aus den Beeten geklaubt und ein paar Buchsbäume gestutzt.

»Geben Sie mir ein paar Minuten, um mich zu waschen, dann

frühstücken wir. Yvonne Meiffert kommt gleich, sie war früher eine Freundin Ihrer Frau. Sie brauchen keine Angst zu haben. Sie weiß, dass Sie hier sind. Wenn Sie wollen, mache ich Ihnen auf, und Sie können sich duschen. Ich habe alles, was Sie brauchen.«

Er ging nach unten und ließ den fremden Mann ins Haus. Behrends reichte ihm einen kleinen Strauß, den er im Garten geschnitten hatte. »Katja wird heute beerdigt«, sagte er unvermittelt, als habe er die ganze Nacht an nichts anderes denken können.

»Sie sollten sich stellen«, entgegnete Hero Dyk und dachte an ihr Gespräch im »Erdbeerblau«. »Sie sollten die zweite Möglichkeit wählen.«

Behrends schüttelte trotzig den Kopf. »Würden Sie Katja den Strauß auf das Grab legen, bitte?«

Hero Dyk zögerte. Tatsächlich hatte er seit dem Besuch des Pfarrers vorgehabt, an der Beerdigung teilzunehmen, um zu sehen, was passieren würde. Schließlich signalisierte er sein Einverständnis und zeigte seinem Gast das Badezimmer seiner Mutter. Sie würde nicht einmal bemerken, so dachte er, dass jemand es benutzt hatte.

Ausgezehrt, dachte Hero Dyk. Behrends ist ein Mann voller Schatten, von einer schweren Last erdrückt, an die er sich längst gewöhnt hat.

Er legte seinem Gast frische Kleidung hin, eine Hose, ein Hemd. Kaum stand er unten und hatte die Kaffeemaschine eingeschaltet, da läutete es an der Tür.

Ivy stand draußen. »Kann ich reinkommen?«

Hero Dyk wunderte sich. »Wolltest du nicht Brötchen mitbringen?«, fragte er grinsend. Dann fiel ihm auf, dass sie nicht zu Späßen aufgelegt war. Sie hatte sich nicht zurechtgemacht. Das Gesicht war ungeschminkt, das Haar wirr, der braune Mantel passte nicht zur übrigen Kleidung, die sie wahllos aus ihrem Schrank gegriffen zu haben schien, und auch nicht zur Handtasche, die sie trug. Sie fuhr sich nervös durch das Haar und trat von einem Bein auf das andere.

»Lass mich rein!«, forderte sie.

»Was ist los?«, fragte Hero Dyk und wollte sie einlassen, besann sich jedoch. »Du weißt, dass ich Besuch habe.«

Sie nickte und versuchte, sich an ihm vorbeizudrängen, doch er stellte sich ihr in den Weg.

»Lass mich durch«, rief sie wütend und hielt dann inne. »Ist Joe bei dir?«

»Spinnst du?«

»Was hast du gesehen, als du den beiden gefolgt bist? Wir müssen reden!«

Sie zwängte sich an ihm vorbei, zog ihren Mantel aus und warf ihn achtlos über die Garderobe.

In diesem Moment kam Behrends die Treppe herunter und sah sie stumm an. Er war frisch rasiert, gewaschen und trug saubere Kleidung.

Ivy stand ihm gegenüber und strich sich eine Strähne hinter das Ohr. »Das ist der Kerl, oder? Ich meine ... da ist dieses Bild in der Zeitung. Sie sind auf allen Titelblättern zu sehen. Wegen Ihnen passiert das alles!«

»Er ist völlig harmlos«, beharrte Hero Dyk und stellte sich schützend vor seinen Gast. »Das ist Jan-Peter Behrends. Ich habe ihn hier schlafen lassen. Mach dir keine Sorgen, er wird sich stellen, oder?« Hero Dyk sah fragend zu seinem Gast. »Das ist Yvonne Meiffert. Sie war eines der drei Mädchen, die sich damals nach der Tat als Zeugin gemeldet haben.«

Jan-Peter Behrends gab ihr artig die Hand. Ivy ergriff sie konsterniert. Hero Dyk führte die beiden in die Küche und beeilte sich, Kaffee, Brot und Wurst auf den Tisch zu bringen.

»Jetzt sag, was los ist«, forderte Hero Dyk. »Du siehst schrecklich aus.«

Ivy seufzte und sah sich nach einem Spiegel um, fand nichts, kramte in ihrer Handtasche, begutachtete sich und fuhr sich sodann mit den Händen durch das Haar. Die beiden Männer sahen ihr fasziniert zu, sie hatten sich auf die Hocker an der Küchentheke gesetzt.

»Jetzt sag schon. Was ist mit Joe? Du hast ihr gestern gesagt, sie könne bei einer Freundin bleiben.«

»Ja«, rief Ivy. »Aber nicht die ganze Nacht! Das ist noch nie passiert. Sie ist keine sechzehn!«

Hero Dyk wollte wissen, ob Ivy sicher sei, dass Joe nicht

irgendwann nach Hause gekommen war, um sehr früh wieder aufzustehen.

»Keine Chance«, sagte Ivy. »Niemand hat in ihrem Bett gelegen. Jetzt sag mir, was du gesehen hast. Da war etwas, das du mir nicht sagen wolltest.«

»Sie hat sich mit einer Freundin getroffen.«

»Mit Stassi Schoon, ja. Das sagtest du. Und?«

Behrends wurde aufmerksam.

»Es stimmt«, sagte Hero Dyk. »Ich habe die beiden gesehen.«

»Wobei?«, drängte Ivy. »Es ging um die Frage, woher meine Tochter so viel Geld hat. Was hast du herausgefunden?«

»Na ja«, sagte Hero Dyk und druckste herum. »Sie haben sich in einem Kaufhaus getroffen.« Er goss sich ein Glas Orangensaft ein.

»Ja, was weiter?«

»Mir war aufgefallen, dass Joe auf die Uhr schaute, bevor sie das Kaufhaus betrat. Ich ging davon aus, dass sie verabredet war, doch drinnen tat sie, als sei sie allein. Ich habe nur einen kurzen Blickwechsel der Mädchen gesehen. Ein flüchtiges gegenseitiges Registrieren. Mehr war da nicht zwischen den beiden. Joe bat die Verkäuferin um Rat. Sie suchte etwas in Grün.«

»Sie mag Grün«, bestätigte Ivy. »Das ist richtig. Vielleicht kennen sie sich ja gar nicht?« Hoffnung klang in ihrer Stimme.

»Das andere Mädchen …«

»Stassi?«, unterbrach Ivy ihn ungeduldig.

»Ja … Sie war plötzlich weg, als die Verkäuferin mit Joe beschäftigt war. Und da war noch ein Kerl. So etwa Mitte dreißig. Er trug einen lächerlichen Hut. Der war genauso schnell weg.«

»Na ja, sie sind wohl gegangen. Was geht es mich an, was Drées Tochter tut?«

»Ich habe die beiden gehört. Sie hat gekichert und er hat gestöhnt. Sie waren in den Umkleidekabinen, verstehst du?«

»Nein«, sagte Ivy. Sie rührte in ihrem Kaffee. »Aber Joe hat damit doch gar nichts zu tun, oder?«

Alle drei starrten jetzt in ihren Kaffee. Keiner sagte etwas. Hero Dyk löste sich als Erster, er fing an, den Frühstückstisch abzuräumen, obwohl Behrends noch nicht aufgegessen hatte.

»Sie hat doch nichts damit zu tun, oder?«, wiederholte Ivy.

»Ich sah sie später gemeinsam die Straße hinuntergehen. Sie haben mich nicht gesehen, da sie in ihr Gespräch vertieft waren. Stassi kennt mich.«

»Und?«, fragte Ivy.

»Sie trug zwei Einkaufstaschen bei sich«, sagte Hero Dyk. »Joe bekam die kleinere davon.«

Ivy dachte nach und schien dann zu begreifen. »Das gibt es doch nicht«, sagte sie wie zu sich selbst. »Ist das möglich?«

»Heeger sagt, sie arbeiten meist zu zweit. Sie fangen damit an, sich über das Internet mit Männern zu verabreden. Das ist der übliche Weg. In den sozialen Netzwerken ist das ganz leicht. Dann entwickelt sich das weiter.«

»Du hast mit dem Kommissar über Joe gesprochen?«

»Ich habe ihn gefragt, ob es so etwas gibt«, sagte Hero Dyk. »Ich habe keine Namen genannt. Er kennt das Problem: Die Mädchen verabreden sich mit Männern in Kaufhäusern und lassen sich anschließend mit Klamotten bezahlen. In Italien nennt man sie Lolitine, weil sie so jung sind. Sie behaupten, die Männer seien lukrativer als Babysitten. In Polen heißen sie Galerianki, und in Holland gibt es die Garagenmädchen. Bei uns haben sie noch keinen Namen.«

Ivy stand von der Theke auf, ging durch den Raum wie ein wildes Tier und murmelte unverständliche Worte vor sich hin.

»Joe mag keine Babys«, sagte sie dann. Ihre Hände öffneten und schlossen sich unkontrolliert, bis sie jäh eine Kaffeetasse ergriff und diese mit aller Kraft und einem grässlichen Schrei auf den gefliesten Boden warf. Die Tasse zersprang in tausend Stücke. Zum Glück war sie leer und aus Steingut gemacht, das ersparte die Schweinerei und mögliche Verletzungen. »Leck mich!«, schrie sie. Immer wieder: »Leck mich!« Als half das, den inneren Druck zu verringern, was wohl auch der Sinn war.

Schließlich beruhigte sie sich und sah die beiden Männer an. »Scheißkerle!«, rief sie und spuckte aus. Dann riss sie sich zusammen und strich die Haare aus dem Gesicht. »Hast du einen Besen?«, fragte sie.

Hero Dyk öffnete einen Wandschrank, holte einen Besen

samt Kehrblech heraus und gab ihr beides. Ivy begann, die Reste der Tasse zusammenzufegen. »Die Tasse war leer«, sagte sie zum Zeichen, dass sie sich wieder im Griff hatte.

Die Männer saßen stumm auf ihren Hockern. Ivy räumte die Scherben und den Besen weg und ließ sich mit einem Seufzer auf einen Stuhl im Esszimmer fallen.

»Was?«, fuhr sie die beiden Männer an, die daraufhin betreten zu Boden sahen.

Hero Dyk zog es vor, zu schweigen.

»Nun gut ...« , sagte Ivy. »Sie ist eine Nutte. Und jetzt? Wo steckt sie? Nutte hin oder her. Sie ist meine Tochter. Ich will wissen, wo sie ist.«

»Sie ist keine Nutte«, protestierte Hero Dyk.

Doch Ivy drohte ihm mit dem erhobenen Finger. »Sag du mir nicht, was meine Tochter ist! Wo ist sie?«

»Ich weiß es nicht«, sagte Hero Dyk kleinlaut.

»Warum hast du mir gestern nicht gesagt, was du wusstest? Dann hätte ich mich um sie gekümmert, statt um dich. Dann wüsste ich jetzt, wo sie ist.«

»Ivy ...« , begann Hero Dyk.

»Ihr solltet Drée fragen«, schaltete sich Behrends ein, er hatte die ganze Zeit über kein Wort gesagt. »Vielleicht kann sie euch helfen.«

»Wieso Drée?«, fragte Ivy voller Misstrauen.

Behrends zog den Kopf zwischen die Schultern und hob die Hände in einer defensiven Geste. »Es gab eine Zeit, da ging sie auf den Strich.«

Ivy sah sich im Raum um, als suchte sie nach dem Grund für ihr aufflammendes Misstrauen. »Was machen die Blumen dort?«, wollte sie wissen und wies auf den Strauß, den Behrends vorbereitet hatte.

»Er hat sie mir für Katja gegeben. Sie wird heute beerdigt.«

»Warum geht er nicht selbst?«

»Weil man ihn sofort verhaften würde.«

Ivy sah Behrends fragend an.

»Noch bevor ich die Blumen auf ihr Grab legen könnte«, sagte der entschuldigend. »Katja mochte Blumen.«

Das schien sie zu verstehen. Sie nickte. »Was stimmt hier nicht?«, fragte sie.

In diesem Moment läutete ihr Handy. Hektisch zog sie es aus ihrer Handtasche, erkannte auf dem Display den Anrufer und nahm das Gespräch an. »Joe!«, rief sie. »Joe, Gott sei Dank. Wo bist du? Was ist passiert?«

Sie lauschte. »Ganz ruhig, mein Kind«, sagte sie dann. »Sag mir, wo du bist. Wir bringen das in Ordnung.«

Hero Dyk hörte ein Schluchzen aus dem Apparat, dann das Wort »Mami!«.

»Du brauchst keine Angst zu haben«, sagte Ivy. »Wir bringen das in Ordnung. Gibt es ein Fenster? … Einen Balkon, gut. Was siehst du? … Ja, ich warte … Unser altes Haus? Bist du sicher? Das Haus von Oma und Opa? Okay, mein Schatz. Dann weiß ich, wo du bist. Wir sind gleich da, versprochen. Warte auf uns. Nicht weggehen, hörst du? Bleib, wo du bist. Und lass das Handy eingeschaltet. Ich lege jetzt kurz auf, damit wir zum Auto gehen können, okay? Ich melde mich gleich wieder. Bis gleich. Du machst das ganz prima.«

»Was ist?«, fragte Hero Dyk.

Ein paar Sekunden lang war Ivy unfähig, zu antworten. Sie hielt sich am Küchentisch aufrecht und atmete tief durch. »Sie lebt«, war alles, was sie herausbrachte. Ihre Augen waren vor Schreck ganz weit, und sie rang um Fassung. Abwehrend hob sie die Hände, suchte und fand ein paar Tabletten in ihrer Handtasche.

Wortlos reichte ihr Hero Dyk ein Glas Wasser.

»Sie weiß nicht, was passiert ist«, sagte sie und spülte die Tabletten hinunter. Sie brach in Tränen aus und wollte sich nicht beruhigen lassen. »Schnell!«, rief sie, kramte nach ihrem Autoschlüssel und warf ihn Hero Dyk zu. »Sie erinnert sich nicht«, wiederholte sie weinend. »Verletzt ist sie wohl nicht.«

»Wurde sie betäubt?«, wollte Hero Dyk wissen. Er war schon auf dem Weg, um ihren Mantel zu holen.

»Ich weiß es nicht. Joe ist allein in einem ihr fremden Zimmer. Vom Fenster aus sieht sie das alte Haus meiner Eltern.«

»In der Wüste?«, fragte Behrends.

Ivy nickte. »Schnell! Es muss das Haus sein, in dem Katja gewohnt hat. Wir konnten uns zuwinken, als wir klein waren.«

Hero Dyk bat Behrends, nicht vor die Tür zu gehen. »Wir müssen Kommissar Heeger informieren. Er würde Sie sofort festnehmen. Wir kümmern uns später um alles Weitere. Meine Mutter ist an den Dümmer gefahren. Sie sind hier sicher, solange Sie auch den Briefträger ignorieren.«

Behrends bat ihn, die Blumen für Katja mitzunehmen, das sei wichtig, aber Hero Dyk räumte ein, er komme vorher noch mal nach Hause, um sie zu holen. Die Beerdigung war ja erst am Nachmittag.

15

Heeger und seine Beamten waren schon vor Ort, als Hero Dyk und Ivy in der Wüste eintrafen. Ivy hatte dem Kommissar telefonisch alles erklärt, was er wissen musste. Joe stand noch auf dem Balkon, sie rief nach ihrer Mutter, als sie sie aus dem Wagen steigen sah. Ein Polizist half ihr, über das Geländer zu klettern, die Wohnung lag im Erdgeschoss, keinen Meter über dem Rasen.

Ivy schloss ihre Tochter in die Arme. Das Mädchen sah völlig zerzaust aus, barfuß, halb nackt und bloß, die teuren Kleider schmutzig und zerrissen, soweit sie noch welche am Leib trug. Die Schminke war verschmiert, vor allem um die Augen herum. Sie schien sich noch nicht restlos orientiert zu haben. Ein kleines Mädchen in der Verkleidung einer Erwachsenen. Ein Sanitäter brachte eine Decke.

Auf dem Balkon erschienen Polizisten, sie waren in die Wohnung eingedrungen. Nachbarn wurden aufmerksam und gafften. Man führte Joe mit sanfter Gewalt zu einem Krankenwagen, Ivy stieg ihr hinterher. Hero Dyk wollte helfen, doch sie stieß ihn weg.

»War das früher Katjas Wohnung?«, fragte er.

Ivy schien ihn nicht gehört zu haben, besann sich aber, sah

ihn an und schüttelte den Kopf. Sie wies auf einen Balkon ein Stück weiter rechts. »Das war dort.«

»Lass sie untersuchen«, sagte Hero Dyk. »Man kann K.-o.-Tropfen nur bis zwölf Stunden später nachweisen.« Er wusste nicht, ob sie ihm zuhörte. Einer der Sanitäter sagte, er würde die Frauen zum Marienhospital fahren. Sie schlossen die Tür und fuhren mit den beiden davon.

Heeger trat auf den Balkon und winkte ihn herbei. »Die Wohnung steht seit Monaten leer. Erzähl mir was!«

Hero Dyk ging über den Rasen und musste an die berühmte Szene in Romeo und Julia denken, als er zu seinem Freund hochsah. »Das Mädchen ist heute nicht nach Hause gekommen. Ivy hat es erst am Morgen gemerkt. Sie kam zu mir und bat um Hilfe, als ihr Telefon klingelte. Ich habe dich sofort angerufen. Ivy kennt dieses Haus.« Er zeigte auf den Balkon von Katjas Wohnung, und Heeger drehte sich, um dem Finger zu folgen. »Dort hat früher Katja Rosen gewohnt. Und das da«, Hero Dyk wies auf das alte weiße Haus gegenüber, »hat den Eltern von Ivy gehört. Sie ist hier aufgewachsen. Die jetzigen Bewohner kennt sie nicht.«

Heeger warf einen Blick auf die andere Straßenseite. Ein Schulbus hielt, kurz darauf stürmten Kinder wild schreiend auf die Straße. Ein lauwarmer Wind fegte altes Papier auf. Der Sommer neigte sich dem Ende zu, und die Bäume schienen ihrer Blätterlast müde zu sein.

»Hier in der Wohnung gibt es wenig zu sehen«, sagte Heeger. Er war grau im Gesicht. »Kaum Möbel. Eine Matratze, ein kleiner Schrank, das Bad voller Papiertaschentücher. Eine Nachbarin schimpft über Herrenbesuche. Das Haus gehört der Stadt, die Wohnung soll renoviert werden.«

Hero Dyk nickte und trat zurück. Er wollte die Ermittlungen nicht behindern und setzte sich in Ivys Auto, dessen Schlüssel er in seiner Hosentasche fand. Es beruhigte ihn, hier zu sitzen.

Nach einer Weile stieg Heeger auf der Beifahrerseite ein. »Die Spurensicherung ist jetzt dran«, sagte er. »Vermutlich werden sich einige Herren bald wundern, weshalb wir wissen, dass sie mal hier waren. Doch ich bezweifle, dass uns das bei der Suche nach Behrends helfen wird.«

»Wurde sie …« , begann Hero Dyk und ließ die Frage unvollendet.

»Woher soll ich das wissen?«, klagte Heeger. »Das Problem ist, dass es sehr viele Mädchen gibt, die empört ›Vergewaltigung‹ und ›K.-o.-Tropfen‹ rufen, wenn sie bereuen, was sie in der Nacht getan, getrunken oder genommen haben. Es wäre einfacher für uns, wenn man allen glauben könnte, oder nicht? Würdest du mich zu Andrea Schoon fahren? Ich habe ein paar Fragen an sie.«

Hero Dyk nickte und startete den Wagen.

16

Er fuhr ins Stadtzentrum zurück, hinter dem Bahnhof her zum Schinkel. Sie klingelten, und wieder öffnete Drée das Fenster über der Haustür, um zu sehen, wer unten stand. Niemand sprach zunächst ein Wort. Sie betrachtete die beiden Männer ruhig und sagte schließlich: »Nun?«

»Ist Ihre Tochter zu Hause?«, fragte Heeger ohne Begrüßung.

Drée starrte die beiden weiter stumm an. »Warten Sie«, sagte sie, als es peinlich wurde. Sie schloss das Fenster, kam nach unten und öffnete die Haustür.

»Können wir Ihre Tochter sprechen?«, wiederholte Heeger.

»Nein«, sagte Drée barsch.

»Dürfen wir hereinkommen?«, fragte Hero Dyk.

Drée überlegte und schüttelte dann den Kopf. »Was ist passiert?«, fragte sie Heeger. »Und was will der hier?« Sie wies mit dem Kinn auf Hero Dyk.

»Frau Schoon, einer Freundin Ihrer Tochter ist etwas zugestoßen. Wir haben ein paar Fragen.«

Sie standen unschlüssig vor der Türschwelle.

»Die Kleine von Ivy?«, fragte Drée.

»Sind die beiden befreundet?«, mischte sich Hero Dyk ein. »Wie lange schon?«

»Natürlich«, sagte Drée mit einer seltsam hohen Stimme. Ihr Haar war gepflegt und steif wie Draht, es gab keinen Millimeter nach, wenn sie den Kopf bewegte.

»Wie lange schon?«, wiederholte Hero Dyk. »Ivy wusste nichts von dieser Freundschaft.«

»Ivy also«, sagte Drée empört und wandte sich an den Kommissar. Diesmal wies sie mit dem Finger auf Hero Dyk statt mit dem Kinn. »Die duzen sich!«

»Woher kennen sich die Mädchen?«, fragte Heeger.

»Von der Schule«, sagte Drée.

»Ist Ihnen aufgefallen«, sagte Heeger, »dass die beiden meist sehr elegant gekleidet sind? Woher hat Ihre Tochter so viel Geld?«

Drée legte ärgerlich die Stirn in Falten. »Sie hilft in einer Buchhandlung aus.«

»Das kann nicht stimmen«, sagte Hero Dyk. »Der Inhaber kennt sie nicht einmal. Er hat sie nicht eingestellt. Ihre Tochter hat nur an einem Tag dort gearbeitet.«

»Was wissen Sie über die Männerbekanntschaften Ihrer Tochter, Frau Schoon?«, wollte Heeger wissen.

»Nennen Sie mich Drée«, sagte sie und wirkte in diesem Moment ein wenig hilflos.

Heeger ging nicht auf das Angebot ein. »Frau Schoon, uns würde interessieren, ob Ihre Tochter wechselnde Beziehungen zu Männern hat.«

Drée ließ ein tiefes Lachen hören. »Sie ist ein außergewöhnlich hübsches Mädchen. Sie nimmt sich, was ihr zusteht.«

»Lässt sie sich bezahlen?«, wollte Hero Dyk wissen. »Mit hübschen Kleidern und Schuhen?«

Drée hob die Hände zu einer Geste, die unschuldig wirken sollte. »Solange die Schule darunter nicht leidet … Ich hatte es auch nicht einfach. Das Mädchen arbeitet hart. Was geht es Sie an, wie sie ihr Geld verdient?«

Hinter Drée öffnete sich die Kellertür, und Maik Schoon erschien. Er trug die Pudelmütze auf dem kahlen Kopf, ansonsten nur eine Jogginghose und ein ärmelloses Unterhemd. In der rechten Hand hielt er eine Toilettentasche, in der linken eine Bürste. Er war aschfahl im Gesicht. »Bezahlen?«, fragte er, als wäre es ihm nicht möglich, zu glauben, was er gehört hatte. Als bereitete das Wort ihm körperliche Schmerzen. »Sie lässt sich bezahlen?«

»Sei still!«, herrschte seine Frau ihn an.

»Was ist dem Mädchen passiert?«, wollte er wissen. »Der Freundin von Stassi, meine ich.«

»Sie wurde betäubt, entführt und wohl auch vergewaltigt«, sagte Hero Dyk.

»Drée«, sagte Schoon beschwörend. »Was denn noch?« Er fasste seine Frau hart am Arm.

Sie wand sich unter seinem Griff und sah voller Ekel auf die kräftige Hand.

Da hörten sie eine weitere Stimme im Flur. Anastasia stand auf der Treppe, ihr Gesicht glänzte von einer Creme, sie hatte eine schwarze Augenmaske in die Stirn geschoben und trug einen hübschen Morgenmantel, der nicht zu der abgerissenen Gestalt ihres Vaters passen wollte. »Gehen Sie jetzt!«, befahl sie nörgelnd mit ihrer hohen Stimme. »Gehen Sie! Mir geht es nicht gut. Sehen Sie das nicht? Ich ertrage diesen Lärm nicht. Geht es um Joe? Sie hat gestern viel getrunken und ist mit zwei Kerlen weg. Ich habe sie gewarnt.«

»Kennen Sie eine Katja Rosen?«, wollte Heeger wissen.

»Wer ist Katja Rosen?«, fragte Stassi. Sie lächelte schief. Die rechte Gesichtshälfte blieb unbeteiligt.

»Haben Sie genug gehört?«, kreischte Drée und drückte sich gegen die Haustür.

Hero Dyk hielt den Fuß dazwischen. »Leben Sie da unten im Keller?«, wollte er von Maik Schoon wissen.

Der große Mann nickte.

Sie wandten sich um und gingen. Hinter ihnen schlug die Tür ins Schloss. Hero Dyk atmete tief durch, als ihm ein Auto auffiel, das am Straßenrand geparkt war. Ein dunkelblauer Caddy.

»Vielleicht hat sie Angst«, sagte er und wies auf das Haus der Familie Schoon. »Ich weiß nur nicht, wovor.«

Bevor er weiter darüber nachdenken konnte, läutete sein Mobiltelefon. Auf dem Display erkannte er seinen eigenen Festnetzanschluss.

17

Hero Dyk nahm das Gespräch an. »Ja? Woher haben Sie diese Nummer?« Verstohlen sah er nach Heeger und lächelte unsicher, als dieser aufmerksam wurde.

»Wieso soll ich deine Nummer nicht kennen?«, hörte er die Stimme seiner Mutter fragen.

»Ach, du bist das!«, sagte er. »Ich dachte … na ja … ich dachte, du seist jemand anderes.«

»Ja, hier war ein Mann im Haus, hörst du? Svetlana und ich kamen nach Hause, und da saß ein Mann. War das nicht der Mörder? Er sah aus wie der in der Zeitung.«

»Der was? Ach du jemine! Daran hatte ich nicht gedacht. Gibt es Ärger? Geht es dir gut?«

Heeger sah ihn an. »Ist etwas passiert?«

Hero Dyk winkte ab. »Und wieso seid ihr schon zu Hause?«

Seine Mutter lachte. »Damit hattest du nicht gerechnet, was? Ich habe mich gelangweilt. Erst ein Einbrecher, jetzt ein Mörder … das hat mir gefehlt, weißt du? Ein netter junger Mann war das. Sehr höflich. Und der soll ein Kind getötet haben? Das kann man ja kaum glauben.« Es schwang Skepsis über die Urteilskraft ihres Sohnes in der Stimme mit.

»Ist er weg?«

»Ja, er ist gerade gegangen. Wohin, hat er nicht gesagt. Wir haben noch einen Kaffee zusammen getrunken. Ich soll dir sagen, er würde dir gern irgendwann im Garten helfen, der hätte es nötig. Er hat sich dein Fahrrad geliehen, das ist doch in Ordnung, oder?«

»Mein Fahrrad? Na ja, sicher. Das ist jetzt aber eine andere Meinung als die, die du bisher vertreten hast.«

»Papperlapapp, da kannte ich ihn noch nicht. Und seine Strafe wird er ja wohl bekommen, oder nicht? Er sagte, du willst heute noch auf eine Beerdigung und ich sei ebenfalls eingeladen. Seine Frau sei gestorben, das finde ich merkwürdig. Müsste er da nicht traurig sein? Jedenfalls, ich liebe Beerdigungen. Er sagt, du sollst die Blumen nicht vergessen. Die sehen aus, als ob sie aus unserem Garten seien.«

»Nein, ich denke dran«, sagte Hero Dyk. »Ich komme vorher nach Hause. Du wirkst ganz aufgeregt. Geht es dir wirklich gut?«

Die kleine schwarze Frau schnaubte verächtlich und legte auf.

»Was ist los?«, wollte Heeger wissen, als Hero Dyk zu ihm trat.

»Ich hatte die beiden nicht so schnell zurückerwartet. Die Küche war nicht aufgeräumt. Und ich hatte einen Gast, der bei mir übernachtet hat. Ein Freund, den sie nicht kennt. Jetzt guck nicht so. Der war noch nicht weg. Wir saßen beim Frühstück, als Ivy mich holte.«

Heeger wies mit dem Daumen auf das Haus, das sie gerade verlassen hatten. »Was hältst du davon?«

»Ich frage mich«, sagte Hero Dyk, »wer bei den dreien das Sagen hat.«

»Einen richtigen Fall gibt das derzeit nicht«, sagte Heeger und zählte an den Fingern ab: »Wir wissen, wer vor fünfundzwanzig Jahren den kleinen Markus getötet hat, nur gefasst haben wir ihn noch nicht. Die Lebensgefährtin des Täters ist tot, bei ihr deutet alles auf Selbstmord hin. Und nun dieses Mädchen, das im Haus vergewaltigt wurde, in dem Katja Rosen aufwuchs. Das zumindest könnte ein Fall werden, falls sie uns nichts vormacht. Joe! Was für ein Name ist das denn?«

»Sie heißt Johanna, und sie kann sicher am wenigsten dafür«, protestierte Hero Dyk.

»Was soll dieser Ton nun wieder, Hero? Wir versuchen, ihr zu helfen. Hör zu: Es waren drei Mädchen, die einen Mann sahen, der der Täter sein konnte. Sie sahen sich nicht in der Lage, ihn zu beschreiben. Mittlerweile sind diese drei erwachsen und haben eigene Familien. Und jetzt, nach all den Jahren, fliegt alles auseinander? Warum? Was hat sich geändert?«

»Jan-Peter Behrends hat sich als Mörder zu erkennen gegeben.

Ihr habt seine Speichelprobe genommen. Was hat Drée damit zu tun?« Hero Dyk wies mit dem Finger auf das Haus.

»Sei vorsichtig mit deinen Gesten«, sagte Heeger.

Wie auf Zuruf öffnete sich die Haustür, und Maik Schoon trat heraus, vor Wut schnaubend. »Leck mich!«, rief er völlig außer sich und schlug wild die Tür zu, die jedoch sofort wieder aufgerissen wurde. Drée stand im Rahmen, stemmte die Hände in die Hüften und sah ihrem Ehemann hinterher. Sie hob an, etwas zu rufen, sah jedoch Hero Dyk und den Kommissar, riss sich zusammen und warf die Tür zu.

»Sie mich auch«, rief Schoon den beiden Männern zu, ging an ihnen vorbei, zerrte die Tür des Caddys auf, sprang hinein, startete den Wagen und fuhr in einer Qualmwolke davon. Das alles kam Hero Dyk vor wie eine einzige Bewegung, ohne Zögern oder Innehalten.

Heeger hob die Hand und grüßte das still daliegende Haus, dann gingen sie zu Ivys BMW und fuhren davon. Nachdem Hero Dyk seinen Freund auf der Wache am Kollegienwall abgesetzt hatte, fuhr er zum Marienhospital. Noch im Auto sitzend notierte er sich einen einzigen Satz: *Behrends sagte, er habe Drée später noch sehr gut kennengelernt.*

18

Er fand Ivy in der Notaufnahme, doch sie wollte nicht mit ihm reden, also ließ er ihr bloß den Wagenschlüssel da.

In der offenen Tür hielt er inne und drehte sich noch einmal um. »Kennst du Maik Schoon?«, wollte er wissen.

Sie antwortete nicht. Beachtete ihn nicht einmal.

»Es sieht so aus, als müsste er im Keller leben, während die beiden Frauen den Rest des Hauses für sich beanspruchen. Wie erklärst du dir das? Und was Drée betrifft … ich glaube jetzt, dass sie selbst es war, die Eike Freytag angerufen hat. Damit hätte sie einen Plan, und das alles wäre die Flucht nach vorn. Genau, wie du sagtest.«

Sie schien ihn nicht zu hören.

Draußen vor dem Hospital wählte Hero Dyk die Nummer der Telefonauskunft und wunderte sich ein wenig, dass es so einen Dienst im Zeitalter des Internets noch gab. Er ließ sich mit der Baufirma Heinrich Goswin verbinden, sagte seinen Namen und fragte nach Edgar Lohbeck, dem Geschäftsführer. Er wurde sofort durchgestellt.

Lohbeck meldete sich freundlich und begrüßte Hero Dyk, von dem er schon gehört habe. Natürlich kenne er die Schoons, und selbstverständlich habe er Zeit für ein Gespräch. In einer halben Stunde vielleicht?

Hero Dyk kehrte zu Fuß nach Hause zurück, begrüßte die beiden Frauen seines Haushaltes, ging hinten wieder aus dem Haus heraus und stieg in sein Auto.

Das Bauunternehmen hatte seinen Sitz auf einem Hof an der Pagenstecherstraße mit guter Anbindung an die Autobahn. Die Verwaltung lag in einem alten Ziegelsteingebäude.

Edgar Lohbeck war ein kleiner Mann mit Blähbauch und kräftigem schwarzen Haar um seine hohe Stirn. Er mochte Mitte vierzig sein. Um seine lebhaften Augen lagen Lachfalten.

»Was kann ich für Sie tun?«, fragte Lohbeck zur Begrüßung. Er führte Hero Dyk zu einer Sitzgruppe. »Sicher trinken Sie eine Tasse Kaffee mit mir, oder? Ich bin süchtig nach dem Zeug. Das zumindest gebe ich zu.« Er lachte.

Der Schreibtisch fiel Hero Dyk auf. Es lag kaum Papier darauf, auch kein Familienfoto, nichts Persönliches. Nichts, was den Mann von seiner Aufgabe ablenkte. Oder Besucher von ihm selbst.

»Sicher haben Sie von dem Selbstmord gehört? Die Frau, die vom Kirchturm sprang?«

»Jetzt enttäuschen Sie mich«, sagte Lohbeck. »Ich dachte, sie kämen wegen des Jungen, der ermordet wurde. Die Zeitung schrieb darüber. Im Übrigen teile ich Ihre Meinung.«

Hero Dyk lachte. »Welche Meinung teilen Sie, Herr Lohbeck?«

»Na, dass man vorsichtig sein soll, alte Geschichten auszugraben.«

»Ach das! Ich habe viele Meinungen. Doch richtig, man

muss vorsichtig sein. Warum der Selbstmord? Mich interessiert Andrea Schoon. Sie war in der Nähe, als die Frau zu Tode kam. Sie kennen die Schoons, ist das richtig?«

Lohbeck bejahte. »Ich kenne Maik von früher. Wir haben zusammen Fußball gespielt. Und er hat oft für mich gearbeitet. Ich konnte mich auf ihn verlassen.«

Hero Dyk fragte sehr direkt nach dem Grund für die Beendigung der Zusammenarbeit.

»Hat Drée Ihnen das erzählt? Wundert mich.« Lohbeck zog eine Zigarettenschachtel aus der Brusttasche seines Hemdes. »Darf ich?«, fragte er. »Ist ja mein eigenes Büro, haha. Aber ich frage trotzdem. Also der Maik … das ist ein Pfundskerl. Ein bisschen zu nachsichtig vielleicht, vor allem, was seine Frau angeht. Die Drée ist nicht ganz dicht.«

»Waren Sie privat befreundet?«

»Maik und ich, ja. Wir gingen ab und zu ein Bier trinken. Aber die Frauen weniger. Sie kennen sich, das ja.«

»Warum arbeiten Sie nicht mehr mit ihm?«

Lohbeck sah ihn direkt an. »Hat Drée Sie geschickt?«

Hero Dyk verneinte vehement.

»Sie kennen die Geschichte?«

»Ich möchte sie von Ihnen hören.«

Lohbeck nickte gedankenverloren. »Ich habe meine Frau betrogen«, sagte er und hob dann den Blick. »Mehrmals!« Ein diebisches Lächeln stahl sich auf sein Gesicht. »Die Schoons haben mich erwischt.«

»Wer von den Schoons?«

»Ich weiß nicht. Drée, nehme ich an. Wir hätten Händchen haltend auf einer Bank am Ufer der Hase gesessen. Statt mit mir zu reden, ist sie gleich zu meiner Frau gegangen. Sie ertrage es nicht, zu sehen, wie ich sie betrüge, sagte sie. Frauensolidarität, Sie wissen schon. Wäre sie zuerst zu mir gekommen, hätte ich alles regeln können.«

»Wann war das?«

»Im Frühjahr. Ich bin der Schwiegersohn, verstehen Sie? Das Unternehmen gehört meiner Frau. Sie kann mich auf die Straße setzen.« Er grinste dazu.

»Sie sind erpressbar, Herr Lohbeck«, stellte Hero Dyk fest.

Er gab das zu. »Ich musste meine Sekretärin entlassen und jede Beziehung zu den Schoons einstellen. Das war der Deal. Jetzt läuft es bei uns wieder. Wissen Sie, womit Drée ihr Geld verdiente, bevor sie Maik heiratete?«

Hero Dyk bejahte. »Was ist Maik Schoon für ein Mensch?«

»Ich hätte die ganze Geschichte vergessen und ihm weiter Aufträge gegeben, so ein Mensch ist er. Ein guter Freund. Aber meine Frau wollte davon nichts hören. Drée ist irgendwie falsch in dieser Welt. Sie tut merkwürdige Dinge.«

»Ist Maik aggressiv?«

»Drée ist aggressiv. Maik nur, wenn sie in seiner Nähe ist. Sie hat seinen wichtigsten Kunden verprellt und schimpft ihn jetzt einen Versager.«

»Stimmt es, dass er im Keller lebt?«

Lohbeck sah ihn direkt an. »Das wissen Sie?«

»Ich sah zufällig, wie er nach oben kam, um sich zu rasieren.«

Der Unternehmer dachte nach. »Das Haus ist nicht sehr groß«, sagte er. »Und die beiden Frauen brauchen viel Platz für sich.«

Zu deutlicheren Aussagen war Lohbeck nicht zu bewegen. Er entschuldigte sich mit anderen Terminen.

»Jemand hat bei den Schoons das Wohnzimmer neu gestrichen«, sagte Hero Dyk, bevor er ging. »Wissen Sie, wer der Handwerker war?«

Lohbeck schrieb aus dem Kopf eine Telefonnummer auf einen Zettel. »Der Mann heißt Karl zur Lage. Rufen Sie ihn an. Er ist Geselle in einem Malerbetrieb. Der Mann braucht Geld. Er hat gerade einen Jungen bekommen. Seien Sie nett zu ihm. Ich kann mir nicht denken, dass es ein offizieller Auftrag war.«

»Also inoffiziell?«

»Schwarz«, bestätigte Lohbeck, kniff ein Auge zu und schob Hero Dyk aus dem Büro.

Unten setzte Hero Dyk sich in sein Auto und wählte die Nummer, die er bekommen hatte.

Ein Mann meldete sich. »Ja?«

Er heiße Karl zur Lage, ja.

»Haben Sie für Maik Schoon das Wohnzimmer gestrichen?«
»Hören Sie«, sagte der Mann, »ich mache so etwas sehr ungern. Gibt es ein Problem?« Hero Dyk konnte fast sehen, wie der Mann sich verstohlen umsah. »Ich möchte keinen Ärger.«
»Hat Maik Schoon sich noch mal bei Ihnen gemeldet?«
»Nein«, sagte der Mann. »Wieso? Stimmt etwas nicht?«
Hero Dyk verneinte. Es sei alles in Ordnung. Er suche nach einem billigen Maler, aber wenn ihm das nicht möglich sei …
Der Mann legte auf.

19

Die letzte Beisetzung auf dem Hasefriedhof von Osnabrück fand im Jahre 1995 statt. Seither dient er den Bürgern als denkmalgeschützter Park und zu gelegentlichen Trauerzeremonien. Uralte Bäume schützen die halb verfallenen Gräber und Kammern vor den Blicken aus den umstehenden Wohnhäusern. All das erinnert ein wenig an den Friedhof Père Lachaise in Paris mit seinen berühmten Ruhenden. Auch hier in Osnabrück liegen bekannte Namen begraben, obwohl kaum jemand zu ihren Gräbern pilgert.

Mitten auf dem Friedhof steht eine achteckige Kapelle, deren hohes Gewölbe von acht Säulen getragen wird. Das Licht drang durch bunte Fenster in den weiß getünchten Raum, der von Menschen überquoll. Hero Dyk hörte den Hall von den hohen Sandsteinmauern, und ihm schwindelte. Francisca war ganz aufgeregt, als sie merkte, dass sie einige der Trauergäste aus der Presse kannte, obwohl niemand aus der wirklich hohen Gesellschaft anwesend zu sein schien. Hero Dyk legte den Blumenstrauß auf den Sarg und begrüßte Pfarrer Leineweber, der eine Art Kanzel an der nördlichen Seite des Raumes beanspruchte. Er konnte nicht sagen, ob dies eine katholische oder eine evangelische Kapelle war. Vermutlich beides zugleich.

Ein jüngeres Paar erhob sich, sie boten Francisca und Svetlana ihre Plätze an. Nervös sah Hero Dyk sich um. Drée stand mit ihrer Tochter rechts von ihm, ihr Mann war nirgends zu sehen. »Ich komme gleich zurück«, sagte er zu Svetlana und kämpfte sich durch die Leute, bis er neben ihnen stand. Er legte Drée die Hand auf den Arm, um auf sich aufmerksam zu machen.

Sie erschrak und sah ihn an. »Was wollen Sie schon wieder?«

»Welchen Glauben hatte Katja Rosen?«, wollte er wissen.

»Was?«, sagte Drée und lachte. »Fragen Sie doch den Herrn Pfarrer.«

»Ich frage Sie!« Hero Dyk tippte mit dem Finger auf ihren Bizeps.

»Au«, sagte Drée. »Ich weiß es nicht.«

»Sie war katholisch. Warum, frage ich mich, springt sie dann von einem protestantischen Turm?«

Drée sah ihn überrascht an.

Hero Dyk bedrängte sie erneut. »Weil Sie dort waren, Drée, richtig? Sie beide hatten sich in der Marienkirche verabredet, oder etwa nicht?«

Er blickte ihr in die Augen, sah die blanke Wut und wusste, dass er ins Schwarze getroffen hatte.

»Das ist … Blödsinn!«, rief Drée übertrieben laut. »Lassen Sie das. Hören Sie auf, mich zu belästigen. Wo ist mein Mann?« Sie rief laut nach Maik, doch es kam ihr niemand zu Hilfe.

»Er ist nicht hier, ich habe schon nach ihm gesucht. Er kann nicht helfen. Katja Rosen hat Sie angerufen, nicht wahr? Gleich nachdem Behrends ihr sagte, dass er der Mörder von Markus sei und sich so gut wie gestellt habe. Sie bat Sie um ein Gespräch. Ist es nicht so? Das lässt sich anhand der Verbindungsdaten überprüfen. Was wollte Katja von Ihnen?«

Anastasia zog ihre Mutter fort, doch Drée riss sich empört los, die ersten Leute wurden aufmerksam.

»Sie wissen, dass ich den Strumpf habe«, sagte Hero Dyk laut. »Wie haben Sie das erfahren?«

»Was ist mit dem Strumpf?«

»Ich habe ihn an die Polizei weitergeleitet. Dort wird er kriminaltechnisch untersucht. DNA und so weiter, Sie kennen das sicher. Was, glauben Sie, werden wir an ihm finden? Wird er uns zum Fall Markus Arens führen? Was haben Sie damit zu tun?

Was haben Sie mit dem Fall Katja Rosen zu tun, Frau Schoon? Und weshalb fanden wir Joe Meiffert in einer Mietskaserne, in der Katja früher wohnte?«

»Sie haben sie in der Wüste gefunden?«, fragte Drée und war merklich blasser geworden.

»Sie kennen das Haus?«

»Nein!«, protestierte sie. »Es war Selbstmord. Ich stand unten und habe gesehen, wie sie fiel. Dafür gibt es Zeugen.«

Hero Dyk ließ die beiden Frauen stehen und ging ganz in Gedanken zu seiner Mutter zurück. Er registrierte, dass sich auch Eike Freytag unter den Trauernden befand, der Reporter. Er kümmerte sich nicht darum.

Kriminalhauptkommissar Heeger stand unauffällig auf der linken Seite. Hero Dyk wusste, dass er ein paar Männer draußen auf dem Friedhof postiert hatte, für den Fall, dass Behrends hier auftauchte. Jemand schloss die Tür. Im letzten Moment schlüpfte Maik Schoon herein und sah sich aufmerksam um. Er nahm die Mütze ab und wirkte ziemlich abgerissen und dreckig, obwohl er einen schwarzen Anzug trug. Als hätte er die Nacht im Freien verbracht, statt im Keller, und sich vor der Beerdigung eilig umgezogen.

»Was ist los?«, wollte Francisca wissen. »Du bist ganz bleich.«

Er starrte ihr verwirrt ins Gesicht, und die kurze Zeremonie begann. Eine Frau mittleren Alters sang ohne musikalische Begleitung ein schlichtes, aber wunderschönes Ave Maria, Pfarrer Leineweber sagte ein paar Worte, aus denen hervorging, wie gut er Katja gekannt hatte. Ihren Lebensgefährten erwähnte er nicht. Jeder wusste, dass Jan-Peter Behrends gesucht wurde, und warum.

Schnell, fast hastig, war die Zeremonie vorüber, und die Menschen strömten zurück nach draußen ins helle Spätsommerlicht, um die Lage zu besprechen. Hero Dyk half seiner Mutter. Als er vor die Tür trat, sah er Maik Schoon, der von den anderen Trauergästen unbemerkt, aber entschlossen den Weg Richtung Süden ging, von der Kapelle fort, auf ein steinernes Hochkreuz zu, das dort steht. Ein großer Mann voll nutzloser Kraft, lächerlich anzusehen in seinem schwarzen Anzug und mit der aufgerollten Pudelmütze auf dem Kopf.

Neben dem Hochkreuz wartete jemand. Gegen die Sonne konnte man ihn schwerlich erkennen, aber Hero Dyk kannte die gedrungene Gestalt, und er sah den Strauß Blumen, der locker in der Hand hing. Für den Fall, dass Hero Dyk die Blumen vergessen hätte. Es war Behrends, und er stand völlig ruhig, als wäre er mit einem Freund verabredet.

Da gellte Drées Stimme über den Friedhof, sie rief streng ihren Mann zurück, doch der war nicht mehr erreichbar.

Alle Gespräche verstummten, nur Heegers Anweisungen waren zu hören, Behrends festzunehmen. Eike Freytag sprang in die erste Reihe, ging in die Knie und hielt die Szene mit dem Fotoapparat fest. Auch andere Umstehende zückten ihre Smartphones. Heeger befahl seinen Männern, Maik Schoon aufzuhalten. Die Polizisten rannten ihm hinterher, doch es war zu spät.

Drée schrie ihren Mann an, verzweifelt jetzt.

Schoon hatte unterdessen etwas aus der Tasche gezogen. Ein Messer. Er hielt es in der rechten Hand und spannte den Arm leicht an, um mit mehr Kraft zustoßen zu können. Ein oder zwei Schritte noch ging er auf Behrends zu, der sich nicht rührte. Ein großer und ein kleiner Mann, beide sehr kräftig. Sie hätten Freunde sein können. Der Größere packte mit der linken Hand den rechten Arm des Kleinen, dann stieß er ihm das Messer tief in die Brust.

Maik Schoon trat sofort einen Schritt zurück und sah zu, wie der andere starb. Behrends sank auf die Knie, hob kraftlos die Blumen und ließ sie dann in den Staub fallen, bevor er selbst zur Seite fiel.

Jetzt hatten zwei Polizisten Maik Schoon erreicht und entwendeten ihm das Messer. Er wehrte sich ebenso wenig, wie Behrends sich gewehrt hatte. Als hätten sich beide in ein teuflisches Spiel gefügt. Schoon streckte den Beamten sogar die Hände entgegen, damit sie ihn festnahmen. Einer der Polizisten wollte ihm hastig Handschellen anlegen, bekam sie aber in seiner Aufregung nicht vom Gürtel los. Schoon überragte beide um Haupteslänge. Als seine Hände endlich gefesselt waren, riss er sie hoch und rief laut zur Kapelle hinüber: »Ist das jetzt genug,

Drée? Fragt sie, ob es genug ist. Sie soll sich das mit dem Gelb noch einmal überlegen, bitte.«

Mehr sagte er nicht. Später äußerte er sich zwar zu seiner Person, verweigerte jedoch weiterhin jede gerichtsverwertbare Aussage. Er schwieg ganz einfach.

Hero Dyk sah Heeger neben Behrends knien. Der Kommissar fühlte dessen Puls und rief schließlich per Funk Hilfe herbei.

Francisca schluchzte, und Hero Dyk legte den Arm um sie.

Pfarrer Leineweber trat ins Freie, gefolgt von den Sargträgern. »Was ist passiert?«, fragte er verwundert.

»Behrends wurde erstochen«, sagte Hero Dyk. »Heeger hat jetzt seinen Fall.«

Entschlossen ging der Pfarrer, um den Toten zu ehren. Niemand sonst rührte sich, die Menschen hielten sich zurück. Sie hatten genug Fotos gemacht, die Menge zerstreute sich langsam. Sirenengeheul war zu hören, und die Polizisten führten Schoon fort. Nur Minuten später waren die Sanitäter vor Ort, konnten aber nicht mehr helfen.

Hero Dyk sah, wie Drée sich die Hand vors Gesicht schlug. Sie und ihre Tochter stützten sich gegenseitig und stahlen sich schließlich davon, bevor jemand Fragen stellen konnte. Sie kümmerten sich nicht weiter um Maik. Hero Dyk wäre ihnen gerne nachgegangen, doch Francisca und Svetlana mussten nach Hause gebracht werden.

Heeger trat zu ihnen. »Wieder mal zu spät«, sagte er.

»Jan-Peter Behrends hat letzte Nacht bei mir geschlafen«, gestand Hero Dyk.

Heeger sah ihn durchdringend an. »Du meinst, ich hätte ihn festnehmen können? Er war dein Gast, sozusagen?«

»Wir ahnten ja nicht, was ihm zustoßen würde«, schaltete sich Francisca ein. »Er war ein sehr höflicher junger Mann.«

Als ob das ein Argument wäre!

3. Akt

1

Hero Dyk wusste, dass er sich strafbar gemacht hatte. Er wies Heeger darauf hin, dass Katja Rosen als Katholikin von einem protestantischen Turm gesprungen war. »Sie wäre nicht mit ihrer Handtasche gesprungen«, sagte er. »Sie wäre nicht von einer protestantischen Kirche gesprungen. Sie wäre von überhaupt keiner Kirche gesprungen, um sie nicht zu entweihen. Es war jemand mit ihr auf dem Turm, der heimlich über die Leiter wieder hinuntergestiegen ist.« Er äußerte seinen Verdacht, dass Katja sich mit Drée verabredet hatte, das sei der einzige plausible Grund für sie gewesen, auf den Turm zu steigen. Ob man ihr Handy überprüft habe?

Dafür habe es bisher keinen Anlass gegeben. Heeger neigte besorgt den Kopf und bestellte ihn für den nächsten Tag auf die Wache. Sie bemerkten, dass Eike Freytag aufmerksam wurde. Der Reporter kam auf sie zu, also trennten sie sich.

Hero Dyk und Svetlana führten die kleine schwarze Frau zum Auto. Direkt daneben stand das E-Bike. Behrends hatte es ordentlich abgeschlossen, der Schlüssel lag in der Satteltasche. Hero Dyk ließ es zunächst stehen und fuhr seine Mutter nach Hause, sie musste sich hinlegen, so sehr hatte sie das alles mitgenommen. Er ging zu Fuß zum Friedhof zurück, um sein Fahrrad zu holen. In Gedanken versunken fuhr er in den Schinkel und nahm wieder den Pfad an der Hase entlang, bis er vor Drées Haus stand, das von Polizeiautos belagert wurde.

Resigniert drehte er um und fuhr zum Marienhospital, wo er Ivy fand, die am Bett ihrer Tochter saß. Das Mädchen schlief, der Arzt hatte ihr ein Beruhigungsmittel gegeben. Es war völlig still in dem Raum, das andere Bett war leer.

Ivy schien sich beruhigt zu haben, sie ließ es zu, dass er sich einen Stuhl holte und sich neben sie setzte. »Sie wurde vergewaltigt«, sagte sie. »Mehrfach.« Die Tränen liefen ihr über das Gesicht.

»Verletzungen?«, wollte er wissen.

Ivy schüttelte den Kopf. »Nichts Ernstes.«

»Ich hätte es dir früher sagen müssen.«

Ivy nickte.

»Ich übernehme gern die Verantwortung, wenn es dir hilft.«

Sie sah ihn an, hob hilflos die Hände und schluckte schwer.

Hero Dyk nahm Joes Hand und hielt sie fest. »Ich kenne sie überhaupt nicht.«

»Sie ist ein wunderbares Mädchen«, sagte Ivy.

»Mehr als andere?«, fragte Hero Dyk. Er wollte nicht, dass sie sich in Selbstmitleid verlor.

Ivy hörte auf zu schlucken und dachte eine Weile nach, dann verneinte sie. »Nicht mehr als andere«, sagte sie trotzig. »Nur wunderbar.«

So saßen sie eine Weile.

»Behrends ist tot«, sagte er schließlich, ohne den Blick von dem Mädchen zu wenden oder ihre Hand loszulassen.

Ivy zuckte zusammen. »Wie?«

Er nickte traurig. »Es wird eine weitere Beerdigung geben. Ich dachte, wenn ich ginge, könnte er wegbleiben. Das war so abgemacht, dachte ich. Danach würde er sich stellen. Ich habe für ihn die Blumen auf den Sarg gelegt. Ich wusste nicht, dass er andere Pläne hatte.«

Ivy nahm seinen Kopf in den Arm, Hero Dyk ließ Joe los und fühlte diesen Kloß im Hals. Er konnte nicht sprechen.

»Was ist passiert?«, fragte Ivy.

Sie schien ihm zu verzeihen, und Hero Dyk war dankbar dafür. Er machte sich los, stand auf und wandte sich dem Fenster zu, sodass sie seine Tränen nicht sehen konnte. Sie schwiegen eine Weile. »Maik Schoon hat ihn erstochen.«

»Maik Schoon?« Sie sprach den Namen leise aus und lauschte seinem Klang nach.

Hero Dyk setzte sich wieder. »Es war, als ob beide wussten, was passieren würde. Als hätten sie sich verabredet. Die Zeremonie war zu Ende. Kennst du den Hasefriedhof? Die Kapelle dort? Nicht? Schoon trat als einer der Ersten nach draußen und ging den Weg hinunter. Zum Kreuz. Behrends stand dort, als hätte er gewartet. Die Polizei hatte Leute auf dem Friedhof, die sind nicht blöd. Er wäre niemals entkommen. Doch sie standen zu weit weg, um ihn zu schützen, und Schoon war bereits zu nah an ihn herangekommen. Er zog ein Messer. Behrends hat sich nicht gewehrt. Er ließ sich einfach abstechen, als sei das Teil seines eigenen Plans, als hätte er damit gewonnen. Schoon ließ sich ebenso widerstandslos festnehmen. Er rief seiner Frau zu, ob es jetzt genug sei. Ich glaube, dass er unter gewaltigem Druck stand, aber ich weiß nicht, warum.«

»Hat er Katja vom Turm gestoßen?«

Hero Dyk schüttelte den Kopf. »Ich mag das nicht glauben. Was wäre sein Motiv? Ich glaube, Katja Rosen hatte sich mit Drée verabredet. Überleg doch mal: Ihr Mann hatte gerade einen Mord zugegeben. Dabei hat Behrends womöglich zum ersten Mal den Namen Andrea Schoon erwähnt – und die Rolle, die Drée in ihrer beider Leben gespielt hat. Katja Rosen mag geahnt haben, wer der Mörder war, doch sie wusste nicht, dass Drée es wusste. Natürlich liegt nach so einer Entdeckung der Gedanke an Selbstmord nahe. Doch es gibt noch einen anderen, viel überzeugenderen Grund, zur Marienkirche zu fahren, und der lautet: Drée zur Rede stellen. Was auch immer sie mit ihr zu besprechen hatte, Drées Dienst als Kirchenwächterin hat sie dorthin geführt. Drée selbst hat jedoch ein Alibi. Sie stand mit dem Turmwächter draußen. Sie kann es nicht gewesen sein.«

»Wenn Drée wusste, wer Behrends war, hatte Katja tatsächlich einen guten Grund, mit ihr zu reden«, gab Ivy zu und nahm seine Hand.

Sie saßen noch eine Weile zusammen, während es draußen dunkler wurde. Schließlich erhob sich Hero Dyk und verabschiedete sich. Er konnte hier nicht helfen und fuhr nach Hause.

Seiner Mutter ging es nicht gut. Kopfschmerzen und Übelkeit. Svetlana hatte sie zu Bett gebracht.

2

Am nächsten Morgen fuhr Hero Dyk sehr früh zum Kollegienwall, um seine Aussage zu machen. Er hatte kaum geschlafen, weil er sich die Schuld für alles gab, was geschehen war. Ivy rief ihn auf dem Mobiltelefon an. Joe sei in der Nacht aufgewacht, und ihr ginge es gut. Ivy saß jetzt wieder bei ihr. Das Mädchen sei verstockt und wolle nichts erzählen. Nur dass sie mit Anastasia in einer Diskothek gewesen sei. Sehr früh sei ihr der Film gerissen. Ivy fing zu weinen an, und Hero Dyk versuchte, sie zu beruhigen. Die Schule habe sich gemeldet. Im Internet seien Nacktfotos von Joe aufgetaucht.

»Ich konnte ihr ein paar Informationen über Anastasia aus der Nase ziehen«, sagte Ivy. Sie zog tapfer die Nase hoch. »Die beiden kennen sich tatsächlich von der Schule. Stassi wiederholt das letzte Jahr, sie und Joe sind erst seit Kurzem befreundet. Joe glaubt, dass Stassi sie gezielt angesprochen hat. Das Mädchen hat sich an der Schule sehr isoliert. Sie soll ziemlich extrem sein. Joe hat das imponiert. Hilft dir das?«

»Was heißt extrem?«

»Sie lässt sich von niemandem etwas sagen und reagiert sehr aggressiv. Nicht nur gegen andere, sondern auch gegen sich selbst.«

Hero Dyk dachte nach. »Bei Drée Schoon laufen einige Dinge schief«, sagte er. »Die Firma ihres Mannes geht in den Konkurs, und wir wissen, dass Drée daran nicht unschuldig ist. Ihre Tochter versagt in der Schule. Mich würde der Blick interessieren, mit dem sie in die Welt sieht.«

»Angst«, sagte Ivy. »Mir macht es Angst, wenn ich meine Tochter so sehe.«

»Angst ist gut«, sagte Hero Dyk. »Aber ich habe sie nicht ängstlich gesehen, sondern wütend. Aus Angst und Wut wächst das Verlangen nach Kontrolle. Kontrolle … so heißt das Wort, das mir in den Sinn kommt. Natürlich! Drée will die Kontrolle behalten, das ist das Thema. Es geht nicht einfach nur um Angst, sondern darum, was die Angst mit ihr macht.«

Am Kollegienwall musste er sich wüste Vorwürfe von Heeger

gefallen lassen. Als ob er sich nicht selbst die Schuld an Behrends' Tod gäbe!

»Doch«, sagte Hero Dyk, »er säße jetzt im Gefängnis, wenn ich ihn angezeigt hätte. Katja Rosens Tod wäre allerdings nicht weiterverfolgt worden, oder? Man hätte ihm nicht geglaubt, dass sie ermordet wurde. Und wenn nun genau das sein Plan war? Die Aufmerksamkeit wieder auf seine Frau zu lenken? Ich glaube, er wollte uns zeigen, dass wir es mit zwei Plänen zu tun haben. Mit seinem und mit dem von Drée.«

Heeger schwieg darauf, er war sonderbar milde gestimmt. Er hatte ermittelt, dass Katjas letzter Anruf tatsächlich Drée gegolten hatte. Es war ihm peinlich, diese Spur übersehen zu haben. Es habe keinen Anlass gegeben, das zu prüfen, entschuldigte er sich.

Nachdem Heeger ihn entlassen hatte, fuhr Hero Dyk nach Hause und lud seine Mutter und Svetlana in sein Auto. Es war noch früh am Morgen. »Lasst uns im Café am Markt frühstücken«, sagte er, ihm fehle etwas Ablenkung.

Die beiden Frauen freuten sich ebenfalls über die Abwechslung. Es war ein wunderbarer Morgen, noch ein wenig frisch, aber das Licht war warm und freundlich. Die Terrasse unterhalb der Marienkirche war bereits geöffnet und gut besucht.

Maria war begeistert, als sie den bekannten Dichter erneut unter ihren Gästen sah. »Haben Sie die Zeitung gelesen?«, wollte sie wissen. »Waren Sie bei der Beerdigung, Herr Dyk? Ja? Erzählen Sie doch mal!«

Er hatte nicht viel zu erzählen, hielt lieber Zwiesprache mit seinem Notizbuch, und Maria fragte enttäuscht nach Kaffee oder Tee, ließ aber demonstrativ die Zeitung auf dem Tisch liegen. Svetlana ging, um sich am Büfett zu bedienen. Mit einem unsicheren Blick auf seine Mutter griff Hero Dyk nach dem Lokalblatt.

»Bitte nicht«, sagte die kleine schwarze Frau. »Das ist unhöflich.« Francisca forderte die ihr in der Öffentlichkeit zustehende Aufmerksamkeit.

»Hör zu«, sagte er und zeigte auf das Titelfoto, das schien sie zu besänftigen. Ihre Neugier siegte.

Das Foto zeigte aus einiger Entfernung Maik Schoon, der auf Behrends zuging. Rechts und links sah man die verfallenden Gräber des Hasefriedhofs, was sich auf der Titelseite sehr gut machte. Ein anderes Bild zeigte Drée und ihre Tochter, die vor dem eigenen Haus standen und einen völlig überrumpelten Eindruck machten. Es war Eike Freytag offensichtlich noch vor der Polizei gelungen, die beiden Frauen zu interviewen.

»Was steht denn da?«, wollte seine Mutter wissen.

Hero Dyk las den Artikel vor. Er enthielt nichts Neues, doch wurde ziemlich offen vermutet, dass Schoon auch Katja Rosen getötet habe.

»Dieser Maik?«, fragte seine Mutter. »Warum hätte er das tun sollen?«

»Das frage ich mich auch«, sagte Hero Dyk. »Da glaube ich lieber doch an Selbstmord.«

Svetlana brachte das Frühstück für sich und Francisca.

»Was sagt die Zeitung?«, wollte sie wissen.

Hero Dyk erhob sich und wies auf seine Mutter. »Sie kann es Ihnen sagen.« Er ging hinein zum Büfett und stieß auf Maria, die ihn aufhielt. Sie balancierte auf einer Hand ein Tablett mit dem Kaffee, der Hero Dyk in diesem Moment mehr interessierte als ihre Spekulationen.

»Was sagen Sie zu dem Artikel?«

»Spannend«, sagte er.

»Erzählen Sie mir doch etwas mehr!«

»Was denn?«

»Egal. Etwas, das die anderen nicht wissen.« Sie zwinkerte ihm kokett zu und behielt trotzdem das Tablett in der Balance.

»Ich weiß nicht mehr als die Zeitung«, sagte Hero Dyk und versuchte, an ihr vorbeizukommen.

»Dann sage ich Ihnen auch nichts«, flötete Maria und trug den Kaffee nach draußen.

Hero Dyk machte auf dem Absatz kehrt und folgte ihr. Er setzte sich wieder an den Tisch. »Jetzt sagen Sie schon!«

»Sie zuerst«, flötete Maria und verteilte kalt lächelnd die Kaffeetassen.

»Was denn?«, schaltete sich Francisca ein.

»Na schön«, sagte Hero Dyk. »Ich glaube nicht, dass es Schoon war, der die Frau vom Turm gestürzt hat.«

»Wer denn sonst?« Maria wies auf das kleine Foto. »Die etwa? Warum?« Sie zeigte auf Drée.

»Andrea Schoon? Nein. Die hat ein Alibi. Sie stand unten, als die Frau fiel.«

»Ach so?« Maria klang enttäuscht. »Sie war heute Morgen hier.«

»Andrea Schoon hat hier gefrühstückt?«

Maria nickte. »Sie wollte nur einen Kaffee. Sie saß dort hinten, als ich die Stühle aufstellte.« Maria wies auf einen kleinen Brunnen direkt neben dem Café. »Ich glaube, sie saß schon eine Weile da. Ihr war schrecklich kalt, und sie hatte die Zeitung dabei.«

Ein Gast an einem Nebentisch wollte bezahlen.

»Und wo ist sie jetzt?«, fragte Hero Dyk.

»Ich glaube …« Maria zog den Satz eitel in die Länge wie der Moderator einer Castingshow.

»Jetzt reden Sie endlich!«, fuhr Francisca sie an.

»Ich glaube, sie ist zur Kirche gegangen«, sagte Maria patzig und trug ihr Tablett davon.

3

Svetlana goss ihm eine Tasse Kaffee ein. »Trinken«, befahl sie.

Hero Dyk nahm artig einen Schluck und stellte die Tasse zurück. »Sie ist dadrin«, stellte er fest. »Drée Schoon ist in der Kirche.«

»Was will sie dort?«, fragte die kleine schwarze Frau.

Hero Dyk lehnte sich in seinem Stuhl zurück und nahm einen weiteren großen Schluck Kaffee. »Was sie dort will?«, grübelte er. »Tja …«

»Also, wenn du mich fragst …« , sagte Francisca.

Hero Dyk war schneller, und er sprang auf. »Die Kontrolle!«, rief er erleichtert, da er nun wusste, wie es weiterging.

»Was ist?«, wollte seine Mutter wissen.

»Kontrolle. Du weißt, was das ist«, erklärte Hero Dyk. »Wenn sich jemand selbst tötet, dann geschieht das manchmal in böser Absicht. Sie will die Kontrolle zurück. Das ist es. Um jeden Preis. Wirklich jeden.« Er zog sein Telefon aus der Tasche und wählte die Nummer des Küsters, doch es meldete sich niemand. »Svetlana, rufen Sie Heeger an. Sagen Sie ihm, dass Andrea Schoon in die Kirche eingedrungen ist. Sie versteckt sich dort. Ich weiß nicht, was sie vorhat, aber es kann nichts Gutes sein. Und Svetlana, seien Sie überzeugend. Er soll herkommen. Sofort.«

Sie protestierte.

»Tun Sie, was ich Ihnen sage«, herrschte Hero Dyk sie an.

»Mein Junge!«, empörte sich Francisca.

Er ließ die beiden Frauen allein.

Auf dem Marktplatz spielte eine britisch gekleidete Militärkapelle schottische Märsche auf dem Dudelsack, als Hero Dyk eintraf. Sie begleiteten ein Paar, das auf dem Standesamt heiraten wollte. Freunde standen herum und sorgten dafür, dass die beiden sich tatsächlich trauten. Die Braut kreischte vor Vergnügen.

Das Portal stand offen. Hero Dyk trat ein und sah sich um. Drée war weder hier noch sonst wo, niemand bewachte das Haus Gottes. Er rief nach ihr, bekam jedoch keine Antwort. Die Kapelle auf dem Marktplatz spielte furchtlos ein deutsches Volkslied mit schottischem Klang.

Hero Dyk ging zurück in die Kirche und wählte erneut die Nummer des Küsters.

Diesmal hörte er seinen eigenen Anruf. Ein Handy klingelte. Er sah hoch zum Orgelboden und erinnerte sich an die Empore, die der Küster ihm gezeigt hatte. Ihm fiel die Küche ein.

Dort fand er den großen Mann auf dem Fußboden. Der Küster lag bewusstlos auf den Fliesen, das Handy klingelte in seiner Hosentasche. Hero Dyk konnte keine Verletzung feststellen. Der Puls flackerte, war aber spürbar. Er nahm sein Handy und wählte die Nummer von Svetlana.

Sie nahm das Gespräch sofort an. »Wo sind Sie, Herr Dyk?«

»Lassen Sie mich reden, Svetlana«, fuhr er ihr barsch über den Mund. »Es gibt hier einen Verletzten.«

»Nu?«, machte sie, hörte aber zu.

»Ich bin in der Kirche«, sagte Hero Dyk. »Es gibt hier eine Küche …«

»Küche?«, fragte sie interessiert.

»Ja, es gibt eine Küche in dieser Kirche. Da liegt ein Mann. Er ist bewusstlos. Haben Sie Heeger erreicht?«

Sie bejahte. Er sei gleich hier.

»Rufen Sie ihn bitte nochmals an. Gehen Sie über den Notruf, wenn bei ihm besetzt ist. Wir brauchen einen Krankenwagen. Sagen Sie Heeger, dass Andrea Schoon auf dem Turm ist.«

»Krankenwagen ist gut«, sagte Svetlana. »Wir kommen.«

Hero Dyk legte auf, statt mit ihr zu diskutieren. Er stürmte die Treppe hoch zum Orgelboden. Kein Orgelschüler war zu sehen. Nichts. Niemand da. Mit großer Wut hatte jemand eines der Kirchenmodelle gegen eine Wand geworfen, es lag in Stücke geschlagen in einer Ecke. Hero Dyk fand die Wendeltreppe und rannte hoch, bis er den nächsten Boden erreichte. Die Orgelpfeifen, richtig.

Doch es stand keine Leiter mehr dort. Die Luke war geschlossen, wie es sich gehört. Hier war niemand nach oben geklettert. Von hoch oben hörte er wie zum Hohn den gewaltigen Schlag der Kirchenglocke. Er stellte sich das schrankgroße Uhrwerk über seinem Kopf vor, die goldfarbenen Zahnräder und die blau schimmernden Hebel. Jede Wirkung ließ sich auf genau eine Ursache zurückführen. Ordnung statt Chaos. Ganz anders als im Leben.

Er eilte nach unten in den Kirchraum zurück, von dort auf den Marktplatz. Und tatsächlich war die Tür zum Turm unverschlossen. Hero Dyk hetzte die Stufen hoch, bis er den Wellenboden erreichte, etwas oberhalb des Uhrwerkes. Schwer atmend hielt er inne.

Der Raum war in warmes Morgenlicht getaucht. Kein Hinterhalt zu sehen, niemand wartete auf ihn. Es gingen dort oben mehrere Stege in verschiedene Ecken des Raumes ab, er erinnerte sich an das Satteldach und die Brücke aus Stahl, die die Touristen nutzen, wenn sie vom Marktplatz aus hochsteigen. Er stürmte die Treppe weiter nach oben, jede Vorsicht außer

Acht lassend, vorbei an den Glocken bis zur Aussichtsplattform. Zögernd trat er nach draußen. Es war ein klarer Morgen, das Licht voller Kontrast.

Er schaute nach rechts und links, doch auch hier war niemand zu sehen. Er rief Drées Namen, erhielt aber keine Antwort. Ein paar Schritte ging er nach rechts, dann blieb er stehen und lauschte, ob jemand von der anderen Seite kam, um an ihm vorbei die Flucht über die Treppen zu suchen.

Nichts. Hier war niemand, der sich das Leben nehmen wollte. Er blickte tief nach unten, es war keine Leiche zu sehen. Hero Dyk atmete erleichtert durch.

Beherzt lief er noch einmal um den Turm herum. Die Aussichtsplattform war leer wie die ganze Kirche, also ging er wieder hinein. Er sah nach oben, doch die Leiter, die zum Reinigen des Daches weiter hoch ins Dunkel führt, war hochgezogen. Auch dort war niemand zu sehen.

Unsicher stieg Hero Dyk nach unten.

Als er den Wellenboden erreichte, fiel ihm am hinteren Giebel eine Tür auf, die weit offen stand, als ob sie auf ihn wartete. Ein Holzsteg führte geradewegs darauf zu, lose Holzbretter, die auf den Dachbalken lagen. Hero Dyk tastete sich voran und fasste Mut, da die Planken sich als stabil erwiesen.

Die Tür führte auf das Dach hinaus. Eine Regenrinne aus Blei lag zwischen zwei Schiffen der Kirche, darüber der blaue Himmel. Gleich gegenüber sah er eine ganz ähnliche Tür in einem anderen Dachgiebel, knapp einen Meter entfernt und ebenfalls weit geöffnet. Eine Brücke gab es nicht. Man musste die Kluft mit einem langen Schritt überwinden. Unten hörte Hero Dyk die Kapelle spielen. Sie stimmten »Auld Lang Syne« an, was nun wirklich nicht zu einer Hochzeit passt. Es ist ein Trauerlied zum Gedenken an die Toten.

Hinter sich hörte Hero Dyk jemanden seinen Namen rufen. Er drehte sich um und sah Svetlana, die keuchend die Treppe hochkam. »Warten Sie!«, verlangte sie außer Atem.

»Weshalb laufen Sie mir nach?«

»Der Mann unten«, keuchte sie. »Küster. Mutter ist bei ihm. Hat mich hochgeschickt.«

Wenigstens ist meine Mutter unten geblieben, dachte Hero Dyk. Doch es kam noch jemand die Treppe hoch.

»Ivy, verdammt, was suchst du hier?«

»Frag nicht«, keuchte sie ebenso wie Svetlana. Der enge Rock und die hohen Absätze hatten ihr das Rennen sicher nicht leicht gemacht. Ihre Jacke war an einer Seite voller Mauerstaub, den sie sich abklopfte. Über der Schulter trug sie die übliche Handtasche. »Sie hat mich angerufen«, sagte sie und wies auf Svetlana. »Ich war ganz in der Nähe.«

»Angerufen?«, fragte Hero Dyk. »Aber woher kannten Sie Ivys Telefonnummer?«

Beide Frauen zogen einträchtig die Schultern hoch und hoben die Hände. Hero Dyk seufzte ergeben.

Von unten waren jetzt mehrere Polizeisirenen zu hören, deren Rhythmus gegeneinander schrillte.

Hero Dyk wies auf die Kluft zu seinen Füßen. »Das ist gefährlich«, rief er und sprang über das Dach und durch die gegenüberliegende Tür, hoffend, dass die Hürde den beiden Damen zu viel Respekt einflößen würde, um sie zu überqueren. »Bleibt zurück!«

Der Steg führte über dem Kirchenraum entlang. Direkt unter sich erahnte Hero Dyk die Bänke. Jemand hatte das Licht eingeschaltet, mehrere Glühbirnen leuchteten von den Stützbalken herunter und verliehen ihnen ein warmes goldenes Schimmern. Wie schon im Raum zuvor waren die Planken auf den Querbalken verlegt, sie spannten sich über die gemauerten Kuppeln hinweg, die von unten gesehen die Gewölbe der Kirche bildeten. Rechts und links gingen die Querschiffe ab.

Weiter hinten sah Hero Dyk eine Gestalt hocken. »Drée Schoon?«, rief er, bekam jedoch keine Antwort. »Andrea?«

Er glaubte, ein Jammern zu hören, das von lautem Fluchen auf Russisch übertönt wurde. Svetlana und Ivy hatten die Giebeltür erreicht. Hero Dyk glaubte sich auf dieser Seite des Daches sicher vor ihnen, doch Ivy überwand den Abgrund mit zwei schnellen Schritten auf ihren hohen Schuhen, gleich darauf sprang auch Svetlana über das Hindernis. »Nicht ohne mich«, grummelte sie.

Hero Dyk drang weiter vor. Die Gestalt hockte oben auf einem der Gewölbe, sie hatte ein Holzschild beiseitegeschoben, wie man es nutzt, um einen Brunnen abzudecken. »Was tun Sie da?«, fragte Hero Dyk.

Drée Schoon sah ihn an und wimmerte leise, dann fuhr sie sich mit der Hand über das Gesicht, wie um sich zu besinnen. Sie hockte am Rande eines Loches von weniger als einem Meter Durchmesser, das sich dort befand, wo man einen Schlussstein erwarten würde. Hier jedoch hatte man der Konstruktion mit Ringschlusssteinen die nötige Stabilität gegeben und besagtes Loch offen gelassen, zu Lüftungszwecken oder um Dinge heraufziehen und herunterlassen zu können. Es gibt mehrere solcher Himmelslöcher in jeder Kirche, sei es zu bautechnischen oder zu liturgischen Zwecken.

»Wer ist das?«, fragte sie und wies an Hero Dyk vorbei, als ob sein Erscheinen weniger überraschend wäre als das von Ivy und Svetlana.

»Ich bin es, Ivy«, hörte er.

»Die andere gehört zu mir«, erklärte Hero Dyk. Die Schuhe der beiden Frauen klapperten über den Steg. »Sie heißt Svetlana.«

Drée trug Sportschuhe, einen knielangen Rock und eine feste Lederjacke.

»Was tust du da?«, fragte nun Ivy.

»Komm nicht näher«, sagte Drée. »Das Gewölbe trägt nicht mehr als eine Person.«

Hero Dyk glaubte ihr und hielt sich zurück. Wer hätte ihr nicht geglaubt? Sie schwiegen eine Weile. Die Kapelle hatte aufgehört zu spielen, dafür hörte man von unten gereizte Männerstimmen heraufschallen.

»Was ist dem Küster passiert?«, fragte Hero Dyk in die Stille hinein.

Drée stieß abfällig die Luft aus. Sie hob den Kopf und sah sich verträumt um. »Ich komme gern hierher«, wich sie aus. Sie beugte sich weit nach vorne, um in das Loch zu sehen, kam wieder hoch und deutete nach unten. »Direkt dort ist das Chorgewölbe«, sagte Drée. »Das Triumphkreuz ist von oben besonders hübsch. Niemand weiß, dass ich oft hier sitze und zusehe. Ich bin eine verlässliche Kirchenwächterin.« Sie sprach wie zu sich selbst, dann sah sie Hero Dyk an. »Ich bin oft hier«, wiederholte sie. »Der Küster? Der stand im Weg. Er wird wieder wach, keine Sorge. Ich habe so einen Elektroschocker bei mir, damit ich mich verteidigen kann, wenn ich nachts allein nach Hause gehe.«

»Und Katja?«, rief Ivy.

»Katja?«, sagte Drée, als hörte sie den Namen zum ersten Mal. Sie sah weiter Hero Dyk an.

»Ja«, sagte der. »Was hat sie Ihnen getan?«

Drée lachte tief und freudlos. »Sie hatten völlig recht, Herr Dyk. Mit der Handtasche, meine ich. Maik konnte ihr das Ding nicht entreißen, als sie sprang. Das hat er mir gesagt. Ich glaube auch, eine Frau würde ihre Tasche zurücklassen, wenn sie springt.«

»Ist sie denn gesprungen? War Ihr Mann auf dem Turm? Wir wissen, dass Sie und Katja zuvor miteinander telefoniert haben.«

Drée lachte hässlich und robbte langsam um das Loch herum, sodass es zwischen sie und die drei anderen kam. »Ich habe die beiden zusammengebracht«, sagte sie.

»Was bedeutet das?«, fragte Hero Dyk.

»Haben Sie eine Zigarette?«

Er schüttelte den Kopf.

»Schade«, sagte Drée.

Ivy warf ihr eine halb volle Schachtel und ein Feuerzeug zu. Die Frau schien stets das in ihrer Tasche zu haben, was nötig war. Drée zündete sich eine an und sog gierig am Filter. »Danke«, sagte sie.

Die anderen warteten, dass sie weitersprach.

»Ich hatte ihn damals erkannt, unseren Jan-Peter«, sagte sie. »Ich kannte ihn aus dem Heim.«

»Das weiß ich«, sagte Hero Dyk sanft. »Es stand in der Zeitung.«

Drée sah ihn nun aufmerksam an. »Dort stand nicht, dass ich ihn erkannt hatte. Und nicht, dass ich ihn später erpresst habe.«

»Womit hat er bezahlt?«, fragte Hero Dyk.

Sie hielt die Zigarette hoch und wies mit der anderen Hand darauf. »Zigaretten«, sagte sie. »Alkohol. Gefälligkeiten.«

»Was für Gefälligkeiten?«

»Er war mein Erster.« Drée lachte wieder. »Zu meinen Bedingungen.«

Hero Dyk versuchte, sich die Bedingungen vorzustellen, seine Phantasie erwies sich jedoch als kleinlich. »Was noch?«

»Lappalien«, sagte sie. »Nur Kleinigkeiten, dabei hätte ich viel mehr verlangen können. Ich bin viel zu großzügig. Ab und zu trafen wir uns in einer Diskothek, da bezahlte er die Drinks. Du«, sie wies auf Ivy, »du warst einmal dabei, das weiß ich noch. Was für ein Spaß, als ich sah, dass du ihn tatsächlich nicht erkanntest. Ich glaube, das war der Tag, an dem er Katja kennenlernte.«

»Du hast die beiden zusammengebracht?«, empörte sich Ivy.

Drée nickte. »Das war der Spaß daran. Doch er drehte den Spieß um«, sagte sie.

»Wie das?«, wollte Hero Dyk wissen.

»Er spielte einfach nicht mehr mit, der Scheißkerl. Er sagte, noch würden die Leute es mir verzeihen, falls sie erführen, dass ich einen Kindsmörder decke. Dass ich mein Wissen zur Erpressung nutze. Noch sei ich jung und hübsch, doch je älter ich würde, umso weniger Verständnis hätten sie. Ich will nicht verlieren, was ich habe.«

»Das hat Ihnen sicher Angst gemacht«, ging Hero Dyk auf sie ein. Er kratzte sich an seinem kurz geschorenen Schädel.

Drée lachte laut auf. »Ich weiß nicht, was Angst ist. Doch der Gedanke daran hat mich nie wieder losgelassen. Den Beweis für die Tat hatte nun er, nicht ich.«

In dem Moment stürmten andere Männer unter das Dach, Polizisten, allen voran Karl Heeger.

»Nicht!«, rief Hero Dyk. »Wartet.«

Heeger hielt seine Männer zurück.

»Ich werde springen«, sagte Drée ruhig und wies auf das Loch vor sich.

»Sie dürfen Ihre Tochter nicht alleinlassen«, wandte Hero Dyk ein.

Drée lachte dreckig. »Nein, das darf ich nicht«, sagte sie.

Hero Dyk spürte, wie die Polizisten hinter ihm schrittweise näher kamen.

»Bleiben Sie dort stehen, Herr Kommissar«, sagte Drée. »Wagen Sie es nicht, näher zu kommen! Hier vorne ist schon ein rechtes Gedränge.«

»In Ordnung«, rief Heeger. »Wir bleiben zurück.«

Drée zog ein letztes Mal an der Zigarette und warf die Kippe durch das Loch in die Kirche hinein. Unten protestierte jemand lautstark. Sie schlang die Arme um ihren Oberkörper, als ob ihr kalt wäre, und zog den Reißverschluss bis zum Hals hoch. Das Leder der Jacke knirschte leise, sie war aus sehr hochwertigem Material gefertigt.

»Sie haben an Katja Rosen ein großes Unrecht begangen, stimmt das?«, mutmaßte Hero Dyk, um ihr eine Brücke zu bauen.

Sie nickte. Ein Wimmern drang unwillkürlich aus ihrer Brust, dann ein Schluchzen.

Selbstmitleid, dachte Hero Dyk. Krokodilstränen.

»Jetzt reißen Sie sich zusammen«, schnauzte er unerwartet harsch. »Erzählen Sie, was Sie getan haben. Trauen Sie sich endlich, das hilft. Und sparen Sie sich das Selbstmitleid.«

Sie nickte eifrig und hatte sich schnell wieder im Griff.

»Was war mit Katja Rosen?«

»Ach, Katja«, seufzte Drée. »Die heilige Katja. Ich fand sie zum Kotzen, Ivy, wusstest du das? Kennen Sie diese Mädchen, Herr Dyk, die alles und jeden beschützen wollen? Weltfrieden und so? Absolut lachhaft. Früher wurde so was Nonne. Scheinheilig! Ihr seid eine einzige Enttäuschung für mich gewesen.« Sie spuckte in die Kirche hinunter.

Ivy fühlte sich angesprochen, da sie sich zuvor ganz ähnlich geäußert hatte. »Sie war immer gut zu dir«, sagte sie empört.

Hero Dyk ging dazwischen. »Kennen Sie die Mietskaserne, in der Joe festgehalten wurde?«

Wieder erklang Drées böses Lachen. »Ich weiß nicht, wo man sie gefunden hat. Damit habe ich nichts zu tun. Meine Stassi ist nicht schlecht, hörst du? Ivy? Aber deine ... die macht nicht viel Spaß, oder? Ist es nicht so?«

»Nein«, sagte Ivy kleinlaut. »Spaß macht das nicht mehr.«

»Siehst du? Du hast nichts Besseres verdient. Deine Arroganz kann mir egal sein.«

Ihre maßlose Wut rief ein entsetztes Schweigen hervor. Hero Dyk spürte, wie Svetlana die Hand auf seine Schulter legte.

»Ich mochte dich einfach nicht«, gab Ivy zu.

»Und was haben wir nun davon?«, schrie Drée.

»Sagen Sie doch, was Sie Katja angetan haben«, schlug Hero Dyk vor.

»Ich habe die beiden zusammengeführt«, sagte Drée und lachte. »Ich habe der heiligen Katja einen Mörder geschenkt!«

»Lassen Sie Gott aus dem Spiel«, sagte Hero Dyk.

»Schon gut, schon gut«, gab sie nach. »Ich hab ihm fleißig genug gedient mit all diesen Kirchenwachen, all den guten Taten. Ich dachte, dass es spaßig wäre, die beiden miteinander zu verkuppeln. Er hatte so traurige Augen. Ich wusste, dass Katja denen nicht widerstehen konnte. Und am Ende hatte ich recht, oder? Hatte ich recht oder nicht?« Voller Stolz blickte sie auf ihr Publikum.

»Doch sie lebten glücklich«, warf Hero Dyk ein.

»Die Scheiße, ja. Sie waren glücklich. Zum Kotzen. Das war nicht geplant.«

»Sie haben Behrends gesagt, wer Katja war.«

Drée kicherte, als ob sie betrunken wäre. »Ich habe es ihm gesagt, ja. Später. Um sie wieder auseinanderzubringen. Hat aber nicht geklappt.«

»Und Katja? Wusste sie es?«

Drée schüttelte den Kopf. »Sie hat es nicht gewusst, denke ich. Sie hätte ihm verziehen! Gewusst hat sie es erst an dem Tag, als er an dem Speicheltest teilnahm. Sie rief mich an und beschimpfte mich. Ich würde mit dem Leben anderer Menschen spielen, sagte sie. Klar tue ich das! Sie wollte mich sehen. Sofort. Ich hatte Kirchendienst, also musste sie hierherkommen. Auf den Turm, den kenne ich sehr gut. Ich liebe diesen Turm.« Sie blickte sich um, als wäre er das Werk ihrer eigenen Hände. Sie zog Ivys Zigaretten hervor und zündete sich eine an. Den Rauch inhalierte sie tief und mit Genuss, dabei legte sie den Kopf in den Nacken, verzog das Gesicht zu einem Grinsen und blickte in die Runde, als wollte sie ganz sichergehen, dass jeder sie sah. Dann ließ sie den Rauch langsam durch ihr Nasenloch wieder heraus.

»Und oben wartete Ihr Mann auf Katja?«, schlug Hero Dyk vor.

Drée nickte.

»Sie nickt, Heeger. Hast du das gesehen?«

Von hinten kam ein Grunzlaut als Bestätigung.

»Wie haben Sie ihn dazu gebracht?«

Drée hob ihre Hände in einer unschuldigen Geste. »Ich habe ihn angerufen. Er kam sofort. Wie immer. Ich kann mich auf Maik verlassen. Immer. Er ist für mich da.«

»Wie kam er hoch? Niemand sah ihn auf den Turm steigen.«

»Er kennt sich aus. Ich habe ihm eine Seitentür geöffnet, dann bin ich rausgegangen, um mit dem Turmwächter zu reden. Das war mein Alibi.«

»Und dann schickten Sie ihn zu Katja nach Hause, um den Strumpf zu stehlen«, sagte Hero Dyk. »Und auch zu mir.«

Sie lachte. »Es war *sein* Plan, den Autor einzubinden, damit habe ich nichts zu tun.« Sie dachte einen Moment lang nach. »Nun denn … der Strumpf also.«

Hero Dyk wartete, dass sie weitersprach.

»Es war *sein* Strumpf. Ich fand ihn, als ich damals noch einmal zurückging. Er hing in einem Busch, gleich dort, wo es passiert war. Ich habe den Jungen gesehen, verstehen Sie? Noch bevor die Polizei ihn fand. Er war schon tot, niemand konnte ihm noch helfen. Am nächsten Tag zeigte ich Jan-Peter die Socke, um zu beweisen, dass ich ihn erkannt hatte.«

»Was ging schief?«, wollte Hero Dyk wissen.

»Ich habe den Strumpf bei ihm gelassen«, sagte Drée.

»Weshalb? Das war ein Beweis.«

»Ich wollte den Kerl nicht der Polizei ausliefern. Ich wollte Zigaretten von ihm.« Sie betrachtete die Glut in ihrer Hand. »Er sollte sich nur nicht herausreden können. Damals wusste ich noch nichts von DNA-Beweisen. Der Strumpf hatte für mich keinen Wert mehr.«

»Doch er hat den Strumpf aufbewahrt?«

»Sieht so aus. Mit meinen Spuren dran und vermutlich denen von Markus. Künstlerpech. Niemand hat mir etwas von DNA gesagt. Als ich irgendwann begriff, dass der Strumpf mich mit dem Mord in Verbindung bringen würde, da bin ich zu ihm gegangen. Er sagte, er habe ihn sorgfältig aufbewahrt. Und jetzt, sagen Sie, hat ihn die Polizei.«

»Danach also hat Ihr Mann gesucht?«

Sie nickte. »Jan-Peter schrieb mir einen Brief, darin stand, er habe den Beweis für mein Mitwissen an Sie geschickt, Herr Dyk. An den berühmten Schriftsteller, der in der Zeitung Verständnis für den Kindsmörder geäußert hatte. Er muss ihn noch am Tag von Katjas Tod zur Post gebracht haben.«

»Besitzen Sie den Brief noch?«

Sie zog an der Zigarette, inhalierte tief und schüttelte den Kopf.

»Deshalb hat Ihr Mann mich beschattet?«

»Richtig. Wir blieben an Ihnen dran, so haben wir Jan-Peter gefunden. Leider geriet auch Maik außer Kontrolle.«

»Sollte er Behrends töten? War das Ihr Plan?«

»Er sollte mir diesen Strumpf besorgen. Das verstehen Sie doch, oder?«

»Verstehen ist zu viel gesagt«, wich Hero Dyk aus.

»Aber ihn gleich umbringen? Wer kommt denn auf so etwas? Es fing mit Katja an, das war mein Fehler. Kurzschluss. Sie rief mich an und wollte mich mit hineinziehen. Das konnte ich nicht zulassen. Sie hätte meinen Ruf ruiniert! Alles, was ich geschafft habe im Leben. Vernichtet, verstehen Sie? Die schöne Urkunde als verdiente Bürgerin hätte mir nichts genützt. Dabei war es Jan-Peter, der damals den Mord begangen hat. Mich trifft keine Schuld daran, habe ich recht? Ich rief Maik an, um seinen Rat zu holen. Nur seinen Rat. Und ich habe ihm die Tür geöffnet, das gebe ich zu. Ich glaubte, er wolle mit ihr reden. Nur reden!«

Hero Dyk nickte und erhob sich aus seiner unbequemen Hockposition. Er streckte sich. »Es passt alles«, sagte er. »Ihr Mann wollte Sie schützen, das war sein Motiv. Er war kräftig genug, um Katja über die Brüstung zu zwingen, und Sie haben ihm die Gelegenheit dazu verschafft, indem Sie ihn anriefen und ihm die Tür öffneten. Gestern wurde er erneut zum Mörder. Und all das wegen eines Strumpfes? Wissen Sie was?« Hero Dyk sah sich um. Er betrachtete das warme Licht auf den

Dachbalken, die weiß getünchten Kuppeln am Boden und das hässliche Loch. »Ich glaube Ihnen nicht. Das passt alles viel zu gut, und doch fehlt etwas. Was ist mit dem Mann, den Sie die Treppe hinuntergeworfen haben, bevor Sie Maik Schoon heirateten?«

Drée besann sich einen Moment und legte den Kopf schief, als lauschte sie auf ein Geräusch, dann seufzte sie und erhob sich. »Ich dachte mir, dass Sie mir nicht glauben, ja. Aber wer sonst soll Katja getötet haben? Ich habe ein Alibi. Und der Kerl damals? Das war ein Unfall«, sagte sie, streckte sich, atmete einmal durch, als habe sie eine unangenehme Pflicht zu erfüllen, und warf die Zigarette auf das Taufbecken tief unten. »Das war ein Unfall«, wiederholte sie mit lauter Stimme. »Oder?« Und spöttisch: »Heeger?«

Ansatzlos sprang sie der Zigarettenkippe hinterher, die Füße voraus und schneller, als Hero Dyk reagieren konnte. Doch das Loch war zu eng. Sie blieb hängen und zappelte fluchend, um sich frei zu machen. Es gab keinen Zweifel, dass sie es ernst meinte. Sie würde sich umbringen, wenn man sie ließ. Nur um die Kontrolle zu behalten.

Hero Dyk hechtete zu ihr und griff mit einer Hand in den Kragen ihrer Lederjacke. Sie strampelte und sackte tiefer, doch er hielt sie fest. Drée schrie jetzt nach Leibeskräften und spuckte Gift und Galle, sie machte sich dünn, bis sie schließlich durch das Loch passte.

Hero Dyk ließ nicht los, am Kragen der Lederjacke konnte er sie festhalten, und der Reißverschluss war bis zum Hals hochgezogen. Drée riss daran, doch er ließ sich nicht öffnen. Tief unten liefen die Leute zusammen. Ein Stein fiel heraus, streifte Drée und schlug im Kirchenraum auf.

»Geht weg da«, schrie Hero Dyk. Und den Polizisten rief er zu: »Ein Seil! Ich brauche ein Seil. Bei der Uhr. Jetzt!«

Zwei Schutzmänner rannten zurück in den Turm. Heeger wollte Hero Dyk helfen, aber der hielt ihn zurück. »Vorsicht!«, rief er. »Ich weiß nicht, wie stark das Gewölbe gebaut ist.«

Drée ächzte und stöhnte und wand sich, um aus der Jacke herauszukommen. Sie warf die Arme hoch, um aus den Ärmeln zu schlüpfen, doch es gelang nicht, und auch der Kopf passte nicht durch den Kragen. Sie atmete prustend.

Dann hörte sie auf zu zappeln. »Und ... jetzt?«, presste sie hervor. »Wie lange ... halten?«

»Ich lasse nicht los«, versprach er. Er hätte sie mit beiden Händen halten wollen, doch dazu war das Loch nicht breit genug.

»... nicht dankbar«, stieß Drée fluchend aus. »... nicht dankbar!«

Hero Dyk hörte die Stimme seiner Mutter von unten. »Junge«, jammerte sie. »Was tust du da? Komm runter.«

Er biss die Zähne zusammen und ließ nicht los. »Geh weg da!«, rief er und wagte einen Blick nach unten. Die kleine schwarze Frau lag am Boden, soweit er erkennen konnte. Sie zog sich am Taufbecken hoch, direkt unterhalb des Lochs. »Geh weg«, wiederholte er. »Du musst dort weggehen. Sie fällt! Es brechen Steine heraus.«

Er spürte, wie Svetlana sich erhob und nach unten eilte. Ivy folgte ihr.

»Man hat mich gestoßen«, rief Francisca empört zu ihm hoch. »Ich glaube, ich habe mir das Bein verletzt.«

»Jemand soll sie dort wegziehen«, rief Heeger. »So helft doch der Frau!«

Niemand traute sich.

»Ich bin keine alte Frau«, wimmerte Francisca.

»Ich sagte: Frau«, rief Heeger. »Nicht alt, Frau Dyk.«

Drée lachte erstickt und breitete die Arme aus. »Wie Jesus«, kreischte sie. »Ich sterbe wie Jesus!«

»Unverdient«, entgegnete Hero Dyk angestrengt. »Und ... nicht heute.«

Aus dem Rand des Loches bröckelte ein weiterer Stein heraus und fiel auf Francisca hinab. Sonst wurden hier Sterntaler hinuntergeworfen, jetzt hing eine Lebensmüde an einem Kragen.

Drée lachte wieder erstickt. »... bin ... nicht ... blöd«, brachte sie hervor.

»Sie sind ... nicht ... blöd«, bestätigte Hero Dyk und ließ nicht los. »Warum ... wohnt Ihr ... Mann ... im Keller?«

Sie lachte krächzend und mit weit offen stehendem Mund.

Endlich brachten die Polizisten ein festes Seil. »Bei der Uhr«, bestätigte einer von Ihnen, dort hatte man es gefunden. Heeger schickte sie nach unten. Er band eine Schlaufe und zog das andere Ende hindurch, sodass sich eine Schlinge bildete. Dieses Ende warf er Hero Dyk zu, der die Schlinge hinunterließ, doch sie zog sich durch das eigene Gewicht zu.

»Zieh sie wieder hoch. Mach eine feste Schlaufe«, presste Hero Dyk unter Stöhnen hervor. »Dann ziehen wir sie ihr über den Fuß.«

»Sie könnte sich verletzen«, mahnte Heeger.

Hero Dyk lachte gequält auf. »Ich halte sie nicht mehr lange!«

Drée röchelte, der Kragen drückte ihr die Luft ab.

Heeger warf die Schlaufe in das Loch und angelte nach Drées Fuß.

»Hab ich sie?«

»Sie hält nicht still. Sie rutscht mir weg!«, rief Hero Dyk.

Drée strampelte, um sich nicht fangen zu lassen. Sie wollte lieber sterben, als sich ihrer Schmach zu stellen.

Heeger kroch auf dem Bauch bis zum Loch, sodass er hinuntersehen konnte.

Mörtel bröckelte und fiel nach unten, doch die Konstruktion hielt. Er machte sich so leicht wie möglich und begann, nach Drées Fuß zu angeln. Sie riskierten ihr Leben, um jemanden zu retten, der sterben wollte.

»Jetzt!«, rief er. »Ich habe einen Fuß!« Er kroch zurück und zog das Seil langsam straff, während Hero Dyk weiter festhielt.

Svetlana erschien unten und zerrte Francisca beiseite.

»Ich kann sie nicht mehr halten. Ich lasse los und springe zurück, okay?«

Heeger brummte, und Hero Dyk ließ los. Waghalsig warf er sich zur Seite.

Mit einem Schrei fiel Drée in die Tiefe, dann riss es sie herum wie an einem Bungee-Seil, bloß härter und nur an einem Bein. Etwas darin riss hörbar, und Drée brüllte vor Schmerz, doch Heeger hielt sie fest. Er hatte sich den Strick um die Schultern gelegt und stemmte sich gegen das nach unten drängende Gewicht. Vor Anstrengung hielt er seine Augen geschlossen und das Gesicht verkrampft.

Mörtel staubte in den Kirchenraum. Mit einem grässlichen Laut brachen zwei weitere Ziegel aus der Kuppel, einer traf Drée am Fuß. Sie ruckte ein ganzes Stück tiefer, schrie vor Angst, dann fand das Seil Halt.

4

Hero Dyk kroch vorsichtig zurück zum Loch und blickte hinunter. Drée brüllte weiter und pendelte langsam aus. Sie drehte sich dabei um ihre eigene Achse und strampelte mit dem rechten Bein, um ein Gleichgewicht zu finden. Sie hing an ihrem linken Fuß und hatte beide Schuhe verloren. Ihr Rock war über den Körper gestülpt, man sah die blaue Strumpfhose, die sie trug.

In sicherem Abstand hatte sich unten in der Kirche eine Traube von Menschen gebildet, sie sahen entsetzt zu oder zückten geistesgegenwärtig ihre Smartphones, je nachdem.

»Lass sie runter«, sagte Hero Dyk. »Du hast sie.«

Die beiden Polizisten nahmen die schreiende Frau in Empfang und zogen sie zu sich herunter. Heeger warf das Seil hinterher, Hero Dyk legte den Deckel wieder auf das Loch, zufrieden mit seiner Arbeit, dann standen sich die Freunde gegenüber. Sie waren jetzt allein auf dem Dachboden und umarmten sich voller Erleichterung. Der Kommissar half dem Schreiberling zum Steg zurück, wo sie sich setzten, um wieder zu Atem zu kommen. Hero Dyk schüttelte den rechten Arm aus, der so lange festgehalten hatte.

»Vorbei?«, fragte Heeger schließlich und rieb sich die vom Seil wunden Hände.

Hero Dyk stieß erleichtert die Luft aus. »Ich weiß nicht. Sie wollte sich töten. Was hätte sie damit erreicht?«

»Man hätte ihr geglaubt. Sie wäre das Opfer gewesen. Ihr Selbstmord hätte sie interessant gemacht.«

»Sie wäre eine ehrbare Frau geblieben«, sagte Hero Dyk.

»Vorbei«, beharrte Heeger trotzig und schlug ihm auf die Schulter.

»Ihr Mann sagt weiter keinen Ton?«

Der Kommissar schüttelte den Kopf.

Hero Dyk wies nach unten. »Was wird mit ihr?«

»Zunächst einmal kommt sie auf den Gertrudenberg, falls sie sich nicht ernsthaft verletzt hat. Da wird man sie ruhigstellen und beobachten. Ich weiß nicht, ob wir etwas gegen sie in der Hand haben. Was hat sie getan, das mit einer Strafe bewehrt wäre?«

Hero Dyk sah ihn verständnislos an. »Erpressung? Behinderung der Staatsgewalt? Vertuschung einer Straftat? Der Mann, den sie die Treppe hinunterwarf?«

Nun war es an Heeger, hilflos die Hände zu heben. »Wir werden schon etwas finden, um sie festzunehmen. Das mit der Treppe ist jedoch lange abgeschlossen. Ein Unfall. Übrigens haben wir den Strumpf, hinter dem sie her war, inzwischen untersucht. Wir haben es dringend gemacht. Mir liegen Ergebnisse vor.«

»Und?«

»Er war fabrikneu. Handelsüblich. Der Strumpf wurde nie getragen. Er hat ihn gekauft und sofort versiegelt.«

Hero Dyk lachte. »Dann diente er lediglich dazu, mich hineinzuziehen? Drée Schoon auf mich und mich auf sie aufmerksam zu machen?«

Heeger nickte. »Behrends war ein schlauer Kerl.«

Ein paar Minuten lang saßen sie schweigend und in ihre Gedanken vertieft, dann rappelten sie sich hoch und kletterten zum Turm zurück und runter bis auf den Marktplatz. Ein Krankenwagen stand bereit, man hatte Drée ruhiggestellt und trug sie jetzt auf einer Trage aus der Kirche. Sie wirkte sehr benommen, als sie Hero Dyk kurz ansah. Die braven Polizisten drängten die Gaffer und ihre Smartphones zurück.

Eike Freytag trat den beiden Männern mit einer Kamera entgegen. »Ich weiß schon alles«, sagte er, »aber ich brauche Details.«

»Was ist ›alles‹?«, fuhr Heeger ihn an. »Sie wissen gar nichts.

Wenn ›alles‹ das ist, was in eine Zeitung passt, dann ist es nichts.« Er stieß den Reporter unsanft beiseite und folgte Hero Dyk, der bereits das Brautportal durchschritt.

Der Notarzt kümmerte sich jetzt um Francisca. Svetlana sah den beiden Männern entgegen. »Ist sich bloß Verstauchung«, sagte sie mit unverhohlener Enttäuschung.

»Sind Sie der Sohn?«, wollte der Arzt wissen.

»Ich bin vieles«, sagte Hero Dyk. »Auch ihr Sohn.«

»Es scheint nichts Schlimmes zu sein«, sagte der Arzt. »Eine Luxation. Trotzdem weise ich sie ins Krankenhaus ein, sie sollte sich beobachten lassen, in ihrem Alter.«

»Reden Sie mit mir!«, verlangte die kleine schwarze Frau. »Ich bin nicht taub. Was reden Sie mit dem da?«

Hero Dyk lächelte. »Nehmen Sie sie ruhig mit«, sagte er. »Aber schließen Sie sie gut weg. Bringen Sie sie ins Marienhospital, da liegt schon jemand. So sparen wir uns die Wege.«

Der Arzt lächelte amüsiert und nickte. Man hörte die Sirenen eines zweiten Krankenwagens, gleich darauf kamen Sanitäter mit einer Trage herbeigeeilt, sie nahmen Francisca mit.

»Herr Dyk.« Svetlana zupfte an seinem Arm. »Ich brauche Urlaub. Sofort. Mutter ist weg. Sie können jetzt ein paar Tage ohne mich.«

»Na, dann gehen Sie«, erregte sich ihr Dienstherr. »Lassen Sie mich ruhig allein.«

»Nu!«, machte Svetlana pikiert und verschwand.

Ivy stellte sich neben ihn und legte ihm die Hand auf die Schulter. »Und wir?«

Hero Dyk sah erst sie an, dann seinen Freund. »Heeger kümmert sich um den Rest«, entgegnete er. »Es ist vorbei, sagt er. Ich muss ins Marienhospital, mich um die Formalitäten wegen meiner Mutter kümmern. Ihr ein Nachthemd bringen, Zahnbürste, die Papiere.«

»Soll ich dir helfen?«, wollte sie wissen.

Sie sollte.

5

Hero Dyk fuhr mit Ivy zu sich nach Hause. Svetlana trafen sie nicht mehr an, vermutlich hatte sie bereits gepackt und ihren verdienten Urlaub angetreten. Sie suchten alles zusammen, was Francisca für ein oder zwei Nächte brauchen würde, dann fuhren sie zum Marienhospital.

Man hatte Francisca zu Joe auf das Zimmer gelegt. Die kleine schwarze Frau war zu Untersuchungen im Haus unterwegs, als sie kamen. Hero Dyk erledigte alle nötigen Formalitäten und lief dann aus Spaß durch die Gänge, ließ seinen Gedanken freien Lauf, setzte sich irgendwohin, um seine Notizen zu schreiben, und fand schließlich den Weg zur Inneren Abteilung zurück.

Ivy war ganz aufgeregt, als er das Zimmer betrat. »Joe geht es viel besser, sie soll aber noch ein paar Tage beobachtet werden«, berichtete sie und strahlte tapfer.

Hero Dyk reichte dem Mädchen die Hand und mochte sich nicht vorstellen, was sie erlebt hatte. Jetzt, hier im Hospital, machte sie einen ruhigen und vernünftigen Eindruck.

»Und noch etwas«, rief Ivy glücklich. »Ich habe einen neuen Kunden. Als Strafverteidigerin, du erinnerst dich? Ich bin Strafverteidigerin, damit verdiene ich mein Brot. Ich könnte schon etwas mehr Arbeit gebrauchen. Und nun rate, wen ich verteidigen soll …«

Hero Dyk zuckte die Achseln.

»Maik Schoon. Als Pflichtverteidigerin. Die Staatsanwaltschaft hat eben angerufen. Er selbst hat darum gebeten. Schatz«, sie drehte sich zu ihrer Tochter um, »ich soll am Nachmittag mit ihm sprechen. Macht es dir etwas aus? Ich könnte sehr beschäftigt sein und wäre nicht so oft hier.«

Joe betonte, dass sie nicht krank sei. Sie komme allein zurecht. Das Mädchen versprach, brav zu sein.

»Wieso wusste Schoon, dass ich Strafverteidigerin bin?«, überlegte Ivy.

»Von Drée?«, schlug Hero Dyk vor. »Sie hat dich wohl im Auge behalten. Sag … würdest du mir einen Gefallen tun?«

Ivy sah ihn an.

»Könntest du mir einen Termin mit Maik Schoon verschaffen? Heute Nachmittag? Ich würde gern mit ihm reden. Du als seine Anwältin … das sollte doch gehen, oder?«

Ivy überlegte. »Er ist ein Doppelmörder. Das geht nur mit Zustimmung des Richters. Sehr heikel, das sage ich dir, zumal du ein Zeuge bist.«

Hero Dyk sah sie bittend an.

»In Ordnung«, sagte sie. »Ich rufe dich an, falls es klappt.«

Er verabschiedete sich, aß zu Mittag einen Happen im Café des Krankenhauses und fuhr nach Hause. Dann nahm er sein E-Bike und radelte durch die Gegend. Planlos, so dachte er. Abspannen, runterkommen, die letzten schönen Tage genießen. Warten, dass Ivy ihn anrief. Doch auf einmal, wie von selbst, fand er sich im Schinkel wieder, am Ufer der Hase. Nicht weit vom Haus der Schoons entfernt. Da er einmal da war, wollte er nachsehen, wie es Stassi ging. Anastasia. Ob sie zu Hause war?

Er stellte sein Rad ab und klingelte, doch niemand machte auf. Er wartete eine ganze Weile, Geduld wird oft belohnt.

Schließlich öffnete sich das Fenster einer Nachbarin. Falls die Wohnung ähnlich gebaut war wie die der Schoons, war es das Küchenfenster.

»Suchen Sie das Mädchen? Die ist vorhin weggefahren. Was ist denn los? Der Mann soll verhaftet sein wegen Mordes. Maik, so heißt er. Die Mutter habe ich den ganzen Tag noch nicht gesehen.«

Hero Dyk fiel ein, dass heute Samstag war. Die Leute hockten zu Hause herum. Die Frau sah aus, als ob sie während der Woche in einer Bank arbeitete. Als ob ihr Mann im Garten den Rasen mähte und sie selbst nicht wüsste, was man mit einem Samstag anfangen kann.

»Mein Name ist Hero Dyk«, stellte er sich vor. »Ich wollte Anastasia sprechen.«

»Was wollen Sie denn von ihr?«

»Kennen Sie die Familie? Ich meine … so gut, dass es Sie kümmert, wer zu Besuch kommt?«

»Na ja«, sagte die Frau interessiert. »Man kennt sich. Ich habe die Zeitung gelesen.«

»Was ist sie für ein Mädchen?«

»Sind Sie Reporter?«

»Ich bin niemand, der für Informationen bezahlt«, ließ Hero Dyk sie wissen. »Ich schreibe Bücher. Mich interessiert die Geschichte.« Es freute ihn, Eike Freytag zuvorzukommen.

»Ach so«, sagte die Frau. »Bücher.« Es war nicht ganz deutlich, wie das auf sie wirkte. Sie strich sich die Haare aus dem Gesicht und machte es sich ein wenig bequemer auf der Fensterbank. »Der arme Mann«, sagte sie unvermittelt.

»Stimmt es, dass er im Keller lebte?«, wagte Hero Dyk sich vor.

Sie nickte und sah nach rechts und links, ob jemand ihr zusah. »Genau. Manchmal schlief er sogar in einem Baumhaus dort hinten.« Sie wies Richtung Hase. »Die haben ihn gehalten wie einen Hund«, flüsterte sie.

»Wie meinen Sie das?«

»Da hat sich nie jemand gefreut, wenn er nach Hause kam, das meine ich. Und wie der rumlief! Immer mit der Mütze auf dem Kopf, während die Frauen sich schick machten. Wissen Sie, die Drée hält ihre Anastasia für etwas Besseres und ihren Mann für abscheulich. Dabei ist er einfach nett und die Tochter ein schlimmes Stück Dreck. Die beiden Frauen sind gemeinsam in Urlaub gefahren, und er blieb hier, stellen Sie sich vor. Jetzt soll er seine Firma verloren haben. Und dieser Ärger wegen der Renovierung!«

»Sie haben das Wohnzimmer neu gestrichen.«

»Ja, genau. Ihr passt der Farbton nicht. Das hat ein Freund von ihm gemacht. Fast für umsonst, verstehen Sie? Und jetzt soll alles noch mal gestrichen werden! Doch er wollte nicht. Wollte partout nicht. Aber Sie wissen ja, wie das ist … Sie setzt sich durch. Immer.«

»Kommt so was oft vor?«

»Ständig«, sagte die Frau. »Ständig Ärger. Sehen Sie sich nur die Fassade an. Braun musste es sein! So ein armer Kerl. Sie fängt den Streit an, und er muss es ausbaden.«

»Er ist ein Mörder.«

»Na und?«, sagte sie.

»Dann haben in diesem Haus die Frauen die Hosen an?«

»Wenn Sie es so nennen. Er ist nicht der Vater von dem Mädchen.«

»Das weiß ich.«

»Sie hat sie mitgebracht in die Ehe, habe ich gehört. Ich mag die ja nicht.« Sie sah sich erneut nach beiden Seiten um und winkte ihn näher heran. »Ich glaube, die geht anschaffen.«

»Andrea Schoon?«, fragte Hero Dyk scheinheilig.

»Nein. Die Stassi! Tut immer so wehleidig, und schon springt die Mami. Ich weiß nicht, wer die noch auf Spur bringen soll. Die war schon als Kind auffällig, hat man mir gesagt. Hat sich selbst verletzt. So eine, wissen Sie? Die hat immer verrückte Sachen gemacht. Sie ist sechzehn!«

Das Handy klingelte, Hero Dyk zog es aus der Tasche und hob es entschuldigend in die Höhe. »Ich danke Ihnen für die Information.«

Die Frau schloss das Fenster.

Ivy war am Apparat.

6

Ivy hatte tatsächlich die Erlaubnis bekommen, Hero Dyk zu einem Gespräch mit ihrem Mandanten Maik Schoon mitzunehmen. Ob er zum Landgericht kommen könne? Das Gefängnis im Hinterhof, dort sitze er ein.

Die Haustür eines weiteren Nachbarhauses öffnete sich, und ein älterer Herr trat auf die Straße. Ob er zu den Schoons wolle? Die seien nicht zu Hause.

Hero Dyk bedankte sich und hatte es jetzt eilig, zurück in die Stadt zu kommen, zum Neumarkt, der eine einzige Baustelle ist. Ein Wunder, dass es im Justizvollzugsbetrieb bisher zu keinen Verlusten gekommen ist.

Das Untersuchungsgefängnis bildet im Innenhof des Landgerichtes eine Art Insel, eine Trutzburg mit einem hohen Wall aus Betonmauern ringsum. Wie im Zoo das Füttern ist hier jeder Kontakt mit den ausschließlich männlichen Gefangenen über die Mauer hinweg bei Strafe untersagt. Jedes Fenster bis hoch in die Dachgauben ist vergittert, das Gebäude ist aus dem gleichen gelben Naturstein gebaut wie die Villa, in der Hero Dyk wohnte.

Das Tor zum Innenhof stand offen, also fuhr er keck hinein, woraufhin sich das Tor schloss, was wenig Sinn macht, denn auf der gegenüberliegenden Seite wird das Gelände nur durch eine Schranke begrenzt. Dort, auf der anderen Straßenseite, fiel ihm ein Nachtclub auf, dessen Äußeres nicht auf wirtschaftlichen Erfolg schließen ließ. Der Eingang war mit Draht verstellt, und Hero Dyk kam der Gedanke, dass es auch der Ausgang sein mochte, den man blockiert hatte. So ein Gefängnis weckt die merkwürdigsten Phantasien.

Der Hof wird vom Landgericht, vom Amtsgericht, der Rückwand eines Lebensmittelmarktes und dem Parkhaus Kollegienwall umschlossen. Hero Dyk drehte ein paar Runden auf seinem Rad, immer mit dem unguten Gefühl, beobachtet zu werden, obschon fast alle Kameras auf das Innere der Trutzburg gerichtet waren.

Endlich stand Ivy mit ihrem Wagen vor dem Tor, man ließ sie ein. Der Parkplatz war fast bis auf den letzten Platz belegt.

»Ich habe meinen guten Ruf für dich verpfändet«, sagte sie und ging zu einer Stahltür in der Mauer, an der man klingeln konnte. Eine erstaunlich klare Stimme fragte nach ihrem Begehr, das Auge einer Kamera betrachtete sie. Sie wurden eingelassen und fanden sich auf einem schmalen, zwielichtigen Hof zwischen der Mauer und dem Gebäude wieder. Um die schwere Stahltür zu schließen, musste sich Hero Dyk dagegenlehnen.

Mehrere Justizvollzugsbeamte standen in ihren schwarzen Uniformen draußen, rauchten und sahen ihnen entgegen, einer grüßte Ivy mit erhobener Hand, sie erwiderte den Gruß. Eine Kellertreppe führte ins Tiefparterre hinunter, leere Blumenkästen hingen am Geländer. Ein Beamter saß unten am offenen Fenster und winkte sie herein. Den Empfang dominierten gleich zwei Zigarettenautomaten. Abgesehen von Besucherinnen wie Ivy war dies eine Welt, die ohne Frauen auskommen musste.

Sie zeigten ihre Ausweise und passierten einen Metalldetektor. Der Beamte öffnete rechts eine Tür, hinter der sich der Besucherraum befand. Eine Art Kellerbüro mit blauen Lamellen vor den Glasbausteinen, durch die ein diffuses Licht hereindrang, das sich mit dem der Leuchtstoffröhre mischte. Zwei Schreibtische, zu einem T aneinandergestellt. Kinderspielzeug, ein Wickeltisch und ein Waschbecken zeugten von dem Familienbesuch, den die Gefangenen bekamen. Büroschränke, ein Ventilator an der Decke, mehrere Familienpackungen Gummihandschuhe. Es war kühl in diesem Raum, aber das ist relativ, und es mochte an der Wärme des Tages draußen liegen. Ein Schauer lief Hero Dyk den Rücken hinunter, und die Haare in seinem Nacken stellten sich auf.

»Setz dich«, sagte Ivy und drückte Hero Dyk auf einen Stuhl.

»Hier also landen all die Figuren in meinen Geschichten, die ich Morde begehen lasse«, sinnierte er.

Sie lachte über seinen dummen Einfall.

Ein Vollzugsbeamter in Uniform führte Maik Schoon herein, der den Beamten um einen Kopf überragte. Hero Dyk hatte Fußfesseln erwartet, doch man hatte dem Inhaftierten lediglich Handschellen angelegt, die man ihm wieder abnahm, als er sich setzte. Der Beamte blieb während des Gespräches in einer Ecke des Raumes stehen.

Maik Schoon lächelte freundlich, man hatte ihm die Mütze gelassen.

»Mein Name ist Dr. Yvonne Meiffert, ich bin Ihre Pflichtverteidigerin«, sagte Ivy. Dann sprach sie die Sätze, die sie sagen musste. Sie befragte Schoon zu seiner Person und las ihm vor, was ihm zur Last gelegt wurde. Der Mord an Behrends und mutmaßlich auch an Katja Rosen.

Maik Schoon lächelte dazu, äußerte sich jedoch nur zu seiner Person. »Ich heiße Maik Schoon, geboren im September 1967, wohnhaft im Schinkel, Osnabrück.«

Schließlich unterrichtete Ivy ihn über den versuchten Selbstmord seiner Frau. Er machte ein ernstes Gesicht, blieb aber freundlich und still. Er hatte nichts zu sagen. Die Welt, in der er jetzt lebte, hatte mit der draußen nur wenig zu tun. Kaum etwas von dort konnte ihn hier erreichen. Er schien zufrieden damit zu sein.

Maik Schoon bestätigte, dass er verstand, was ihm zur Last gelegt wurde, mehr nicht. Danach schwiegen alle drei.

Nach einer Weile ergriff Hero Dyk das Wort. »Ihre Frau sagt, Sie hätten Katja Rosen vom Turm der Marienkirche gestoßen. Warum sagt sie das? Ich glaube ihr nicht.«

Maik Schoon schwieg.

»Der Strumpf, den Sie bei mir gesucht haben …«, sagte Hero Dyk und unterbrach sich in der Hoffnung, den anderen so zu einer Reaktion zu bewegen. Doch sein Gegenüber ließ sich nicht provozieren. »… der war fabrikneu. Behrends hat ihn eigens gekauft und eingeschweißt, um ihn mir zu schicken. Um Ihrer Frau Angst zu machen und mich in den Fall hineinzuziehen. Ich sollte für ihn herausfinden, wer seine Katja getötet hat. So richtig ist mir das nur leider noch nicht gelungen. Ich habe Zweifel, dass Sie das waren.«

Ganz kurz blitzte ein amüsiertes Grinsen in Schoons Gesicht auf, dann hatte er sich wieder im Griff.

»Weshalb müssen Sie im Keller schlafen?«

Auch auf diese Frage bekam Hero Dyk keine Antwort. Schließlich winkte er resigniert ab. Maik Schoon streckte die Hände aus, damit man ihn fesselte.

Der Aufsichtsbeamte rief einen anderen herbei, der Schoon abführte, und zog klimpernd ein Schlüsselbund hervor, um die Tür nach draußen zu öffnen.

»Ich soll Sie herzlich von Ihrer Tochter grüßen«, log Hero Dyk.

Maik Schoon drehte sich noch einmal um und sah ihn an. »Ich habe sie adoptiert«, sagte er. »Stassi ist nicht meine Tochter.«

»Ich komme morgen wieder«, sagte Ivy und drängte Hero Dyk, zu gehen.

Er stand konsterniert vor der Tür, die keine Klinke besaß. Er hörte das Geräusch des Schlüssels im Schloss und fremde, unverständliche Worte von jenseits der Tür. Eine klaustrophobische Angst raubte ihm den Atem, und erst draußen fand er zu seiner gewohnten Kontrolle zurück. Schaudernd notierte er sich seine Eindrücke.

Welcher Hölle mag Maik Schoon entronnen sein, dass ihm diese hier besser gefällt?, schrieb er in sein Buch.

Als sie wieder in der Sonne standen, berichtete Hero Dyk Ivy von seinem Gespräch mit der Nachbarin. »Was wird jetzt aus Stassi?«, fragte er.

»Tja«, machte Ivy, und ihr Gesicht verfinsterte sich. »Das Jugendamt wird sich für sie interessieren, doch es gibt keinen Grund, Drée festzuhalten, nachdem man sie auf dem Gertrudenberg gehen lässt. Sie hat eine Cousine in München, die will notfalls ein paar Tage nach Anastasia sehen. Psychologische Betreuung hat das Mädchen abgelehnt.«

»Und Joe?«, fragte Hero Dyk.

»Die kommt zurecht«, sagte Ivy. »Sie hat eine Mutter, die ihr Grenzen aufzeigt, verdammt.« Schlagartig verließ sie der Mut wieder. »Ach, so eine Scheiße! Wie konnte sie nur so blöd sein?« Ivy schluchzte, und Hero Dyk nahm sie in die Arme, bis sie sich beruhigt hatte.

»Was glaubst du, was Stassi jetzt machen wird?«, wollte Hero Dyk wissen. »Ihr Vater sitzt wegen Mordes im Gefängnis, und die Mutter ist nach einem Selbstmordversuch unter Aufsicht.«

»Hausaufgaben?«

Beide lachten bei dem Gedanken, und Ivy schniefte ihre Sorgen davon. »Hach!«, machte sie und lächelte tapfer. Der Autor wandte sich ihrem Auto zu, doch sie zog ihn weiter. »Ich muss zu Joe.«

Hero Dyk nickte und schob sein Fahrrad die paar Schritte bis zum Marienhospital neben ihr her.

7

Francisca und Joe lachten fröhlich über einen Witz, als Hero Dyk und Ivy das Krankenzimmer betraten. Joe wirkte weniger bedrückt und ließ sich von ihrer Mutter führen. Die beiden machten sich zu einem Spaziergang durch die Gänge des Krankenhauses auf. Das Mädchen sollte am nächsten Tag entlassen werden. Ein Sonntag. Der Arzt würde noch einmal kommen, um nach ihr zu sehen.

»Was hältst du von Joe?«, fragte Hero Dyk seine Mutter.

Die war ganz begeistert, und das schloss nun auch Ivy mit ein. »Was für eine reizende Frau«, sagte sie.

Ihr Bein war nicht schlimm verletzt, aber der Arzt wollte sie ein paar Tage dabehalten. Sie ließ sich von Hero Dyk in einen Rollstuhl helfen und durch das Hospital rollen. Die beiden saßen noch eine Weile im Café, Francisca verweigerte jedoch das Abendessen. Irgendwann kam Svetlana dazu, sie hatte sich das mit dem Urlaub überlegt. Die Neugier hatte gesiegt, sie wollte wissen, was denn nun passiere. Hero Dyk berichtete, was er wusste, und verabschiedete sich dann. Der Tag war lang gewesen.

Noch bevor er ins Freie trat, klingelte sein Mobiltelefon. Das Display zeigte keine Nummer, er nahm das Gespräch trotzdem an.

Anastasia Schoon war am Apparat.

»Woher haben Sie meine Nummer?«, fragte Hero Dyk erstaunt.

Sie ging nicht auf die Frage ein. »Können Sie herkommen? Man hat mir gesagt, dass Sie nach mir gefragt haben.« Ihre Stimme klang erstaunlich erwachsen und ohne jede Angst.

Er brauche zehn Minuten, sagte Hero Dyk und machte sich erneut auf den Weg zum Schinkel. Es blieb an diesem Tag sehr lange hell. Ein herrlicher Spätsommerabend.

8

Hero Dyk klingelte vergebens an der Haustür der Schoons, es machte niemand auf. Kein Nachbar meldete sich, und er hatte auch keine Lust auf weitere Gespräche durch das Fenster.

Sein Handy klingelte erneut. »Ja?«

Es war Edgar Lohbeck, der Bauunternehmer. »Herr Dyk«, sagte der Mann. »Das ist ja schrecklich, was heute in der Zeitung steht. Ich habe mit meiner Frau darüber gesprochen.«

»Und?«

»Sie sagt, es war nicht die Drée.«

»Was meinen Sie?«

»Sie sagt, es war die Tochter, die mich gesehen hat. Im Park, Sie erinnern sich? Mit der Sekretärin. Anastasia war es, die mich erwischt hat, das wusste ich nicht. Sie war auch bei dem Gespräch dabei, das Drée mit meiner Frau geführt hat. Und sie war es, die das Wort führte, sagt meine Frau. Drée war es eher peinlich. Hilft Ihnen das? Die Tochter scheint schlimmer zu sein als die Mutter.«

»Doch«, sagte Hero Dyk. »Das hilft mir.«

»Ich muss Ihnen noch etwas erzählen. Über Maik und Drée und ihre Tochter. Ich kenne Maik sehr lange. Haben Sie morgen Zeit? Es ist Sonntag. Wir können uns in meinem Büro treffen, da stört uns niemand. Sagen wir elf Uhr? Es könnte wichtig sein.«

Hero Dyk sagte gern zu und bedankte sich. Er klingelte erneut an der Tür der Schoons, dann gab er auf und ärgerte sich. Das kleine Biest hatte sich einen Scherz mit ihm erlaubt. Er schob sein Fahrrad auf den Weg zurück, der am Ufer der Hase entlangführt.

»Ich bin hier!«, rief unvermittelt eine schrille Stimme hoch oben aus den Bäumen.

Langsam wurde es dunkel. Hero Dyk sah sich um und nahm zwischen den Blättern ein Winken wahr. Das Mädchen stand auf einer Plattform. Ein Baumhaus, mitten in der Stadt. Eine Brücke führte über die Hase zu dem Industriegelände am anderen Ufer. Er radelte hinüber und fand ein Regenrückhaltebecken, an dessen Rand hohe Bäume standen. In einen davon hatte jemand ein Baumhaus gebaut. Der Boden war auffallend feucht, er gab etwas nach, als Hero Dyk zum Baum ging.

»Soll ich hochkommen?«

Sie winkte wieder, also stellte Hero Dyk sein Rad ab und besah sich die Konstruktion, die ihm durchaus robust vorkam. Eine solide Leiter führte hoch, und die Plattform war geschickt zwischen die dicken Äste gebaut und sorgfältig verankert worden.

»Ein schönes Baumhaus«, lobte Hero Dyk, als er sich auf die Plattform zog. Er befand sich knapp drei Meter über dem Boden, trat vorsichtig prüfend auf die Bohlen und sah sich das Geländer genau an. Es schien zu halten. Ein Dach schützte vor dem ärgsten Regen. Decken lagen in einer Ecke.

»Mein Vater«, sagte das Mädchen tonlos und ohne zu lächeln. »Das kann er.«

Ihre beiden Eltern befanden sich in Gewahrsam. Sollte sie nicht ängstlich sein? Verunsichert? Er berührte sie voll Mitgefühl am Oberarm, aber sie entzog sich ihm.

»Was ist passiert?«, fragte er.

Stassi starrte ihn an und schwieg. Auch hier oben im Baum war sie sehr auffallend angezogen. Sie trug Shorts und ein buntes Hemd, das unten zusammengeknotet war statt oben zugeknöpft. Es wurde, so sah es aus, von ihren Brüsten zusammengehalten. Hauchdünne Ballerinas an den Füßen und reichlich Schminke im Gesicht. Sie saß auf einem Kinderstuhl.

Hero Dyk hockte sich nahe an den Stamm des Baumes. »Ich habe gehört«, sagte er, »dass deine Tante sich um dich kümmern wird.«

Sie verdrehte die Augen und lächelte mit einer Seite ihres Mundes. »Ich werde später Modedesignerin«, sagte sie. »Ich will nach Paris.«

»Ah«, sagte Hero Dyk. »Und der Buchhandel?«

»Langweilt mich schon. Tausendfache Langeweile.«

»Dann sprichst du Französisch?«

Sie verdrehte wieder die Augen, als ermüdete sie auch das Gespräch. »Dann eben nach London.«

»Englisch«, sagte Hero Dyk und erinnerte sich, dass Stassi in der Schule Schwierigkeiten hatte. Sie hatte eine Klasse wiederholt, so hatte sie Joe kennengelernt.

»Genau. Oder Rom«, sagte sie, als spielte die Sprache nun wirklich keine Rolle.

»Mailand ist gut«, sagte Hero Dyk. »Da sitzen die Modedesigner.«

»Ich werde nächstes Jahr achtzehn.«

»Du bist sechzehn«, sagte Hero Dyk. »Aber du wirkst älter.«

»Nächstes Jahr im Dezember werde ich achtzehn. Ich brauche keine Tante.«

»Sag mir, was mit Joe passiert ist.«

Sie stieß abfällig die Luft aus, zuckte mit den Schultern und lächelte schief. »Ich war schon weg, oder? Joe ist dumm, mit denen zu gehen. Dabei tut sie so klug. Meine Mutter mag sie nicht.«

»Man hat ihr etwas in den Drink getan.«

Stassi schob sich theatralisch eine Strähne aus dem Gesicht. »Das sagen sie alle.« Sie betrachtete ihn lauernd. »Joe hat noch eine Rechnung zu begleichen.«

»Was für eine Rechnung?«

»Ah.« Stassi machte große Augen.

»Seid ihr nicht etwas jung für Drinks?«

»Passiert immer wieder, dass man was Falsches trinkt.«

»Ist dir das auch schon passiert?«

»Ich hab mehr Erfahrung. Ich kenne mich aus, deshalb. Ohne is langweilig.«

Hero Dyk wartete auf eine Erklärung, aber Stassi zog eine kleine rote Abendtasche unter dem Stühlchen hervor und fand darin Zigaretten und ein Feuerzeug. Mit gezierten Bewegungen steckte sie sich eine an.

»Ist dir oft langweilig?«

»Ständig«, gab Stassi zu und gähnte.

»Weshalb hast du mich hergerufen?«, wollte er wissen.

Sie zog an der Zigarette, stieß den Rauch mit der Zunge aus und sog ihn lasziv durch die Nase wieder ein, doch der Qualm geriet in den falschen Hals, und sie musste husten. Sie wurde rot im Gesicht und schnappte nach Luft.

Hero Dyk sah sich nach etwas Trinkbarem um. Er wollte ihr auf den Rücken klopfen.

Doch sie hob die Hand, hielt ihn auf Distanz.

Er hatte ihren dramatischen Moment zerstört und wartete, bis sie sich erholte.

»Wird mein Vater im Gefängnis bleiben?«, krächzte sie.

»Ich denke schon. Er hat vor aller Augen jemanden getötet.«

»Ja«, sagte sie. Ihre Augen waren voller Tränen, aber Hero

Dyk schob das auf die Zigarette. »Ist er selbst schuld. Der muss Ihnen nicht leidtun.«

»Schläft er tatsächlich im Keller?«

Sie nickte. »Er wohnt da.«

Hero Dyk wies auf die Decken. »Und manchmal hier?« Er umfasste mit einer Geste das ganze Baumhaus.

Wieder nickte sie.

»Und wo schläfst du?«

»Oben«, sagte Stassi und sah ihm trotzig in die Augen. Sie spitzte die Lippen ein wenig, es sah aus, als hätte sie diesen Ausdruck geübt.

»Er ist nicht dein leiblicher Vater, oder?«

»Nein.«

»Weißt du, wer dein Vater ist?«

Sie schüttelte den Kopf. »Selbst meine Mutter weiß es nicht.« Dann, mit kindlichem Eifer: »Sie hat mal jemanden die Treppe hinuntergeworfen. Das habe ich selbst gesehen.«

»Ist das lange her?«

Sie nickte. »Der war dann tot.«

»Ein Unfall?«

»Ein Liebhaber. Sie hatte genug von ihm. Wie soll ich wissen, wer mein Vater ist?«

»Wüsstest du es gern?«

»Wozu?«

War das eine gute Frage? Hero Dyk wusste es nicht. Das Mädchen war ihm ein Rätsel.

»Hat Maik Schoon Katja getötet?«

»Wenn er das sagt.«

»Er sagt gar nichts. Deine Mutter behauptet, dass er es war.«

Wieder das Schulterzucken und das Ziehen an der Zigarette. Sie erhob sich jetzt. Das Dach war hoch genug, dass sie aufrecht stehen konnte. Ihre Augen waren nun hellwach, sie hatten jeden Ausdruck von Langeweile verloren. Sie ging zur Leiter, hielt sich an einem Dachpfosten fest und ließ ihn nicht aus den Augen. So versperrte sie den einzigen Weg nach unten. Sie versuchte, Hero Dyk mit ihrem Blick zu fixieren.

»Hattest du etwas damit zu tun? Oder deine Mutter?«

Fast unwillkürlich zog ein spöttisches Grinsen über ihr Gesicht. Als erinnerte sie sich an etwas Lustiges.

»Ich bin viel zu jung«, sagte sie grinsend und bog sich um den Dachpfosten wie andere Damen um eine Stange. Sie blickte interessiert nach unten und dann zurück zu ihm. »Ich könnte fallen«, sagte sie.

»Du wirkst älter, als du bist«, wiederholte Hero Dyk.

»Es gab eine hohe Belohnung«, sagte sie nun.

Sie wechselte das Thema nach Belieben. Worauf wollte sie hinaus? Hero Dyk fühlte sich wie in einer Falle. Er sah nach rechts und nach links, um einen Ausweg zu suchen. »Für Hinweise auf den Mörder von Markus? Meinst du das?«

Sie nickte. »Zehntausend Euro sind eine Menge Geld. Die sind jetzt futsch.«

»Deine Mutter wusste, wer Markus getötet hat.«

»Ja, und Katja wollte uns das Geld wegnehmen. Das konnten wir nicht zulassen, oder? Was hätten Sie denn getan?«

»Das glaube ich nicht«, sagte Hero Dyk. »Katja wollte sicher nur reden. Mit deiner Mutter.«

»Doch«, beharrte sie und sah ihn böse an. »Wir mussten was tun.«

»Wer ist wir?«

»Meine Mutter und ich. Wer sonst?« Sie blickte wieder nach unten und verdrehte dabei ihren schon etwas vollen Körper so, dass er gut zur Geltung kam. »Das ist ganz schön tief da hinunter«, sagte sie. »Ich könnte fallen.« Sie ließ die Stange los und fuhr sich mit den Händen durch das Haar, um es zu zerzausen.

Hero Dyk bemerkte, dass sie ihr Täschchen auf dem Stuhl hatte liegen lassen. »Und dann?«, fragte er mit trockenem Mund.

Mit beiden Händen griff sie sich in die Bluse und riss sie mit einem Ruck auseinander, der Knoten löste sich, darunter war sie nackt. Sie spreizte die Beine, beugte sich ein wenig nach vorn, bis ihre Brüste wie mit nassem Sand gefüllte Strümpfe an ihr hingen. Sie riss sich auch die Shorts vorne auf und zerrte an ihrem weißen Schlüpfer, der Hero Dyk im Vergleich zum wirkungsvolleren Rest ihrer Kleidung seltsam pragmatisch vorkam.

Mit den Fingernägeln ritzte sie sich eine tiefe Wunde über den Venushügel und sah ihm dabei genussvoll in die Augen.

»Lass das!«, krächzte Hero Dyk.

Doch sie lachte nur leise, richtete sich auf und schrie aus vollem Hals. Ein Schrei, den sie geübt haben musste. Er war unanständig laut.

Hero Dyk sprang auf, dann sah er, dass sie etwas in der Hand hielt. Sie hatte etwas in der Gesäßtasche ihrer Shorts versteckt. Er erschrak, als er erkannte, was es war.

Ein Elektroschocker. So ein Gerät hatte ihre Mutter für den Küster benutzt.

Sie grinste hässlich. »Jetzt pass auf«, flüsterte sie. »Den hat mir meine Mutter gegeben, damit ich mich wehren kann. Gegen die bösen Jungs.« Sie drückte eine Taste und ließ einen Lichtbogen zwischen den Elektroden entstehen, der gefährlich knisterte.

Hero Dyk wich zurück und machte sich auf einen Angriff gefasst.

Doch sie hatte anderes vor. Ihre Augen glänzten jetzt vor Begeisterung. Sie hatte tatsächlich Freude an der Situation. Sie hielt sich die Elektroden an den eigenen Hals, drückte die Taste, machte einen Satz rückwärts und fiel drei Meter tief.

Sie schlug dumpf auf.

Er dachte, sie sei tot.

Hero Dyk hetzte die Leiter hinunter, um ihr zu helfen. Der Boden war sehr weich, das hatte ihr das Leben gerettet. Er beugte sich über sie, wusste jedoch nicht, wie er sie anfassen sollte. Sie war halb nackt. Im Dunkeln konnte er keine Verletzung feststellen. Er tastete nach ihrem Puls.

In dem Moment flammte ein Blitzlicht auf, dann weitere, das blendete ihn.

»Wer ist da?«, rief Hero Dyk in die Dunkelheit. »Helfen Sie mir, verdammt. Lassen Sie die Fotos. Helfen Sie mir«, rief er. »Rufen sie einen Krankenwagen!«

Der Mann knipste ein weiteres Foto, ließ es dann sein und zog ein Handy hervor. »Hören Sie, hier liegt ein schwer verletztes Mädchen. Bitte schicken Sie einen Krankenwagen.«

Jäh kam Leben in Stassi. Mit einem entsetzlichen Laut sog sie die Luft ein und klammerte sich an Hero Dyk. Jetzt schrie sie um ihr Leben. Der Mann mit dem Telefon schoss ein paar weitere Fotos und wies dann der Leitstelle den Weg, während Stassi schrie.

Hero Dyk erkannte die Stimme.

»Helfen Sie mir, sie zu beruhigen?«, fragte er zögernd.

»Tut mir leid«, sagte Eike Freytag. »Redaktionsschluss. Ich muss mich beeilen. Sie sagte, Sie hätten sie bereits mehrfach belästigt. Ich konnte nicht ahnen, dass Sie über das Mädchen herfallen würden.« Dann ging er zu seinem Wagen.

Eine Frau kam hinzu, eine Spaziergängerin, die die Schreie gehört hatte. Als sie sah, wie Stassi zugerichtet war, drängte sie Hero Dyk grob zur Seite. Ein Mann kam aus einem Garten gelaufen, dann ein Pärchen, das zufällig vorbeikam. Sie alle stellten sich nun schützend vor Anastasia Schoon.

Er hatte sie fragen wollen, welche Rechnung Joe noch offen hatte.

Sie ließ sich nicht beruhigen. Es dauerte kaum zwei Minuten, bis ein Krankenwagen vor Ort war, doch die Zeit kam Hero Dyk sehr lang vor, denn er wusste, dass Scheiße hängen bleibt, egal, wen man damit bewirft.

Endlich kam die Polizei, und er ließ sich festnehmen.

9

Heeger war außer sich vor Wut. Er schimpfe wie ein Rohrspatz und verfluchte Hero Dyk. Es war nach Mitternacht, und sie saßen noch immer in seinem Büro am Kollegienwall.

»Ich sollte dich einsperren«, brüllte Heeger erregt und spuckte seine ganze Wut auf den Tisch. »Ständig muss ich dich verhören. Es ist Samstagnacht! Ich sollte bei meiner Frau im Bett liegen.«

»Jetzt beruhig dich doch endlich«, bat Hero Dyk.

»Ich soll mich beruhigen?« Heeger trat beinahe der Schaum vor den Mund.

»Ich sage es dir gern noch mal: Ihr habt meine Fingernägel untersucht, dort werdet ihr keine Spuren von dem Mädchen finden. Den Kratzer hat sie sich allein beigebracht, es werden Hautfetzen unter den Nägeln ihrer rechten Hand festzustellen sein. Und ihr werdet sehen, dass die Wunde an ihrem Bauch von unten nach oben verläuft. Sie hat sich selbst verletzt. Ich habe vor ihr gestanden und hätte sie von oben nach unten gekratzt, wenn ich etwas gewollt hätte.«

»Wie soll man sich das erklären?«, beharrte Heeger. »Drei Meter tief! Es gibt Zeugen, die dich mit ihr gesehen haben. Sie wollte dich mit dem Elektroschocker abwehren, doch du hast ihn gegen sie gewandt. Du bist stärker! Durch großes Glück ist sie nur leicht verletzt.«

»Sie ist gesprungen, um mich in diese Lage zu bringen«, beharrte Hero Dyk. »Ich wollte ihr helfen. Es war Freytag, der den Krankenwagen gerufen hat. Sie hat die Presse eingeladen! Sie ist krank, Heeger. Sie manipuliert, und das nicht einmal gut.«

»Die Wunde entlastet dich, das ist wahr. Auf die Spurenauswertung bin ich gespannt. Wenn es stimmt, was du sagst, war das alles nicht sehr klug von ihr. Gerissen ja, aber wenig vorausblickend.«

»Zumindest hatte sie den Kick, den sie sucht. Sie langweilt sich. Morgen werden die Leute die Bilder sehen. Der Schaden für mich ist enorm. Eine Nachbarin sagte, dass sie schon als Kind solche Sachen gemacht hat. Sich selbst verletzt und so. Sprich doch mit den Nachbarn.«

Die Tür wurde aufgerissen, und Svetlana stand in der Tür. »Lassen Sie gehen!«, forderte sie ultimativ und schwang ihre schwarze Handtasche drohend wie eine Waffe.

»Gott sei Dank«, sagte Hero Dyk erleichtert. »Ein vernünftiges Wort.«

Ein Polizist in Uniform stürmte in den Raum, um Svetlana zu entwaffnen.

»Lassen Sie«, sagte Heeger müde. »Ist schon gut. Sie tut mir nichts.«

Der Beamte trollte sich.

Hero Dyk stützte sich mit beiden Händen schwer auf Heegers Schreibtisch. »Und Maik Schoon … der hat mit Katja Rosens Tod nichts zu tun. Da kannst du sicher sein.«

»Also gut«, sagte Heeger und stand auf. »Wir reden morgen weiter.« Damit entließ er die beiden.

Svetlana führte Hero Dyk am Arm aus dem Gebäude und über den Hof, als wäre er ihr Gefangener. »Kommen Sie endlich.«

Auf der Straße sah Hero Dyk sich um. »Wie sind Sie hergekommen?«

Svetlana wies auf das Parkhaus gegenüber und gab ihm einen Parkschein und seine Autoschlüssel.

»Mit dem Auto!«, rief er erfreut. »Ich wusste nicht, dass Sie einen Führerschein haben.«

Svetlana zuckte die Achseln. »Hab ich nicht«, sagte sie und führte ihn zu seinem Wagen.

Schweigend fuhren sie nach Hause. Vor einer roten Ampel direkt am Redaktionsgebäude des Zeitungsverlages musste Hero Dyk warten. In einigen Büros war noch das Licht an.

»Da wird die Zeitung für morgen geschrieben«, sagte er, ohne zu wissen, ob tatsächlich in Osnabrück gedruckt wurde oder nicht schon längst in China.

»Sind Sie dumm«, sagte Svetlana. »Richtig dumm.«

»Was ist dumm?«, empörte er sich. »Mich mit einem Mädchen von sechzehn Jahren zu unterhalten, das mich um das Gespräch gebeten hatte? Stehe ich unter Generalverdacht, weil ich ein Mann bin? Sind wir so leicht aufs Kreuz zu legen?«

»Seid ihr immer«, sagte Svetlana und sah recht zufrieden aus.

Die Ampel sprang auf Grün, und sie fuhren weiter. Im Internet fand er den Blog von Eike Freytag und erste Bilder, die den bekannten Autor Hero Dyk vor einem nackten Mädchen zeigten. Details seien morgen in der Zeitung zu lesen. Darunter standen die wüstesten Kommentare empörter Bürger. Er verzichtete darauf, nach seinen E-Mails zu sehen.

Hero Dyk schlief schlecht in dieser Nacht, und früh am Morgen war er bereits auf den Beinen, um die Zeitung zu kaufen.

10

Er hatte es auf die Titelseite der Sonntagsausgabe geschafft. »Mädchen brutal vom Baum gestoßen« stand dort in großen Lettern über einem Bild, das zeigte, wie er sich über die halb nackte, blutende Anastasia Schoon beugte. Seine zweifelhafte Meinung im Fall Markus Arens wurde erwähnt, ebenso das seltsame, fast zwanghafte Beharren auf einem Mord an Katja Rosen, der Frau des Mörders Behrends. Fast klang es so, als hätten erst Hero Dyks Recherchen zu all den Toten der letzten Woche geführt. Anastasia Schoon habe sich mit dem Autor aussprechen wollen, hieß es, doch sie sei verängstigt gewesen und habe den Reporter um Schutz gebeten.

Erstmals wurde auch Ivy erwähnt, die zu den drei Zeuginnen gehört habe und deren Tochter missbraucht worden sei. Die Tochter liege nun ebenfalls im Krankenhaus. Es entspann sich eine Geschichte, bei der für jeden etwas dabei war. Auf Kosten der Beteiligten natürlich und zum Ruhme Eike Freytags. Sowohl der Friedhof als auch das Krankenhaus, so schien es, waren voll von Hero Dyks Opfern.

»Wozu nutzt mein guter Ruf«, fragte er erbost, als auch Svetlana den Artikel gelesen hatte, »wenn er nicht standhält? Weshalb gebe ich mir ein Leben lang Mühe, ein anständiger Mensch zu sein, wenn ein Foto genügt, um alles zu erschüttern? Jeder weiß doch, wie sehr Fotos lügen.«

Es klingelte an der Haustür. Hero Dyk öffnete, und Ivy trat ein. Sie hatte Joe und Francisca im Krankenhaus besucht und dort die Zeitung gelesen. »Wieso stand da ein Fotograf in der Nähe?«, wollte sie wissen.

»Du hast es begriffen«, sagte Hero Dyk. »Stassi ist schlimmer als ihre Mutter. Sie hat sich die Bluse aufgeknöpft und sich fallen lassen, um mir zu schaden. Sie hatte keine Angst. Sie wusste, was sie tat. Sie hat sich den Elektroschocker an den Hals gehalten, um meine Glaubwürdigkeit zu untergraben. Es ist ihr gelungen. Ich traue mich kaum auf die Straße. Heeger war nicht sehr freundlich zu mir.«

»Wie kommt Freytag dazu, solch einen Kommentar des Mädchens abzudrucken? Dass ihr euch aussprechen wolltet? Wann hat er mit ihr gesprochen? Das stinkt doch!«

»Ich habe mit diesem Bauunternehmer gesprochen«, sagte Hero Dyk. »Er heißt Lohbeck. Der Mann, der Schoon keine Arbeit mehr geben wollte, du erinnerst dich? Maik war ruiniert, weil Drée den Lohbeck an seine Frau verraten hat. Doch es war nicht Drée, die ihn mit seiner Geliebten sah, sondern Stassi. Sie hat das Ganze angezettelt.«

»Mein Gott.« Ivy schüttelte ungläubig den Kopf.

Svetlana hörte begierig zu, sie machte nebenbei Kaffee und bat um ausführliche Details.

»Ich habe sogar den Mann gesprochen, der das Wohnzimmer gestrichen hat«, fuhr Hero Dyk erregt fort. »Er wusste von nichts. Schoon hat ihm nicht gesagt, dass Drée auf einem neuen Anstrich besteht. Der Maler hatte ihm einen Gefallen getan. Er ist in Geldnot. Maik hat es nicht übers Herz gebracht, ihm auch nur zu sagen, dass Drée Nachbesserung verlangte. Wenn wir den Mörder von Katja suchen, sollten wir neu ansetzen. Drée und Stassi haben Schoon auf Behrends gehetzt, und er wusste sich nicht anders zu helfen, als ihn zu töten. So war endlich Ruhe. Doch Katja hat er nicht auf dem Gewissen.«

»War sicher überrascht«, sagte Svetlana.

»Was?«, fuhr Hero Dyk sie an.

»Als hat Katja angerufen.«

Hero Dyk verstand nicht.

»Katja hat Drée angerufen«, übersetzte Ivy. »Das kam für Drée sicher sehr überraschend.«

Svetlana nickte zufrieden.

»Es war nicht geplant«, sagte Hero Dyk. »Das ist wahr. Drée musste improvisieren. Katja Rosen hat ihr zu verstehen gegeben, dass sie Bescheid weiß. Sie wollte es an die große Glocke hängen. Andrea Schoon als Mitwisserin? Als Erpresserin sogar? Das durfte sie nicht zulassen. Sie musste reagieren.«

»Aber Drée hat ein Alibi«, gab Ivy zu bedenken.

»Das hat sie allerdings. Wir drehen uns im Kreis.«

»Und Stassi? Wo war die?«

Die drei starrten in ihre Tassen.

»Wer bewacht den Turm?«, zitierte Svetlana, und ihr Gesicht hellte sich auf.

»Richtig!«, rief Hero Dyk. »Das stand auf dem Zettel. Der Turmwächter. Von ihm hat Drée das Alibi. Wer war das? Wer hatte an diesem Tag Dienst?«

»Der Küster«, sagte Ivy. »Ruf den Küster an.«

»Heeger«, sagte Hero Dyk. »Der weiß das auch.«

»Heeger wird dir nicht helfen«, gab Ivy zu bedenken.

Da musste Hero Dyk ihr zustimmen. Er suchte und fand die Nummer des Küsters. Massmann hieß er.

Der Mann freute sich, von Hero Dyk zu hören. Er bedankte sich für die Hilfe, nachdem man ihn niedergestreckt hatte. Sein Schädel dröhne immer noch. »Der Turmwächter?«, fragte er. »Natürlich. Was ist mit ihm? Warten Sie … ein sehr zuverlässiger Mann. Hier … sein Name ist Tim Flaake. Ich gebe Ihnen seine Adresse. Haben Sie etwas zu schreiben? Übrigens … Sie hätten keine Angst haben müssen wegen des Gewölbes. Der Kirchenboden ist stabil gebaut. Wir haben schon mit zwanzig Mann an diesem Loch gestanden. Da bricht nichts ein. Früher wurde dort Korn gelagert.«

Hero Dyk lachte schief und schrieb alles auf.

Es war eine Adresse im Schinkel, nicht weit von den Schoons entfernt. Svetlana bestand darauf, mitzufahren, also fuhren sie zu dritt.

»Ich versuche mir vorzustellen«, sagte Ivy, »welchen Spaß es Drée gemacht haben muss, Behrends zu sagen, dass er eine Zeugin seines Mordes geheiratet hat.«

»Wir können das vermutlich beide nicht nachvollziehen«, sagte Hero Dyk.

11

Tim Flaake wohnte bei seinen Eltern. Die Mutter öffnete die Tür nur halb und sah die Besucher ängstlich an. »Ja, bitte?«

Hero Dyk stellte sich und die anderen vor. Er beruhigte die

Frau, sie würden gerne Tim sprechen, Herr Massmann schicke sie.

Der Name des Küsters öffnete ihnen die Tür. »Er fühlt sich nicht wohl«, sagte sie. »Meist geht er sonntags zur Kirche, aber heute wollte er nicht einmal zum Frühstück runterkommen.«

»Wer ist denn da?«, rief eine männliche Stimme von drinnen.

»Jemand von der Kirche«, antwortete die Frau. »Sie wollen Tim sprechen.«

Der Vater gab sich zufrieden.

»Gehen Sie ruhig rauf«, sagte sie. »Das Zimmer nach hinten raus.«

Hero Dyk klopfte und öffnete die Tür, ohne zu warten.

Tim Flaake schoss von seinem Bett hoch, als habe er panische Angst vor jedem, der hereinkam. »Was wollen Sie?«

Hero Dyk ließ die Frauen zuerst eintreten, um den Jungen nicht zu erschrecken. Er schloss die Tür, es war eng im Raum.

»Sie wissen, wer ich bin?«, fragte Hero Dyk.

Der Junge nickte.

Er sah ihn sich genauer an. »Ich kenne Sie ebenfalls«, sagte Hero Dyk erstaunt.

Der Junge nickte wieder.

»Sie arbeiten in dem Buchladen. Bei Arno Dahle. Anastasia ist Ihre Kollegin, obwohl sie eigentlich gar nicht dort arbeitet. Sie schlafen mit ihr. Ist das richtig?« Er sah sich um und maß den Raum mit einer Hand. »Hier?«

»Ja«, sagte Tim Flaake knapp. »Sie wird bald siebzehn. Das ist legal. In der Buchhandlung war sie nur diesen einen Tag. Sie wollte wissen, wie es ist, Bücher zu verkaufen.«

Ivy setzte sich zu ihm auf das Bett. »Sie arbeiten als Turmwächter«, sagte sie. »Haben Sie Andrea Schoon das Alibi gegeben?«

Der Junge nickte.

»Haben Sie gelogen?«

Er schüttelte den Kopf. »Sie war bei mir, als die Frau vom Turm fiel.«

»Und Anastasia?«, fragte Hero Dyk.

»Danach hat mich nie jemand gefragt.«

»Dann sagen Sie es jetzt: Wo war Anastasia?«

»Ich hatte Turmdienst bis gegen eins. Sie war dort, um mich abzuholen. Wir wollten anschließend in die Buchhandlung gehen.«

Es klopfte an der Tür, der Junge sagte ergeben: »Herein.« Seine Mutter fragte höflich, ob sie etwas bringen könne. Kaffee vielleicht?

»Lass uns in Ruhe«, schimpfte der Junge.

»Erzählen Sie«, bat Ivy, als die Tür sich wieder schloss.

Svetlana hockte sich auf einen Stuhl am Fenster, Hero Dyk blieb stehen.

»Wir standen im Eingang zum Turm. Frau Schoon rief Stassi zum Brautportal«, sagte der Junge. »Sie war ganz aufgelöst. Auch Stassi regte sich auf. Ich ging rüber, um zu fragen, was passiert war. Die beiden diskutierten kurz miteinander. Es ging um ein Telefongespräch und eine Belohnung. Dann taten sie ganz unschuldig. Frau Schoon verschwand für einen Moment.«

»Wir wissen, dass sie einen Anruf von Katja Rosen erhielt. Hätte sie die Tür vom Bretterverschlag zum Turm öffnen können, ohne dass es Ihnen aufgefallen wäre?«

Tim nickte. »Das könnte sie getan haben. Ich wollte zurück zum Turm, doch Frau Schoon hielt mich auf. Stassi war gegangen. Sie kann sehr wütend sein, wissen Sie?«

»Sie haben nicht gesehen, ob sie heimlich auf den Turm gestiegen ist?«

»Nein. Nur später, als die Frau schon auf dem Marktplatz lag … da bin ich noch einmal in der Kirche gewesen. Auf der Empore fielen ein paar Stühle um. Ich dachte, es sei ein Orgelschüler. Doch an dem Tag gab es keinen Unterricht.«

»Weiß Andrea Schoon, wann Unterricht ist?«

Tim nickte. »Natürlich.«

»Ja«, sagte Hero Dyk. »Das dachte ich mir. Kennt sie sich in der Marienkirche aus?«, fragte er, obschon er die Antwort bereits kannte.

»Besser als ich«, sagte Tim. »Sie mag die Kirche, obwohl sie nicht an Gott glauben will. Als die Frau fiel, standen wir zusammen. Das habe ich vor der Polizei ausgesagt. Sie tat das nicht oft. Meist beachtete sie mich nicht. An diesem Tag jedoch sprach sie mit mir.«

»Und diese Frau, Katja Rosen, die kam zu Ihnen, bevor sie auf den Turm stieg? Sie hat ganz normal bezahlt?«

Tim nickte wieder.

Hero Dyk ging in dem kleinen Zimmer auf und ab, was aufgrund der Enge bedeutete, dass er sich fast im Kreis drehte. Alle starrten ihn an und warteten auf seine Gedanken.

»Wovor haben Sie Angst?«, fragte er schließlich und blieb abrupt stehen.

»Vor ... vor Stassi«, stammelte der junge Mann.

»Sie ist sechzehn«, sagte Hero Dyk. »Ein Mädchen.«

Tim lächelte bitter. »Haben Sie ihr etwas getan? So wie die Zeitung es schreibt?«

»Nein«, stritt Hero Dyk ab. »Ich habe sie nicht angerührt. Sie ist gesprungen. Sie hat sich selbst verletzt, um mir zu schaden.«

Tim nickte. »Man kann vor ihr Angst haben«, sagte er. »Sie bringt andere dazu, zu tun, was sie will.«

Ivy schaltete sich ein. »Kennen Sie meine Tochter? Joe?«

Tim schüttelte den Kopf. »Stassi sprach nur von ihr. Sie wollte Joe eine Lektion erteilen.«

»Warum? Die beiden kannten sich kaum.«

»Es ging um eine alte Sache. Dieser Junge, der vor so vielen Jahren getötet wurde. Stassis Mutter hatte etwas damit zu tun und Joes Mutter auch. Also Sie.« Er wies auf Ivy. »Sie waren damals befreundet?«

»Na ja«, sagte Ivy.

»Stassi sagte, ihre Mutter habe Sie gehasst. Deshalb wollte sie Joe etwas antun. Ihnen über Joe eine Lektion erteilen. Stassi kann ziemlich gemein sein. Sie hat Spaß an solchen Sachen.«

»Glauben Sie, Anastasia hat Katja Rosen vom Turm gestürzt?«

»Ich weiß nicht. Stassi und ihre Mutter stritten um Geld«, sagte Tim. »In der Kirche. Diese Belohnung. Stassi war dann weg, und später fiel die Frau herunter. Aber ein Mord ...«

»Das alles macht Sinn«, sagte Hero Dyk.

»Haben Sie immer noch Angst?«, fragte Ivy. »Vor Stassi?«

»Schon«, gab der Junge zu. »Ich gehe jetzt nicht mehr ans Telefon.«

»Hat sie versucht, Sie zu erreichen?«

»Ständig«, sagte Tim.

»Leihen Sie mir Ihr Handy? Wir schicken Ihnen die Polizei her«, sagte Hero Dyk. »Denen berichten Sie alles, was Sie uns erzählt haben. Einverstanden?«

Tim Flaake nickte tapfer. Er schien erleichtert zu sein, das Telefon abgeben zu können. Er wirkte, als fiele eine Last von ihm ab.

12

Das Bild, das sich den dreien bot, wurde schärfer. Sie verließen das Haus und stiegen ins Auto. Niemand sprach ein Wort. Sie saßen einfach nur da.

Bis das Telefon klingelte, das sie Tim weggenommen hatten.

Hero Dyk nahm das Gespräch an, ohne sich zu melden. Er hörte zu und unterbrach dann die Verbindung. »Stassi«, sagte er. »Sie ruft aus dem Krankenhaus an. Es geht ihr gut. Sie wird am Nachmittag entlassen und kommt später zu ihm. Er soll unbedingt bei seiner Geschichte bleiben. Sie droht ihm unverhohlen.«

Er rief Heeger an und berichtete, was sie erfahren hatten. Es ärgerte ihn, der Polizei immer einen Schritt voraus zu sein.

Ivy sah zurück zu dem Haus, in dem Tim Flaake lebte. »Er wird es nicht leicht haben«, sagte sie voller Mitgefühl für den jungen Mann.

Svetlana schnaubte verächtlich.

»Ich bin mit Herrn Lohbeck verabredet, dem Bauunternehmer, für den Schoon gearbeitet hat. Die beiden waren seit Langem befreundet. Er will mir etwas über Stassi erzählen.«

Die Frauen ließen sich nicht davon abhalten, an dem Gespräch teilzunehmen. Also fuhren sie zu dritt, es war nicht weit. Edgar Lohbeck kam ihnen entgegen, als sie auf den Parkplatz fuhren, wunderte sich ein wenig über die Frauen, ließ sich jedoch überzeugen und führte sie alle in sein Büro.

Er war überaus freundlich und charmant und konnte nicht widerstehen, Ivy und Svetlana zu umgarnen. Er servierte Kaffee und Gebäck, bis Hero Dyk ihn zurück auf das Thema brachte.

»Stassi«, sagte er. »Ja, da gibt es einiges zu erzählen. Ein schwieriges Mädchen.«

Er begann mit seiner Freundschaft zu Maik Schoon. Eines Tages kam Drée hinzu.

»Kannten Sie Drée?«

Lohbeck verneinte. »Sie war ziemlich heruntergekommen. Drogen, wissen Sie? Männer. Und sie hatte eine Tochter. Das Mädchen wuchs in sehr unsicheren Verhältnissen auf. Ich habe ihn gewarnt, doch er wollte helfen. Er gab ihr Geld und glaubte an sie.«

»Waren sie da schon verheiratet?«, fragte Ivy.

»Später«, sagte Lohbeck. Er erzählte, wie sich eines Tages alles änderte. »Drée und Stassi hausten damals in einer Mietskaserne in der Wüste.«

»So ein Zeilenbau?«

Lohbeck bejahte. »Sie kennen das Haus?«

Ivy nickte. »Kann sein. Gleich gegenüber bin ich aufgewachsen. Ich wusste nicht, dass Drée dort gewohnt hat. Das muss nach meiner Zeit gewesen sein. Katja Rosen hat dort gewohnt. Und meine Tochter Joe … sie wurde in dem Haus festgehalten. Womöglich in der Wohnung, in der Drée früher gewohnt hat. War das im Hochparterre?«

»Das weiß ich nicht. Eines Tages kam in dem Haus ein Mann zu Tode. Er stürzte die Kellertreppe hinab. Der genaue Hergang ist umstritten. Drée war nicht weit weg, als es passierte. Er soll einer ihrer Liebhaber gewesen sein. Stassi hat alles gesehen. Das Mädchen war damals sieben Jahre alt. Danach änderten sich die Verhältnisse. Das Jugendamt machte Druck, und Drée willigte ein, Maik zu heiraten. Bald kaufte er das Haus, das ihnen nach wie vor gehört. Drée wurde ruhiger, doch schnell war es Anastasia, die nicht mehr zu kontrollieren war.«

»Stassi hat mir von dem Vorfall erzählt«, bestätigte Hero Dyk. »Ihre Mutter hätte ihn die Treppe hinuntergeworfen, sagte sie.«

»Niemand weiß es genau. Die Sache wurde nicht weiterverfolgt. Ein Unfall. Jedenfalls war Stassi danach sehr auffällig. Verhaltenskreativ, wenn Sie verstehen, was ich meine.« Er trank von seinem Kaffee. »Sie wurde aggressiv. Ihre Stimmung wechselte von einem Moment zum nächsten. Sie fing an, die Eltern gegeneinander auszuspielen.«

»Anastasia sagte mir, sie und Drée schliefen oben, während Maik im Keller wohnte.«

»Das Mädchen nimmt sich, was es will. Meine Freundschaft mit Maik war zu dem Zeitpunkt bereits gestört, deshalb weiß ich keine Einzelheiten. Er hat es mir erzählt, als wir ein Bier zusammen tranken, um den Kontakt nicht zu verlieren. Stassi hat verlangt, bei ihrer Mutter zu schlafen. Sie fühle sich einsam, sagte sie. Maik zog damals aus Protest in den Keller und hat es wohl nie wieder bis nach oben geschafft.«

»Einsam?«, fragte Svetlana mit Unverständnis, als müsste sie darüber nachdenken.

Hero Dyk bat sie mit einer versteckten Geste, still zu sein.

»Ja. Sie verletzt sich ständig und bekommt so von ihrer Mutter, was sie will. Stassi ist es, die im Haus den Ton angibt.«

»Sie sagte, sie wolle Fotomodell werden. Oder Designerin, was weiß ich.«

Lohbeck lachte. »Dazu fehlt ihr nun wirklich alles, was nötig ist. Sie ist ordinär und mit – wie alt ist sie jetzt? Sechzehn? Siebzehn? – schon überreif. Aber sagen Sie ihr das nie. Sie ist gefährlich, wenn sie wütend wird.«

Hero Dyk lachte und fing sich dafür einen bösen Blick von Svetlana ein. Sein Telefon klingelte. Er entschuldigte sich, sah auf das Display, bat noch einmal um Entschuldigung, hob einen Finger, um anzuzeigen, dass dies eine außergewöhnliche Situation war, und ging schließlich vor die Tür, um ungestört sprechen zu können.

13

»Dass Sie es wagen, mich anzurufen, Herr … Kollege«, sagte Hero Dyk in ruhigem Ton.

Eike Freytag sprach hastig. »Hören Sie, es tut mir leid, aber das ist jetzt nicht so wichtig. Ich wurde angegriffen.«

»Dann ist mir jemand zuvorgekommen«, sagte Hero Dyk.

»Meine Frau wurde niedergeschlagen. Hier, bei uns zu Hause. Man hat ihr ins Gesicht geschlagen und ihr den Arm verdreht, um mich unter Druck zu setzen.« Seine Stimme klang jetzt weinerlich.

»Ich höre«, sagte Hero Dyk.

»Zwei Kerle, sie sahen aus wie Zuhälter. Markenklamotten und spitze Schuhe. Kennt man ja. Einer von ihnen trug so einen Geckenhut. Aschblonde Locken. Das war der, der sprach.«

»Was wollten die?«

»Wissen, wo sie Joe Meiffert finden.«

»Wieso fragen die bei Ihnen nach Joe?«

»Ich habe in der Zeitung geschrieben, dass sie im Krankenhaus liegt. Sie wollten wissen, in welchem. Ich habe versucht, zu schweigen.«

»Aber dann haben Sie doch geredet, oder? Wissen Sie, worum es geht?«

»Nein«, gab Freytag kleinlaut zu.

»Dann rufen Sie sofort die Polizei an«, drängte Hero Dyk. »Erzählen Sie denen, was Sie mir erzählt haben. Und machen Sie es dringend.«

»Glauben Sie, dass die dem Mädchen was antun?«

»Was weiß ich?«, sagte Hero Dyk. »Hören Sie … eine Frage noch: Wer hat Sie in der Sache Katja Rosen auf Drée Schoon aufmerksam gemacht? War es ein Tipp, den Sie bekamen, oder hat Drée Sie selbst angerufen?«

»Sie hat selbst angerufen«, antwortete Freytag.

»Das dachte ich mir«, sagte Hero Dyk und beendete das Gespräch. Er lief zurück in Lohbecks Büro. »Los«, sagte er und drängte Ivy und Svetlana zum Aufbruch. »Es ist etwas geschehen.« Er bedankte sich bei dem Unternehmer für die Informationen.

Es war nicht weit bis zum Krankenhaus. Ivy trieb ihn an, als sie erfuhr, was passiert war. »Glaubst du, dass Joe in Gefahr ist?«, wollte sie wissen.

»Oder Ihre Mutter«, ergänzte Svetlana, die von Francisca selten mit Namen sprach.

Hero Dyk beeilte sich, so gut es ging, und fand einen Parkplatz in der Johannisfreiheit, dicht am Marienhospital, gleich dort, wo sich früher der Eingang befand. Heute betritt man das Gebäude durch ein breites Portal. Niemand hielt sie auf oder fragte, wohin sie wollten. Es ist kein geschlossenes Haus, sondern ein helles, freundliches, offenes. Mit dem Aufzug gelangten sie in die dritte Etage, dort lagen Francisca und Joe auf einem Zimmer. Es war das vierte an einem Flur, der an seinem Ende in einen hellen Raum mündete, welcher zum Aufenthalt und als Empfang diente. Das war das Reich der Krankenschwestern. Hier gab es den besten Kaffee. Noch war alles ruhig.

Bevor sie das Krankenzimmer erreichten, schrak Ivy zusammen und wies nach vorn zum Aufenthaltsraum. »Da!«, rief sie und eilte ihrem Finger hinterher.

Hero Dyk erkannte das Mädchen, er lief auf sie zu, voller Wut und Empörung. Stassi Schoon stand dort und lächelte erfreut. Sie schien sich köstlich zu amüsieren. Sie drehte den Kopf und rief: »Schwester!« Dann wies sie ihrerseits auf die drei.

Svetlana blieb allein vor Joes Tür stehen.

Zwei Schwestern eilten herbei, um Stassi zu schützen. Die eine stellte sich Ivy in den Weg, die andere war so kräftig wie ein Blockwart, sie hielt Hero Dyk zurück. »Bleiben Sie stehen!«, rief sie mindestens ebenso wütend, wie Hero Dyk sie zur Seite drängte. »Sie haben hier keinen Zutritt.«

»Was hat sie meiner Tochter angetan?«, schrie Ivy empört und wies auf Stassi.

Die Aufmerksamkeit im Raum gehörte nun ihnen. Mehrere Patienten hatten Besuch von ihren Angehörigen. Sie alle sahen dem Streit zu.

»Sie dürfen zu Ihrer Tochter«, raunzte die Kräftige. »Aber der da«, sie wies mit dem Finger auf Hero Dyk und spuckte vor ihm aus, »der sollte sich was schämen!«

Die schlankere der beiden ließ Ivy los und nahm die feixende Stassi in ihre Arme.

»Sehen Sie nicht, wie sie grinst?«, rief Ivy. »Sie lacht uns aus!«

Die Schwestern sahen Stassi an, die sich jetzt das Lachen verbiss.

»Ihrer Tochter geht es gut«, sagte die Kräftige. Sie besann sich auf ihre Rolle. »Aber den wollen wir hier nicht sehen.« Sie zeigte mit dem Kinn auf Hero Dyk und kniff die wilden Augen zu einem schmalen Spalt zusammen. »Stassi hat uns alles erzählt. Wir kennen die Wahrheit.«

»Hat ihre Tochter Besuch?«, wollte Hero Dyk wissen und wies auf Ivy. »War jemand hier für sie?«

Die Schwestern sahen sich an. »Da sind zwei Männer gekommen«, sagte die Schlanke.

»Sind sie noch da?«, rief Ivy.

Hero Dyk rannte los. »Rufen Sie die Polizei!«

In dem Moment öffnete sich die Tür zum Krankenzimmer. Zwei Männer stürmten heraus, orientierten sich kurz und rannten Svetlana über den Haufen. Der eine hatte helle Locken und trug einen kleinen Hut. Sie flohen den Gang hinunter zum zentralen Treppenhaus. Ein Pfleger kam ihnen entgegen, der einen Handwagen voller medizinischer Proben schob. Die Männer stießen das Gerät aus dem Weg und rannten weiter.

Die Schwestern schrien vor Angst. Hero Dyk rannte den Kerlen hinterher. »Seht nach Joe!«, rief er und sprang über Svetlana hinweg.

Die Männer waren verschwunden, als er das Treppenhaus erreichte, doch er hörte, wie in einem Flur Glas zu Bruch ging, da wusste er, wo sie liefen, und eilte nach unten.

Vor dem Haupteingang fuhren zwei Streifenwagen mit Blaulicht vor, Polizisten stürmten in das Haus und an ihm vorbei.

Hero Dyk ahnte, wohin die fremden Männer wollten, und er kannte einen schnelleren Weg, nämlich den, den er gekommen war. Er rannte außen am Hospital entlang zurück zur Johannisfreiheit und scherte sich nicht um die Leute, die herumstanden und ihm nachgafften. Atemlos erreichte er den alten Eingang, stützte sich keuchend auf ein Knie und wartete.

Francisca hatte mehrfach hier gelegen, er hatte sie besucht und war oft genug durch die Gänge gelaufen. Er kannte sich aus. Die Kerle würden an der Moschee vorbei durch den alten Teil des Krankenhauses laufen, bis sie am nördlichen Ende auf ein weiteres Treppenhaus stießen. Dort ging es die Treppe runter bis nach ganz unten, dann rechts. In diesem Trakt war es still und steril, obschon er noch genutzt wurde. Ein weiterer langer Flur führte an der Seelsorge vorbei, bis die beiden erneut auf einen Aufzug treffen würden. Es lohnt sich aber nicht, den Lift zu nehmen, bis nach unten sind es nur ein paar Stufen. Dort, wo sich jetzt die Bibliothek befindet, war früher der Empfang.

Da kamen die beiden schon.

»Warten Sie!«, rief er keuchend.

Beide Männer traten ruhig auf ihn zu.

Hero Dyk hob einen Arm. Er senkte den Kopf und sah sie nicht an, um ihnen das Angreifen zu erschweren. »Warten Sie«, wiederholte er.

Tatsächlich hielten sie sich zurück und stellten sich drohend ihm gegenüber auf. »Was ist?«

Hero Dyk hörte keinen Akzent heraus. Vermutlich deutsche Staatsbürger. »Was wollen Sie von Joe?«

Die beiden sahen sich an. »Was kümmert dich das?«, sagte der mit dem Hut.

»Sag schon. Ihr könnt mich später verprügeln.«

Patienten wurden aufmerksam, sie saßen auf Bänken und rauchten.

»Sie schuldet uns was.« Er zog einen Zettel hervor. »Hier … der Schuldschein. Trägt Joes Unterschrift.«

»Geld?«

Der Kerl nickte.

»Sie ist keine sechzehn!«

»Egal.«

»Wie viel?«

Der Zweite trat dem Ersten ans Schienbein. Der überlegte kurz. »Achthundert.«

Hero Dyk streckte die Hand aus und ließ sich den Schuldschein zeigen. Er trug eine Unterschrift, die Joe gehören mochte, und lautete auf sechshundertfünfzig Euro. »Hier steht sechshundertfünfzig.«

»Egal«, sagte der mit dem Hut. »Jetzt sind es achthundert. Kannst du zahlen? In bar?«

Hero Dyk nickte. »Wofür?«, fragte er. »Was hat sie bekommen?«

»Nichts«, sagte der Aschblonde mit dem Hut. »Waren Schulden von Stassi. Hat Joe übernommen. Hat Stassi so gedreht.«

Hero Dyk atmete einmal tief durch, dann richtete er sich auf. »Kommt«, sagte er. »Ich muss zur Bank. Keine Angst, ich betrüge euch nicht.«

Beide Kerle zeigten ihm den Stinkefinger, trotteten aber brav hinter ihm her. Hero Dyk führte sie durch eine Gasse hinter der Johanniskirche und fand bald einen Geldautomaten. »Dreht euch um«, verlangte er.

Die beiden gehorchten ihm.

Hero Dyk hob sechshundertfünfzig Euro ab, keinen Cent mehr. Er reichte ihnen das Geld.

Sie zählten nach. »Das reicht nicht«, sagte der Blonde.

»Mein Limit«, sagte Hero Dyk, hob bedauernd die Schultern und öffnete die leeren Hände.

»Zeig dein Portemonnaie.«

Fluchend zückte er die Brieftasche. Sie fanden hundertfünfzig Euro darin.

»Achthundert«, beharrte der Kerl. »Sagte ich doch.«

Hero Dyk gab sich geschlagen. »Verzieht euch«, grummelte er und steckte den Schuldschein in seine Tasche. »Und lasst es gut sein!«, rief er ihnen hinterher. Dann fiel ihm noch etwas ein. »Halt! Wart ihr das? Habt ihr dem Mädchen das angetan?«

Grinsend schüttelten sie den Kopf und trollten sich.

Hero Dyk fragte sich, ob solche Kerle der Preis für die Freiheit waren, die wir genießen. Dann fiel ihm ein, dass dies das erste Mal in seinem Leben war, dass man ihn ausraubte. Gleich fühlte er sich ein wenig sicherer.

14

Als Hero Dyk zurückkam, stand Stassi immer noch auf dem Flur und betrachtete fasziniert das Chaos, das sie angerichtet hatte. Die beiden Schwestern wurden von der Polizei verhört. Heeger war bei ihnen und winkte Hero Dyk zu.

Der ging unbehelligt in das Zimmer von Joe und seiner Mutter. Francisca und Svetlana saßen auf Stühlen und erholten sich von dem Schreck. Ein Arzt verband der kleinen schwarzen Frau das rechte Handgelenk.

»Ihr tut die Hand weh«, sagte der Arzt, als er ihn erkannte. »Man hat sie zu Boden gestoßen. Nichts Schlimmes.«

Ivy sprang auf. »Sind sie weg?« Sie umarmte ihn, als er nickte.

»Und Joe?«, fragte Hero Dyk. »Was ist mit dir?«

Ivy antwortete für ihre Tochter. »Sie haben ihr ins Gesicht geschlagen. Sie will nicht sagen, worum es geht.«

Der Arzt verließ das Zimmer, versprach jedoch, später noch einmal nach den Damen zu sehen.

Hero Dyk setzte sich zu dem Mädchen auf das Bett, strich ihr über das Haar und gab ihr den Zettel. »Zerreiß ihn«, forderte er sie auf.

Und zum ersten Mal sah er, wie hübsch sie lachen konnte. Nicht dass es die Pflicht eines Mädchens wäre, hübsch zu lächeln, aber es ist doch schön, wenn man es sieht. Sie nickte und zerriss den Zettel.

»Was ist das?«, wollte Ivy wissen.

»Sie wird es dir erzählen, oder?«

Joe nickte eifrig.

»Lass ihr nur ein wenig Zeit. Es ist alles geregelt. Die beiden konnten nicht sagen, wer ihr das angetan hat.« Er sah zu Joe, und alle wussten, was gemeint war. »Das ist etwas, was wir nie erfahren werden.«

Ivy weinte leise und nahm ihre Tochter in den Arm, schien sich jedoch damit abzufinden.

Hero Dyk trat zurück. Seine Mutter griff seine Hand mit beiden Händen. Auch sie strahlte ihn an. »Ich bin stolz auf dich, mein Sohn«, sagte sie.

Seltsam, welche Macht in solchen Worten liegt. Und in einem Lächeln. Und darin, beides zu verweigern!

Er bot Svetlana seinen Arm an.

Schimpfend erhob sie sich.

»Ich fahre Sie nach Hause. Wir werden hier nicht mehr gebraucht.«

Hero Dyk vergewisserte sich auf dem Flur, dass Heeger ihn nicht sah. Nicht noch ein Verhör, dachte er. Heeger sprach mit Stassi, der es endlich die Freude getrübt hatte. Die kräftige der beiden Schwestern sah ihn, und Hero Dyk erkannte selbst auf die Entfernung, wie sie errötete.

Svetlana sah ihn an. »Nu?«, machte sie.

»Nu werd ich Sie vernaschen«, sagte er vorlaut. »Und essen möchte ich auch.«

Sie lachte und tat ihm den Gefallen. So einfach kann die Welt sein.

15

In den ersten Tagen des Oktobers saß Hero Dyk bei herrlichem Spätsommerwetter zum Frühstück im Café gleich beim Markt, man hatte die Stühle vor die Tür gestellt. Francisca und Svetlana begleiteten ihn, jedoch nicht ohne zu protestieren.

Maria hatte sich in den Tagen nach Stassis Sprung aus dem Baum als sehr spröde erwiesen, und auch jetzt betrachtete sie Hero Dyk voller Argwohn. Er hatte nie seine Unschuld beweisen können. Wie auch?

Katja Rosens Tod galt nicht mehr als Selbstmord, er war ungeklärt. Ihr wäre das sicher recht gewesen, dachte Hero Dyk. Jan-Peter Behrends' letzte Ruhe entwickelte sich zu einem Skandal. Seine Urne stand jetzt neben der von Katja, doch die Kolumbariumskirche musste sich gegen die Besitzer der benachbarten Nischen wehren. Nicht einmal im Tod wollten die Leute neben einem Kindsmörder stehen.

Drée und Stassi Schoon standen unter Druck, hielten jedoch

zusammen. Man konnte ihnen nichts nachweisen. Sie beharrten darauf, nichts mit Katja Rosens Tod zu tun zu haben. Die beiden hatten früher tatsächlich einmal vorübergehend in der Wohnung gelebt, in der Joe festgehalten worden war. Allgemein wurde das als Indiz für die Besessenheit betrachtet, mit der sich Drée an Ivy und Katja Rosen orientiert hatte.

Ivy bewährte sich als Verteidigerin von Maik Schoon, der weiterhin kein Wort sprach. Man hatte den Eindruck, dass es ihm gefiel, im Gefängnis zu sein. Ivy und Hero Dyk hielten lockeren Kontakt, mehr nicht.

Er las die Zeitung. Über dem Aufmacher stand ein weiteres Mal der Name von Eike Freytag. Das Bild kam ihm bekannt vor. Bäume. Wasser. Er war dort schon einmal gewesen.

»Seht mal«, rief er überrascht. »Das ist das Regenrückhaltebecken hinter dem Haus der Schoons. Gleich neben dem Baumhaus.«

Er las den Artikel.

»Mensch!«, sagte er. »Der Heeger hat mir nichts gesagt. Die Stassi ist ermordet worden! Jemand hat sie ersäuft. Sie soll drei Tage dort im Wasser gelegen haben, bevor man sie fand.«

Maria kam vorbei.

Hero Dyk riss die Zeitung hoch und wies mit dem Finger auf den Artikel. »Haben Sie das gelesen, Maria?«, rief er begeistert. »Das zumindest können Sie mir nicht ankreiden. Das war ich nicht!«

Maria warf pikiert den Kopf zurück. Ihr Verhältnis schien nachhaltig gestört zu sein, doch es kümmerte Hero Dyk wenig.

Francisca sah sich schockiert um und mahnte ihn, still zu sein.

»Ich denke«, flüsterte er, »sie wollte testen, wie weit sie gehen kann. Jetzt weiß sie es.« Er zog sein Handy aus der Tasche und wählte die Nummer von Eike Freytag. »Erzählen Sie«, forderte er.

Als er das Gespräch beendete, konnte er ein Grinsen nicht unterdrücken.

»Was?«, wollte Svetlana wissen.

Hero Dyk lachte laut. »Freytag war dabei, als man sie aus dem Wasser zog. Wisst ihr, was Drée gesagt hat?«

Die Damen schüttelten den Kopf.

»Sie wollte wissen, was denn nun mit dem Kindergeld sei. Und die Belohnung habe sie auch nicht erhalten.«

Alle drei lachten konsterniert, dann erhob sich Hero Dyk und bat seine Mutter, zu bezahlen.

Er ging durch die Stadt und fand sich bald darauf am Nikolaiort wieder. Dort saß der Obdachlose, den er schon kannte, und las. Sein Hund war bei ihm. Hero Dyk lief und kaufte zwei große Bratwürste. Damit setzte er sich zu den beiden und diskutierte eine halbe Stunde lang angeregt seinen neuesten Roman.

Er war sich sehr sicher, dass es ein goldener Oktober werden würde.

Nachwort und Danksagung

Aufgrund von Genspuren werden mit moderner Technik immer wieder Verbrechen aufgeklärt, die Jahrzehnte zuvor begangen wurden. Oft geben die Täter freiwillig ihre Speichelprobe ab, wissend, dass sie sich preisgeben. Mich als Autor beschäftigt seit Langem die sich dahinter verbergende Frage nach dem schlechten Gewissen. Was macht das Verbrechen mit dem Verbrecher? Inspiriert von einem tatsächlichen Fall, der im Jahre 2014 vor Gericht verhandelt wurde und die Gemüter in Osnabrück wie auch mich sehr bewegte, kam mir die Idee zu diesem Roman. Die Geschichte, die mir dazu einfiel, ist frei erfunden. Keine der tatsächlichen Personen ist mir bekannt, und ich weiß nicht, was aus ihnen wurde. Mein sämtliches Wissen über diesen Fall entstammt öffentlichen Quellen.

Mein Dank gilt folgenden Personen, die mir sehr geholfen haben, diesen Roman zu schreiben: Carsten Niemeyer für seine begeisternden Führungen durch die Marienkirche, Erster Kriminalhauptkommissar a.D. Horst Kuhn, Olaf Müller Bergstermann-Schweer für seine Informationen zur deutschen Bestattungskultur, Rainer Hafke und Niels Biewer vom Förderkreis Hasefriedhof–Johannisfriedhof e.V. und Volker Mertens von der JVA Lingen, Abteilung Osnabrück.

Heinrich-Stefan Noelke
Im Januar 2016

Heinrich-Stefan Noelke
TOD AN DER HASE
Broschur, 208 Seiten
ISBN 978-3-89705-791-3

»Noelke nimmt den Leser mit auf die Spuren menschlicher Schicksale – und in seine neue Heimat Osnabrück. ›Tod an der Hase‹ lebt von seiner Dichte.« Haller Kreisblatt

»Ebenso actiongeladen wie abgründig lässt Noelke seine beschauliche Wahlheimat Osnabrück erscheinen. Starker Tobak, der Noelke da eingefallen ist. So spannend-abstrus liest, lebt und stirbt es sich in der Hasestadt.« Neue Osnabrücker Zeitung

Heinrich-Stefan Noelke

PIESBERG IN FLAMMEN

Broschur, 208 Seiten

ISBN 978-3-95451-095-5

»Der Krimi punktet mit viel Lokalkolorit. Dem Buch ist anzumerken, dass sein Autor Straßen, Wiesen und Wälder genau erkundet hat.«
Neue Osnabrücker Zeitung

»Unter der Oberfläche schlummert eine alte, böse Geschichte. Spannend an dem Buch ist vor allem die Schilderung des Piesbergs mit seinen Schächten und Höhlen – der ideale Schauplatz für eine Kriminalgeschichte mit doppeltem Boden.« NDR 1 Niedersachsen

www.emons-verlag.de